O RELÓGIO DE ESTRELAS

A MARIPOSA DAS SOMBRAS

O RELÓGIO DE ESTRELAS

A MARIPOSA DAS SOMBRAS

FRANCESCA GIBBONS

Ilustrações de
CHRIS RIDDELL

Tradução: Paula Di Carvalho

Rio de Janeiro, 2021

Copyright texto © Francesca Gibbons 2020
Copyright ilustrações © Chris Riddell 2020
Copyright de tradução © 2021 Harper Collins Brasil
Título original: A Clock of Stars: the Shadow Moth

Todos os direitos desta publicação são reservados à Casa dos Livros Editora LTDA. Nenhuma parte desta obra pode ser apropriada e estocada em sistema de banco de dados ou processo similar, em qualquer forma ou meio, seja eletrônico, de fotocópia, gravação etc., sem a permissão do detentor do copyright.

DIRETORA EDITORIAL: Raquel Cozer
GERENTE EDITORIAL: Alice Mello
EDITOR: Victor Almeida
COPIDESQUE: Thaís Carvas
LIBERAÇÃO DE ORIGINAIS: AB Seilhe | Oliveira Editorial
REVISÃO: Luiz Felipe Fonseca
ADAPTAÇÃO DE CAPA E DIAGRAMAÇÃO: Julio Moreira | Equatorium Design

DADOS INTERNACIONAIS DE CATALOGAÇÃO NA PUBLICAÇÃO (CIP)
(CÂMARA BRASILEIRA DO LIVRO, SP, BRASIL)

Gibbons, Francesca
    Relógio de estrelas : a mariposa das sombras /Francesca Gibbons ; ilustração Chris Riddell ; tradução Paula Di Carvalho. -- 1. ed. -- Rio de Janeiro, RJ : HarperCollins Brasil, 2021.

    Título original: A Clock of Stars
    ISBN 978-65-5511-173-6

    1. Ficção norte-americana I. Riddell, Chris. II. III. Título.

21-65205   CDD-813

Os pontos de vista desta obra são de responsabilidade de seu autor, não refletindo necessariamente a posição da HarperCollins Brasil, da HarperCollins Publishers ou de sua equipe editorial.
HarperCollins Brasil é uma marca licenciada à Casa dos Livros Editora LTDA.
Todos os direitos reservados à Casa dos Livros Editora LTDA.
Rua da Quitanda, 86, sala 218 — CentroRio de Janeiro, RJ — CEP 20091-005Tel.: (21) 3175-1030

www.harpercollins.com.br

Para Mini e Bonnie, que sempre serão meus bebês

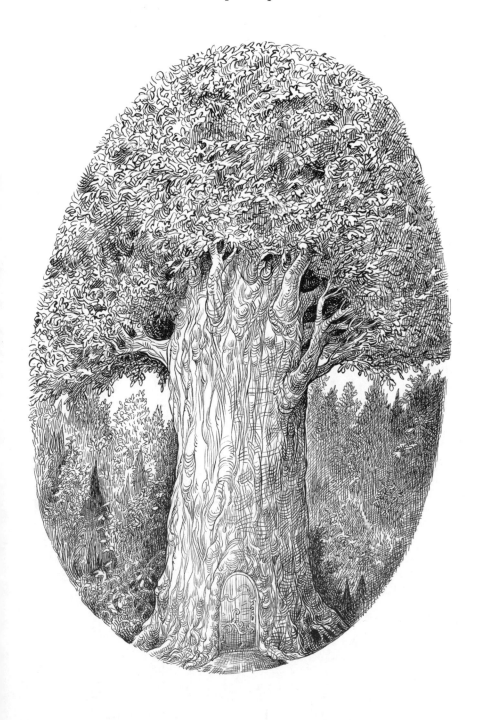

Personagens

IMOGEN E MARIE

REI DRAKOMOR

MIRO

Anneshka Mazanar

Lofkinye Lolo

YEEDARSH LOKAI

PRÓLOGO

O monstro estava sozinho na encosta da montanha. Ele estendeu as mãos.

— Voe com coragem e velocidade e a vontade das estrelas. Se puder fazer só uma coisa, nos ajude a recuperar o que é nosso.

Ele abriu um pouco as garras para deixar a mariposa escapar. Ela escalou o dorso da mão dele e circundou seu pulso. Tinha o corpo felpudo e cinza-prateado.

— Voe com coragem e velocidade e a vontade das estrelas. Se puder fazer só uma coisa, nos ajude a recuperar o que é nosso.

A mariposa abriu e fechou as asas para mostrar que estava pensando. Então subiu pelo braço do monstro.

— Eu tinha esquecido como vocês são criaturas estranhas — disse o monstro, coçando a careca. — Todas as outras mariposas saíram voando.

As patinhas da mariposa fizeram cócegas na clavícula do monstro. Ele fechou os olhos e repetiu as palavras pela terceira vez:

— Voe com coragem e velocidade e a vontade das estrelas. Se puder fazer só uma coisa, nos ajude a recuperar o que é nosso.

O monstro abriu os olhos. A mariposa andava pelo rosto dele, por cima dos dentes, que se projetavam para fora como presas, sobre o nariz achatado e o topo de sua cabeça.

— É isso — disse ele. — Você chegou ao final de Zuby. Não tem mais de mim.

Ele ouviu um leve farfalhar e olhou para cima. A mariposa estava voando para longe, mas não em direção às florestas, como as outras que ele libertara antes. Ela seguia para cima, ao longo da encosta da montanha.

Zuby logo perdeu a criatura de vista na escuridão, mesmo com seus olhos sensíveis.

— Aonde você vai?! — exclamou ele. — Não vai encontrar nada entre as estrelas!

PARTE 1

CAPÍTULO 1

— Agora, seu monstro rastejante das profundezas, prepare-se para morrer!

A cavaleira avançou. A lesma marinha gigante mostrou os dentes e rosnou, se movendo para proteger o tesouro. Mas a cavaleira foi rápida. Ela mergulhou a espada na carne macia e escorregadia do monstro.

— Esta é a parte em que você morre — disse a cavaleira.

— Eu não quero morrer — respondeu a lesma marinha.

— Mas precisa. Você é a vilã.

— Por que eu sempre faço o papel da vilã?

— Marie! Você disse que faria.

— Que tal se, desta vez, a cavaleira morresse e fosse arrastada pela lesma marinha para...

— Não. A história não é assim. Não foi como eu escrevi. A cavaleira mata o monstro, recupera o tesouro e todos vivem felizes para sempre.

— Todos, menos a lesma marinha...

— Ela é apenas uma coadjuvante.

A lesma marinha começou a tirar a fantasia.

— O que você está fazendo? — perguntou a cavaleira. — Ainda não acabamos.

— Eu já.

— Mas e o ensaio geral?

O relógio de estrelas

A lesma marinha abriu o baú do tesouro e passou os tentáculos sobre as pedras preciosas.

— Bem, se sou apenas uma coadjuvante, então não vou fazer falta.

—Tira a mão! Essa é a minha coleção de pedras — falou a cavaleira, largando a espada para segurar a tampa do baú, que estava mais frouxa do que o esperado e se fechou com força, esmagando alguns tentáculos do monstro, que gritou.

Dessa vez elas brigaram de verdade. Por baixo da fantasia, a lesma marinha era uma garotinha de pele rosada e cabelo ruivo rebelde. O nome dela era Marie.

Marie enfiou nos bolsos as pedras que conseguira pegar.

— Você disse que eu poderia ficar com uma! — berrou.

A cavaleira tinha cabelo castanho curto, que ela mesma cortava, e manchas de sardas nas bochechas pálidas, que lembravam uma pintura de guerra. Sua armadura era feita de papel-alumínio e caixas de cereal, e seu nome era Imogen. Era mais velha que Marie, então sabia mais... sobre praticamente tudo.

— Eu disse que você poderia ficar com uma pedra se atuasse na minha peça — argumentou Imogen —, o que você não fez.

Ela segurou Marie e esvaziou seus bolsos.

— Mamãe! — exclamou a menina. — Imogen tá implicando comigo de novo!

— Não estou nada! — gritou Imogen, soltando o braço da irmã.

Marie correu para dentro de casa com uma das mãos no bolso. Imogen se perguntou se ela teria ficado com uma pedra. Pegaria mais tarde.

Imogen recolheu sua coleção de pedras enquanto a chuva começava a cair. Se ao menos pudesse atuar em todos os papéis da sua peça, não precisaria de Marie. Não era uma tarefa fácil fazer da irmã uma estrela.

Ela seguiu Marie para dentro e deixou suas coisas ao lado da porta dos fundos. Mamãe estava no corredor, com um longo vestido vermelho que Imogen nunca vira. Marie se escondia atrás dela, apenas com um olho e alguns cachos à mostra.

Imogen sabia o que ia acontecer. Estava prestes a levar uma bronca. E odiava levar bronca. Afinal, não tinha prendido os dedos de Marie no baú do tesouro de propósito.

Imogen encarou a mãe.

— Por que você está toda arrumada?

— Não importa — retrucou a mãe com rispidez. — *Você* está encrencada. Não vou mais aceitar esse comportamento: as brigas com sua irmã, a bagunça que fez no jardim...

— É uma caverna de lesma marinha!

— Imogen! Você está grande demais para essas bobagens! E também está grande demais para fazer sua irmã chorar.

— Foi ela que começou.

— Bem, e eu estou terminando — disse a mãe. — Vovó vai cuidar de vocês pelo resto do dia e as levará à casa de chá caso se comportem. Vão se comportar?

— Aonde você vai? — perguntou Imogen.

— Isso não importa. Deixei pizza caseira para vocês comerem à noite. Vai ser muito divertido. Agora me prometa que vai ser legal com sua irmã.

O rosto de Marie estava inchado do choro fingido. Ela parecia uma framboesa meio estragada. Imogen *não* queria ser legal com a irmã.

— Por favor, Imogen — insistiu a mãe com uma voz mais suave. — Estou contando com você.

A campainha tocou e a mãe deu um giro.

— Ele está adiantado! — exclamou.

— Quem? — perguntou Marie.

— Você vai ver — respondeu ela.

CAPÍTULO 2

A mãe abriu a porta, e um homem entrou a passos largos. Ele usava uma camisa elegante e sapatos pretos lustrosos. Imogen notou os sapatos porque eles guinchavam a cada pisada, como se ele pisoteasse ratos.

— Cathy! Você está maravilhosa — disse o homem com sua voz masculina. Ele deu um beijo na bochecha da mãe de Imogen, então se virou para as meninas. — E essas devem ser as duas princesinhas de quem tanto ouvi falar.

— Eu não sou uma princesa — respondeu Imogen, olhando para sua armadura. — Sou uma cavaleira, e ela é uma lesma marinha gigante. Quem é você?

— Imogen! — arquejou a mãe.

— Está tudo bem — afirmou o homem. Ele baixou os olhos para Imogen e sorriu. — Meu nome é Mark. Sou amigo da sua mãe.

— Ela nunca teve nenhum amigo chamado Mark — falou Imogen.

O homem avançou em seus sapatos barulhentos.

— É mesmo? Bem, as coisas mudam depressa no mundo dos adultos.

Imogen abriu a boca, mas a mãe falou antes dela:

— Meninas, me ajudem a fechar todas as janelas antes da vovó chegar. O tempo está feio lá fora.

A mãe estendeu as mãos para a janelinha que dava para o jardim, mas deve ter visto alguma coisa, porque pulou para trás, apavorada.

— O que foi? — perguntou Imogen, correndo para o lado da mãe.

— Alguma coisa se mexeu! Alguma coisa se mexeu atrás da cortina!

Mark chegou num instante.

— Deixe-me ver — exigiu, abrindo a cortina de repente.

Uma mariposa andou pela cortina em direção à mão de Mark. De um ângulo, suas asas eram cinza; de outro, prateadas. Imogen queria olhar mais de perto.

— Não se preocupe, Cathy — disse Mark. — Deixe comigo.

Ele se mexeu como se fosse esmagar a mariposa, e Imogen não teve tempo de pensar. Correu para a frente dele e, com as mãos em concha, protegeu o inseto. Mark tentou afastá-la para o lado, mas ela pisou com força bem no dedão do seu sapato barulhento.

Mark xingou. Marie deu um gritinho. A mãe já começou a lhe dar uma bronca, mas Imogen correu de todos eles. Abriu a porta dos fundos com o cotovelo e disparou para a chuva. Mal sentia a mariposa dentro das mãos... Era tão leve. Apenas o toque delicado das asas contra seus dedos denunciava sua presença.

A mãe estava gritando, mas Imogen correu para o fundo do quintal e se ajoelhou ao lado de um arbusto baixo. Tinha perdido parte da armadura pelo caminho, mas não se importava. Ali, no meio da vegetação, a mariposa estaria segura.

Quando Imogen abriu as mãos, a mariposa rastejou para uma folha. Suas asas cinza-prateadas se camuflavam em meio às sombras.

— Chamarei você de *mariposa das sombras* — declarou Imogen, secando gotas de chuva da testa.

A mariposa abriu e fechou as asas três vezes como se dissesse *obrigada*.

— De nada — respondeu Imogen.

O relógio de estrelas

Quando ela abria as asas, a mariposa ficava mais ou menos do tamanho da palma da mão da menina. Quando as asas estavam fechadas, ficavam dobradas ao longo do corpo do inseto sem nem chegar no tamanho de uma unha. Suas costas eram cobertas de pelos aveludados.

— Não sabia que mariposas saíam durante o dia — disse Imogen.

A mariposa mexeu as antenas para a esquerda e para a direita. Tinham formato de penas.

— Acho que você deve ser diferente das outras.

Imogen olhou para a casa. Sua mãe estava parada na porta dos fundos com as mãos nos quadris. A menina semicerrou os olhos. Ninguém a faria pedir desculpas.

Ela andou de volta para a casa o mais lentamente possível.

— Peça desculpas a Mark — mandou a mãe. — Você não pode sair por aí pisando nos pés das pessoas.

— Também não se pode sair por aí assassinando coisas — respondeu a menina. — Por que você não diz *isso* a Mark?

CAPÍTULO 3

Cinco minutos depois, a avó chegou e a mãe saiu. Imogen guardou a coleção de pedras sob a cama e trocou a armadura.

— Sua mãe disse que você se comportou mal — comentou a avó. — Mas vamos à casa de chá mesmo assim. Não é justo punir Marie pelo seu comportamento, e não posso deixar uma criança de sete anos sozinha em casa.

— Eu tenho onze anos — corrigiu Imogen. — Sei me cuidar.

— Sete. Onze. Tudo a mesma coisa — respondeu a avó. — Só vá logo para o carro.

Marie começou a cantarolar com a boca fechada assim que o carro se afastou da casa. Era um dos seus piores hábitos: cantarolar músicas que ela inventava na hora.

— Dá pra parar? — falou Imogen.

Marie continuou, mas bem baixinho.

— Para! — gritou Imogen.

— Já chega — ordenou a avó com rispidez —, ou nenhuma das duas vai comer bolo.

Isso fez com que as duas ficassem caladas. Vovó não fazia ameaças vãs, e era melhor não distraí-la enquanto dirigia. Da última vez que elas discutiram, a avó atropelou um esquilo. Ela obrigou as duas a sair do carro e fazer um funeral.

— Onde mamãe foi? — perguntou Imogen, encontrando os olhos da avó no retrovisor. Vovó manteve o foco na estrada.

— Sua mãe foi ao teatro.

— Por quê?

— Porque ela gosta de teatro.

— Ela também gosta do Mark?

Por um breve momento, a avó fez contato visual com Imogen.

— É claro que ela gosta do Mark. Eles são bons amigos.

— Amigos — repetiu Imogen, experimentando a palavra como se fosse desconhecida. — Tem certeza de que não é um novo namorado?

Quando elas pararam no sinal de trânsito, Imogen pressionou o rosto contra a janela do carro e expirou com força, formando um O. Então alguma coisa chamou sua atenção do outro lado do vidro embaçado, e ela limpou a condensação para enxergar direito.

Ali, voando na direção do veículo, estava a mariposa das sombras. Ela avançava com dificuldade pela chuva. *Que inseto incrível*, pensou Imogen. Parecia um mensageiro de tempos antigos, determinado a entregar sua mensagem mesmo que lhe custasse a vida.

O sinal ficou verde, e o carro acelerou. Imogen se virou para olhar pelo vidro traseiro, mas não achou a mariposa. *A coitadinha deve ter sido esmagada pela chuva*, pensou. *Quando se é pequeno assim, cada gotinha é um meteoro.*

CAPÍTULO 4

A casa de chá fazia parte de uma grande propriedade. Ou melhor, fazia parte do que costumava ser uma grande propriedade. Naqueles dias, a Mansão Haberdash estava toda fechada, exceto pelo único cômodo onde a sra. Haberdash morava com seus cachorros.

A sra. Haberdash era a responsável pela casa de chá. Ela gerenciava o local de uma cadeira motorizada atrás de um balcão. Ficava sentada ali com um vestido de renda desbotado, brincos antigos brilhando contra a pele morena e cachinhos grisalhos amontoados sobre a cabeça.

Imogen e Marie se sentaram no canto da casa de chá. Elas comeram bolo e pegaram seus cadernos de desenho. Imogen estava fazendo um retrato dos cachorros da sra. Haberdash.

A avó conversava com a dona do estabelecimento.

— Winifred foi uma tola por confiar em um cabeleireiro homem — dizia, debruçada sobre o balcão. — Falei que era uma ideia ridícula. Seria como pedir aos seus cachorros para servirem o chá da tarde.

A sra. H assentiu, fazendo os brincos tilintarem.

Imogen tentou imaginar os cachorros equilibrando xícaras e pires na cabeça. Talvez tentasse isso da próxima vez, mas já desenhara o bastante naquele dia. Tentou chamar a atenção da avó, que estava à toda.

— Já terminei — falou Marie, erguendo o desenho.

Imogen semicerrou os olhos. Era praticamente idêntico ao desenho dela.

— Vovó! Marie está me copiando! — gritou Imogen.

A avó fingiu não escutar e continuou conversando com a sra. Haberdash:

— Comentei com meu médico que já tinha falado com Bernie, e ele disse que, se eu tomasse seis comprimidos de paracetamol, resolveria rapidinho o meu problema.

Imogen lançou um olhar mortal para a irmã e saiu da casa de chá batendo os pés. Atravessou o estacionamento, mas o carro da avó estava trancado. Tudo bem. Ela ficaria emburrada do lado de fora. Ela ficaria emburrada durante todas as férias de verão se precisasse. Pelo menos tinha parado de chover. Ela olhou ao redor em busca de um lugar para sentar.

Havia um portão no canto do estacionamento que Imogen nunca notara. Em cima dele uma placa dizia, em letras amigáveis: *Bem-vindo aos Jardins Haberdash*. Letras menos amigáveis tinham sido pintadas sobre o portão: *NÃO ULTRAPASSE!*

Imogen não tinha muita certeza do que significava "ultrapasse", mas parecia divertido. Ela espiou a casa de chá. Ninguém estava olhando. Quando se virou novamente para o portão, viu sua mariposa pousada ali. Ou ao menos *achava* que fosse sua mariposa. Ela se abaixou para olhar melhor, e a mariposa a encarou de volta.

— É você, *sim* — disse Imogen, sorrindo. — Achei que a chuva tivesse te pegado.

A mariposa voou para dentro dos Jardins Haberdash.

Imogen tentou abrir o cadeado do portão, mas ele estava enferrujado e soltou na mão dela. *Bem*, pensou, *a sra. Haberdash deveria ter consertado isso.* Ela largou o cadeado no chão e deu um passo para dentro do jardim.

— Espere por mim! — exclamou.

O portão se fechou às suas costas.

CAPÍTULO 5

Os Jardins Haberdash estavam em guerra. Árvores lutavam sob o peso das videiras, e as heras estrangulavam as rosas. As ervas-daninhas estavam quase conseguindo reivindicar tudo o que era delas de direito.

Imogen precisou andar depressa para acompanhar a mariposa. A menina queria que o inseto parasse um pouco, pois assim poderia dar outra olhada de perto. Um galho se partiu. Imogen se virou para trás, mas não viu ninguém.

A mariposa continuou voando, e Imogen a seguiu. Gavinhas se lançavam em seu caminho como kamikazes. Quando ela virou à direita, encontrou um rio. Sapos gordos espreitavam em meio aos juncos.

Na pressa, Imogen cambaleou para perto demais da água. Um sapo coaxou, saltando para o lado pouco antes do calcanhar da menina afundar na terra esponjosa. A água gelada se infiltrou em seu sapato, mas não dava tempo de parar. A mariposa estava escapando.

Imogen se apressou pela margem do rio, e a mariposa voou por cima da água.

— Não posso te seguir até aí — disse ela, olhando ao redor em busca de uma ponte.

Mas, naquele lugar onde tudo estava caindo aos pedaços, algumas coisas caíam no lugar certo. Uma árvore morta estava atravessada sobre o rio.

Imogen escalou as raízes e abriu bem os braços, posicionando o pé esquerdo nos troncos, depois o direito. Tatuzinhos-de-jardim correram em busca de segurança quando ela perturbou seu paraíso de madeira podre. Ela seguiu lentamente pela árvore morta, mal ousando respirar, para não afetar sua estabilidade.

A última parte da árvore estava escorregadia, então Imogen deitou de bruços. Ela rastejou para a frente, sujando a blusa. Quando o tronco passou a se elevar sobre terra em vez de água, Imogen rolou para fora e aterrissou de pé. Ela sorriu, satisfeita consigo mesma, e seguiu seu caminho.

As plantas daquele lado do rio haviam vencido a guerra contra os jardineiros. Elas não tinham o menor interesse em manter a aparência que as pessoas queriam. Arbustos muito altos formavam gargalos espinhosos. Flores rebeldes balançavam seus botões quando Imogen passava por elas, e, quanto mais Imogen adentrava nos Jardins Haberdash, mais sentia que não era bem-vinda ali.

A menina ouviu às suas costas um barulho parecido com o de passos. Quando se virou, não havia ninguém.

Ela chegou a pensar em voltar até a casa de chá, mas tinha certeza de que a mariposa estava tentando lhe mostrar alguma coisa, e queria ver o que era. Uma grande gota pingou na sua testa, e ela olhou para o céu. Outra gota aterrissou em sua bochecha, e então a chuva começou a cair com força. A mariposa voou mais depressa. Imogen correu para acompanhá-la. Novamente, ouviu um som às suas costas, mas não podia se virar. Não iria se virar. Avançava o mais rápido que conseguia, respingando lama em suas pernas.

A mariposa das sombras guiou Imogen até uma árvore enorme. Os galhos mais altos pareciam tocar as nuvens, e, sob o ruído da tempestade, Imogen teve certeza de ouvir raízes sugando água das profundezas da terra.

A mariposa das sombras

Ela se posicionou debaixo da copa da árvore e tocou o tronco áspero. A mariposa pousou ao lado dos dedos dela e mexeu a antena em círculos. Naquela luz, ela parecia mais cinza do que prateada, camuflada contra o tronco.

Imogen não via a hora de contar a Marie o que descobrira: a maior árvore do mundo. Marie ficaria impressionada (e talvez com um pouco de inveja).

A mariposa rastejou para longe da mão de Imogen, e a menina a acompanhou. Em pouco tempo, o inseto não estava andando sobre tronco retorcido, mas sim sobre uma superfície lisa de madeira. Imogen passou os dedos sobre a nova textura. Sabia o que era. Recuou alguns passos. Sim, era o que ela pensava.

Havia uma porta na árvore.

CAPÍTULO 6

A porta era menor do que a maioria das portas. Um adulto precisaria se abaixar para passar, mas para Imogen era da altura certinha.

Ela se perguntou o que haveria do outro lado. Talvez a árvore fosse o esconderijo de um tesouro — o tipo de tesouro que a sra. H talvez tenha esquecido que escondeu.

A mariposa desceu pela porta e parou no buraco da fechadura. Imogen se ajoelhou ao lado do inseto, sujando ainda mais sua calça de terra, e espiou pelo buraco. Só conseguiu ver escuridão do outro lado, então se afastou.

— É isso que você queria me mostrar? — perguntou.

A mariposa recolheu as asas e se esgueirou para dentro do buraco da fechadura.

— Acho que isso é um sim — falou Imogen.

Ela se levantou, abriu a porta e entrou.

A princípio, estava muito escuro. Então, conforme os olhos de Imogen se acostumavam, formas altas feito torres começaram a se moldar em meio às trevas. Alguns segundos depois, a menina se deu conta de que eram árvores. Ela estava sozinha numa floresta logo antes do pôr do sol. Os galhos cortavam o céu pouco iluminado em tiras.

A cabeça de Imogen se encheu de perguntas. Como uma floresta podia caber dentro de uma árvore? Por que não estava chovendo ali?

A mariposa das sombras

Como podia estar tão escuro e silencioso? Era como se a floresta tivesse sido abafada por um edredom gigante.

A menina voltou a olhar para a porta e percebeu que não imaginara os barulhos às suas costas. Tinha sido seguida. Ali, passando pelo batente da porta, estava sua irmã.

A luz do jardim brilhou ao redor de Marie. A cor do seu cabelo estava mais escura por causa da chuva, sua roupa, coberta de lama, e seus olhos, arregalados. Ela fechou a porta ao passar. As dobradiças deviam ter sido lubrificadas, porque a porta deslizou com suavidade, se fechando com um clique. As irmãs se olharam.

— Marie! O que está fazendo aqui?

Por um milésimo de segundo, Marie pareceu assustada — pega de surpresa —, mas recuperou o autocontrole bem rápido.

— O que *eu* estou fazendo aqui? — perguntou ela. — Eu poderia perguntar o mesmo.

— Então era *você* me seguindo — disse Imogen, cruzando os braços.

— Você não tem permissão para entrar nos Jardins Haberdash.

— Você também não. Não pode me deixar fazer nada sozinha?

— Vou contar pra vovó. Você está invadindo os jardins.

Imogen fechou a cara. Eram a mariposa dela, o jardim dela e a porta secreta dela. Marie não fora convidada; tinha se apossado da aventura de Imogen e agora ameaçava destruí-la. Imogen queria tacar alguma coisa na irmã. Puxar seu rabo de cavalo. Não, ela queria fazer com que a irmã desaparecesse.

— Vai lá, então. Vai chorar para a vovó.

— Tá bom! Vou mesmo!

Marie se virou e segurou a maçaneta. Então relanceou por cima do ombro.

— E aí, está esperando o quê? — perguntou Imogen.

— Não está abrindo — respondeu Marie.

— Sai da frente.

Imogen tentou girar a maçaneta, mas a porta não cedeu.

— Ah, parabéns! — gritou.

— Eu não sabia que ela trancava sozinha! — respondeu Marie com a voz esganiçada.

— Sua bebê idiota. Se não tem certeza do que alguma coisa é capaz de fazer, não mexe nela!

— Pra começo de conversa, você não deveria ter aberto a porta.

— Você deveria ter ficado em casa onde não tem como estragar tudo!

Imogen sentiu uma onda de pânico crescendo no peito. Chutou e socou, mas a porta não abriu.

A mariposa das sombras que ela seguira não estava em lugar nenhum.

CAPÍTULO 7

Marie parecia prestes a chorar, e Imogen sabia que era sua função tirar as duas daquela confusão. Também sabia que elas não podiam ficar paradas. Estava muito mais frio ali do que nos Jardins Haberdash, e ela já estava tremendo nas roupas úmidas.

— Precisamos ir — falou ela, girando nos calcanhares igual a um general.

— Acha que vamos voltar a tempo do chá da tarde? — perguntou Marie com a voz trêmula.

Imogen achava improvável. Parecia que elas não estavam mais nos Jardins Haberdash. Era como se tivessem ido parar em outro lugar, mas ela não suportava quando a irmã chorava, então murmurou alguma coisa tranquilizadora sobre como a avó viria procurá-las.

Acima, as primeiras estrelas começaram a surgir. Elas piscavam uma para as outras e olhavam para as garotas abaixo, caminhando pela floresta, minúsculas no meio das árvores. Alguém que soubesse lê-las poderia dizer que sorriam.

Imogen não falou para Marie, mas se sentia secretamente aliviada por não estar sozinha naquele lugar estranho. Era difícil de enxergar, e ela não parava de tropeçar nas raízes e prender a calça nos galhos. Ela semicerrou os olhos, torcendo para avistar asinhas esvoaçantes na escuridão, mas sua mariposa havia sumido.

O relógio de estrelas

De tempos em tempos, Imogen escutava o sussurro de seus monstrinhos da preocupação. *Perdida na floresta*, sussurravam eles. *Perdida na floresta e tão longe de casa.*

Imogen andou mais depressa.

— Ei, vai mais devagar — resmungou Marie.

Imogen espiou por cima do ombro. Os monstrinhos da preocupação avançavam de árvore em árvore, mas se alimentavam dos medos dela, não de Marie, que não os via.

— Vem logo — disse Imogen. — Quero sair desta floresta.

Conforme as meninas andavam, as árvores ficavam mais espaçadas, e alguma coisa chamou a atenção de Imogen. Uma coisa que não era um monstrinho da preocupação.

— Ei, Marie, você está vendo aquilo?

— É um daqueles insetos com luz no bumbum — respondeu Marie.

— Um vaga-lume? Não. É maior. E está mais longe.

— Talvez seja a vovó! Com uma tocha!

Imogen guiou Marie na direção da luz. Estava muito baixa para ser uma estrela — muito parada para ser avó —, e ainda assim a atraía. Havia algo de tranquilizador naquele brilho suave. Imogen queria estar lá, junto de outras pessoas. Era isso o que luz significava: vida, calor, um lampejo de esperança, um pãozinho torrado e uma carona rápida para casa.

Quando as meninas chegaram à beira da floresta, Imogen sentiu o coração afundar. Elas estavam num vale cercado por enormes contornos altos que assomavam feito montanhas. A menina não conseguia ver o que havia no fundo do vale, mas a luz que seguiam estava ali. A uns três quilômetros de distância, Imogen acreditava. Talvez quatro. Todos os sonhos de Imogen em formato de pãezinhos se evaporaram. Aquele lugar era vasto e estrangeiro e cheio de sombras. Não havia um caminho fácil para casa.

A mariposa das sombras

Era nessa parte que um adulto deveria acender as luzes, dobrar e guardar a floresta, e mandar as meninas para a cama. Mas não havia nenhum adulto por ali, e a floresta era de verdade. Imogen sentiu vontade de chorar.

— Aquilo não parece a casa de chá — comentou Marie.

Imogen mordeu o lábio. Chorar não ajudaria em nada.

— O que vamos fazer? — perguntou Marie. — Estou com frio. Quero ir para casa.

As lágrimas reprimidas de Imogen se transformaram em raiva.

— Eu não sei o caminho — retrucou com rispidez. — *Alguém* bateu a porta, lembra?

— Foi sem querer! — gritou Marie. Suas palavras ecoaram pelo vale, e ela pulou para trás da irmã, assustada pelos fantasmas da própria voz. — De qualquer forma, não bati a porta. Só empurrei de leve.

— Ah, que bom, então está tudo resolvido.

Por um momento, as duas ficaram em silêncio. Então Imogen respirou fundo e falou:

— Olha. Olha aquela luz. Devem ter pessoas ali que podem nos ajudar a voltar para casa.

— Você acha?

— Tenho certeza.

Juntas, elas caminharam em direção à luz no fundo do vale.

Marie segurou a mão da irmã. Imogen não a impediu.

PARTE 2

CAPÍTULO 8

As duas irmãs caminharam por prados e saltaram por cima de córregos.

A lua estava crescente, mas parecia maior do que o normal, e, como não havia galhos acima da cabeça das meninas, fornecia luz o suficiente para que Imogen enxergasse onde colocava os pés. Em alguns lugares, a grama estava cortada rente ao solo; em outros, estava longa e selvagem. Cogumelos cresciam em círculos amontoados, como se reunidos para uma dança noturna.

— Você acha que a mamãe está se divertindo com Mark? — perguntou Marie.

— Espero que não. Não gostei dele — respondeu Imogen, fazendo um esforço extra para avançar pela grama cortada. — Não sei por que ela perde tempo com namorados. Ela tem a gente, não tem?

— Sim... mas talvez ele seja legal.

— Duvido. Ele usava sapatos idiotas. Dizia coisas idiotas. Aposto que vai dar errado, assim como deu com os outros namorados.

— Vovó diz que dá para saber muito sobre uma pessoa pelos sapatos dela.

— Vovó tem razão — falou Imogen. — E os sapatos de Mark eram idiotas.

— Queria que a vovó estivesse aqui agora — disse Marie.

Imogen guiou o caminho pelo prado até que elas chegaram perto de um muro enorme. Dava para ver as silhuetas sombreadas de prédios altos do outro lado.

— Uau... — sussurrou Marie.

O muro era três vezes mais alto do que o de uma casa, e cada pedra tinha o tamanho de um carro.

— Deviam acontecer umas batalhas bem grandes antigamente, para precisarem de muros desse tipo — comentou Imogen.

— Como nós passaremos? — perguntou Marie. — A luz está do outro lado.

— Acho que tem um portão. É difícil de enxergar, mas olha só...

Imogen foi interrompida por um sino. O som era ensurdecedor. Mais sinos se juntaram à barulheira. Ela cobriu as orelhas com as mãos.

Marie começou a pular para cima e para baixo e gritar, mas Imogen não conseguia ouvir o que ela dizia. Marie apontou para o portão. Ele tinha começado a baixar.

Imogen correu, e Marie a seguiu. Os sinos continuaram a badalar. As estrelas brilharam de empolgação, e até mesmo a lua crescente não conseguia tirar os olhos das duas silhuetas que disparavam para o espaço entre o portão fechando e o chão.

Quando os sinos bateram pela última vez, Imogen se jogou no chão e passou engatinhando.

— Foi por pouco! — arquejou ela, se levantando, mas, quando virou para trás, não viu Marie. O casaco dela tinha ficado preso nos espetos enfileirados na borda inferior do portão. Ela estava a centímetros de ser empalada.

— Socorro! — berrou Marie, tentando fincar as unhas no chão e rastejar para a frente. — Imogen, estou presa!

CAPÍTULO 9

Imogen rasgou o casaco de Marie, pegou a irmã pelos pulsos e arrastou-a para a frente de barriga no chão. Então desabou. Elas tinham conseguido.

— Eu... eu quase fui esmagada até a morte — constatou Marie, respirando com dificuldade. — Imagina o que a mamãe diria se eu fosse esmagada até a morte.

— Aposto que eu estaria encrencada — murmurou Imogen.

— Talvez — concordou Marie numa vozinha fraca. — Mas... hum... valeu por me salvar.

Depois de se recuperar, Imogen ajudou a irmã a se levantar e olhou ao redor. Daquele lado do muro havia uma cidade com casas pintadas e telhados e torres pontudas. Alguns dos prédios tinham decorações tão delicadas que lembravam Imogen dos bolos de aniversário que a mãe fazia: cheios de flores e enfeites de glacê.

As meninas andaram pelas ruas na direção da luz. Não havia ninguém. Em vez disso, o lugar estava entregue aos mortos; ou ao que sobrou deles. Fêmures se penduravam para fora de janelas feito sinos de vento tortos. Fileiras de vértebras decoravam as portas. Crânios de formatos estranhos se projetavam por entre as pedras.

Imogen ficou um pouco enjoada. Não sabia o que a assustava mais: os cadáveres não-totalmente-humanos ou o que poderia tê-los matado.

— De quem você acha que são esses crânios? — perguntou Marie.

— Como eu poderia saber? — respondeu Imogen, que não queria ter aquela conversa.

— Eles são muito pequenos. Acha que eram de crianças?

— Não.

— E olha quantos dentes eles têm...

— Vamos, Marie. Temos que continuar andando.

Imogen respirou fundo e voltou a localizar a luz. Parecia vir do coração da cidade. Aquele era o caminho.

Todas as construções pelas quais as meninas passavam estavam fechadas. Não havia luz escapando por entre as persianas. Nenhuma fumaça saindo pelas chaminés. Em vez de palavras acolhedoras, elas foram recepcionados por sorrisos esqueléticos.

As únicas coisas que pareciam estar vivas eram as mariposas, que voavam para todo lado. Havia algumas pequenas e brilhantes. Outras grandes, com asas pintadas. Outras azuis como a meia-noite ou rosadas como o amanhecer. Imogen procurou pela mariposa *dela* — a que lhe mostrara a porta —, mas não a viu em lugar algum. Aqueles eram apenas insetos normais. Eles não lhe mostrariam o caminho de casa.

Imogen e Marie atravessaram uma ponte guardada por trinta estátuas pretas. Imogen contou-as enquanto avançava. Contar geralmente fazia com que ela se sentisse melhor, mas dessa vez não funcionou.

Todas as estátuas eram de homens de aparência severa. Alguém não concordara com o escultor a respeito da quantidade de membros que elas deveriam ter. Braços tinham sido amputados. Pernas, partidas na altura do joelho. Algumas estavam sem cabeça e com a pedra coberta de arranhões.

Quanto mais as meninas adentravam a cidade, mais altas as casas ficavam, evoluindo de cabanas humildes para mansões pretensiosas de cinco andares. Uma grande casa tinha crânios encrustados nas paredes. Marie parou para analisar um deles.

— Ei, Imogen, vem ver isso.

Imogen não foi com a cara do crânio. Era cheio de dentes, e eles eram pontudos, quase triangulares.

— Viemos parar num pesadelo — murmurou ela. — Acho que devemos continuar andando.

— Só um segundo — disse Marie, se aproximando do crânio de modo que as cavidades oculares dele ficassem apontadas para seu rosto observador abaixo.

Ela estendeu a mão para dentro da mandíbula aberta e deixou a ponta do dedo pairar sobre um canino, quase tocando a ponta. Então pulou, surpreendida por um grito terrível. Imogen também se sobressaltou.

— O que foi isso? — exclamou Marie, retraindo a mão depressa.

— Acho que não quero descobrir — respondeu Imogen. — Hora de ir!

As meninas correram pelas ruas. O medo lhes deu energia. Aquele grito soara selvagem e furioso, e viera de algum ponto próximo aos muros da cidade.

Imogen tentou focar na luz e seguir em sua direção, mas sentia o coração acelerar a cada curva errada. De repente, até mesmo as construções pareciam hostis, com suas janelas oblíquas feito olhos.

Outro grito estridente. Mais alto, mais perto.

Imogen esmurrou a porta de uma das casas. Mariposas voaram de detrás das persianas, mas ninguém veio ajudar.

Imogen chutou a porta e amaldiçoou a mariposa das sombras. Amaldiçoou seu azar também. Prometeu a Deus, à lua, a quem quer que estivesse ouvindo, que nunca mais fugiria. Que comeria fígado e brócolis. Que dividiria as coisas com Marie. Qualquer coisa para que elas aparecessem de volta em casa, deitadas em suas camas quentinhas.

A mariposa das sombras

Mais gritos.

— Estão vindo na nossa direção! — berrou Marie.

— Vem comigo — falou Imogen.

Ela virou numa esquina, meio esperando encontrar um beco sem saída, mas, em vez disso, elas se viram numa grande praça. Havia um castelo escuro do outro lado, coroado com torres grandes e pequenas. Luz irradiava do topo de uma torre alta.

— É isso! É aqui que as pessoas devem morar.

Imogen e Marie dispararam pela praça e esmurraram a porta do castelo.

— *Nos deixem entrar! Nos deixem entrar!*

Não houve resposta, então elas bateram com mais força. Os gritos se aproximavam — os monstros chegariam à praça a qualquer segundo —, mas a porta do castelo continuava fechada.

Não havia para onde ir.

CAPÍTULO 10

— Ei! Vocês duas... por aqui!

Um menino colocou o rosto para fora de uma portinha recortada na entrada maior.

Imogen e Marie não hesitaram. Elas correram na direção dele, que abriu mais a porta para permitir que as meninas pulassem para dentro. Depois ele a fechou, trancando a luz das estrelas e os monstros do lado de fora. As chaves balançaram no escuro.

— Eles não vão conseguir passar — disse ele, e uma vela iluminou o seu rosto.

Ele tinha olhos muito separados, pele morena e uma juba de cabelos cacheados que não escondia muito bem as orelhas de abano.

Ele pressionou uma das orelhas contra a porta, e as meninas o imitaram. Garras arranhavam as pedras. O menino pôs um dedo sobre os lábios. As criaturas estridentes, fossem lá o que fossem, estavam bem perto. Imogen prendeu o fôlego. A porta sacudiu. As crianças pularam para trás, e Marie soltou um gemido.

Do lado de fora, os monstros gritavam, pedindo para entrar.

— Eles não vão conseguir passar pela porta — sussurrou o menino.

Como esperado, após alguns minutos, o barulho foi diminuindo. As crianças continuaram paradas por mais um minuto, sem ousar se mexer até que os gritos se extinguissem.

A mariposa das sombras

— Muito bem — disse o menino, baixando a vela. — Vamos começar pelo começo.

Imogen secou a mão na calça, se preparando para cumprimentá-lo.

— Virem de frente para a parede e coloquem as mãos na cabeça.

— O quê?

— Você me ouviu — falou o menino. — Virem-se e ergam as mãos.

Com relutância, Imogen obedeceu. O menino revistou o interior das suas meias. Então virou os bolsos dela do avesso.

— O que você está fazendo? — perguntou Imogen.

— Procurando armas — respondeu ele.

— E não é mais fácil perguntar?

— Camponeses não são confiáveis. Além disso, se você fosse me matar, nunca me entregaria suas facas por livre e espontânea vontade.

Imogen nunca fora chamada de camponesa. Baixou os olhos para a roupa manchada de lama. Talvez ele tivesse razão, mas mesmo assim não fora nada educado.

— Você está limpa — disse o menino. — Espere ao lado.

Em seguida, ele revistou Marie. Levantou o rabo de cavalo dela, todo desconfiado, e o sacudiu como se esperasse que uma adaga caísse dali.

Imogen o observou. Achava que ele tinha mais ou menos a idade dela, talvez um pouco mais velho. Estava vestido de um jeito muito estranho, com uma jaqueta bordada que parecia feita de cortinas chiques. Usava anéis em quase todos os dedos.

— Não somos camponesas — falou ela, mas o menino não escutou.

Estava revirando os bolsos de Marie, onde encontrou algo. Segurou o objeto entre o dedão e o indicador, inspecionando-o à luz da vela.

Imogen viu a superfície reluzente e soube o que era.

— É a minha pedra — anunciou ela.

O objeto devia estar no bolso de Marie desde a briga. Ela abaixou as mãos e se virou com uma expressão culpada.

O menino continuou a examinar o ouro dos tolos, então Imogen repetiu:

— Isso é meu. É da minha coleção de pedras.

— Por que uma camponesa teria uma pedra preciosa?

Imogen sentiu seu pulso acelerar de maneira familiar, mas falou cada palavra com lentidão:

— Me. Devolve. Eu não sou uma camponesa.

Marie olhava da irmã mais velha para o menino e de volta para a irmã.

— Desculpa, Imogen... Eu ia devolver seu tesouro em algum momento, juro. Só queria pegar emprestado...

Imogen avançou para cima do menino.

— Me dá meu ouro, seu ladrão.

— Quem é você para *me* chamar de ladrão? — perguntou ele com sarcasmo. — Esse reino é meu, assim como tudo que há nele: inclusive você, sua amiga e seu suposto tesouro.

Foi a gota d'água. Imogen avançou e derrubou o ouro dos tolos da mão do menino, empurrando-o para o chão em seguida. Marie pegou a pedra. Imogen e o menino desabaram numa confusão de braços e pernas. O cotovelo dele bateu no queixo dela, fazendo sua mandíbula se fechar com força. Ela retaliou com uma joelhada na barriga.

— Ai! Sua peste imunda! Sai de cima de mim!

— Marie — gritou Imogen —, segura os braços dele!

Marie enfiou a pedra de volta no bolso e avançou até os pulsos do menino. Pegou um. Imogen prendeu a outra mão com o pé, fazendo o menino gritar. Ele se sacudia loucamente.

— Me ajuda! — gritava ele. — Alguém me ajuda! Elas estão tentando me matar!

Imogen tirou o sapato com um chute, arrancou a meia e enfiou-a na boca do menino. Então tirou o elástico do cabelo de Marie e prendeu os pulsos dele, deixando-os sob controle da irmã. Isso liberou Imogen para segurar seus tornozelos. O menino parou de se contorcer.

— Ahá! Então você sabe quando foi derrotado, hein? — vangloriou-se Imogen.

— Ele parece meio zangado — comentou Marie. — O rosto dele está ficando vermelho.

— Bem, que chato, não é? Ele não deveria pegar as coisas dos outros.

— Alguém está esmagando sua cabeça? — perguntou Marie para o menino, gostando um pouquinho demais da sua posição de poder.

Imogen parou.

— Calma aí. Como assim o rosto dele está ficando vermelho?

Ela não conseguia vê-lo direito de onde estava, aos pés dele.

— Ele parece uma beterraba... — falou Marie.

— A meia! — exclamou Imogen.

— Uuh, olha como os olhos dele estão ficando esbugalhados! Ele está mesmo morrendo de raiva.

— Marie, a meia! Tira a meia da boca dele!

Marie obedeceu. O menino inalou, e Imogen soltou seus tornozelos. As irmãs ficaram em silêncio por um tempo enquanto ele tossia e arfava, de quatro.

— Ora, eu deveria... Eu deveria chamar os Guardas Reais para pegá-las! — Ele se levantou com esforço. — Eu deveria mandar decapitá-las! Deveria mandar picarem vocês em pedacinhos para alimentar meus peixes. Eu...

— Já chega — interrompeu Imogen com a voz mais gentil que conseguiu. — Não tínhamos a intenção de sufocar você.

Ela tirou o elástico dos pulsos dele e devolveu a Marie.

— Peço desculpas pela minha irmã — concluiu Imogen.

— Ei! Eu não fui a única a amarrá-lo!

Imogen lançou um olhar expressivo para a irmã.

— Deixaram ela cair de cabeça no chão quando era bebê.

Com seus olhos muito separados, o menino olhou para Marie.

— Foi por isso que ficou com o cabelo laranja?

— Não é laranja — retrucou Marie. — É vermelho.

— Me parece laranja — falou o menino.

Imogen se pôs no meio dos dois.

— Olha, acho que começamos com o pé esquerdo.

O menino soltou um longo suspiro.

— Tem razão — concordou ele. — Eu não costumo tratar as visitas assim. Para ser sincero, eu praticamente nunca recebo visita.

— Que surpresa — murmurou Imogen.

O menino não pareceu ouvir.

— Quando meu tio recebe alguém, os Guardas Reais confiscam suas armas.

— Ah, claro — disse Imogen, achando que essa devia ser a resposta certa.

— Então, quando Petr não está, eu preciso tomar precauções.

— Entendi — respondeu Imogen, que não entendia nada.

— Que tal começarmos do zero? — sugeriu o menino.

— Uma revanche? — exclamou Marie.

— Não! Vamos fazer de conta que vocês acabaram de entrar. É isso mesmo? É isso. E acabei de trancar a porta e vocês disseram: "Olá, Sua Majestade, que prazer conhecê-lo."

Imogen não sabia se concordava muito com o roteiro. Não achava que o menino deveria se autointitular realeza. No entanto, ela estava numa situação complicada. Precisava da ajuda dele.

— Boa noite, Sua Majestade — disse ela, fazendo uma mesura desajeitada, e Marie a imitou.

— Que prazer conhecê-lo — complementou Marie.

O menino se curvou profundamente numa reverência.

— O prazer é todo meu — disse ele. — Sejam bem-vindas ao Castelo Yaroslav.

CAPÍTULO 11

— Eu sou o príncipe deste castelo — anunciou o menino —, e vocês são minhas hóspedes de maior honra.

Ele alisou a jaqueta e checou se a gola rígida ainda apontava para cima, mantendo a expressão muito séria durante toda a performance. *Ou ele é bom ator*, pensou Imogen, *ou é mesmo lelé da cuca.*

— Muito bem! — O menino pegou a vela. — Me contem... o que estão fazendo por aqui? Achei que os camponeses recolhessem seus filhos ao anoitecer. Não são fugitivas, são?

— Para começo de conversa, não somos camponeses — disse Imogen, estufando o peito para ficar mais alta. — Como já falei.

— Então o que são? Batedoras de carteira?

— É claro que não!

— Assassinas? — Ele deu um passo para trás.

— Estamos perdidas! — falou Imogen. — Nem deveríamos estar aqui.

— E onde deveriam estar? Vocês são da floresta?

— Acho que poderia ser chamado assim...

O menino aproximou a vela de Imogen.

— Você não parece ser da floresta — comentou ele, inspecionando sua calça jeans e sua camiseta. — Não está usando verde o bastante para ser uma lesni. Aliás, *o que* você está usando? Isso é uma roupa de dormir?

O relógio de estrelas

Imogen fechou as mãos em punhos e depois as relaxou, lembrando a si mesma de que precisava de toda ajuda possível.

— Vocês terão que passar a noite aqui — disse o menino. — Seriam comidas vivas lá fora.

Ele pareceu sentir um grande prazer ao proferir a última frase. Relanceou para as meninas a fim de ver se suas palavras tinham surtido efeito. Marie parecia horrorizada.

— Seria ótimo — respondeu Imogen. — Obrigada.

— Excelente. Sigam-me.

O menino se afastou, levando o pequeno círculo de luz consigo.

— Acha que deveríamos ir com ele? — sussurrou Marie.

— Não vejo outra opção — falou Imogen.

— É que a mamãe sempre fala para não irmos com estranhos. Acha que ele é um estranho?

— Ele é um estranho, sim, mas tenho bastante certeza de que mamãe não iria querer que fôssemos comidas por monstros também.

— Não — concordou Marie. — Mas ela nunca falou sobre isso *pacificamente*.

— É *especificamente*. De qualquer forma, se uma pessoa ama você, ela não precisa dizer *não seja comido por monstros*. É óbvio.

Imogen pensou na mãe voltando do teatro e encontrando as pizzas caseiras intocadas. Ela sempre deixava alguma comida especial para as filhas se fosse chegar tarde, e pizza era uma das comidas preferidas de Imogen.

Então pensou na avó, com sua bengala, procurando no jardim. O pensamento a deixou tão triste que ela o afastou.

— Vamos — disse para Marie. — Sua Alteza Real está se afastando.

CAPÍTULO 12

As meninas seguiram o menino pelos corredores alinhados por tapeçarias e por cômodos tão grandes quanto o ginásio da escola.

Ele parou aos pés de uma escadaria em espiral.

— Essa é a entrada para os meus aposentos — anunciou. — Nenhum plebeu jamais pisou além deste ponto. Exceto os criados, é claro. Vocês serão as primeiras.

Doidinho, pensou Imogen enquanto assentia.

Quanto mais subiam, mais estreita ficava a escada.

— Venham logo! — gritou o menino, que desaparecera à frente.

Os degraus os levaram a um cômodo circular.

— Nunca vi tantas velas — comentou Imogen. — Tudo isso é seu?

— Sim — confirmou o menino.

— Onde você arranjou essas coisas?

Os enormes olhos de Marie espiavam através de uma lupa.

— Eram do meu pai.

— E isso?

Marie se deitou num tapete de pele.

— Não lembro.

— E isso? — perguntou Imogen, soprando uma camada de poeira da face adormecida de um relógio antigo.

— Não toque nisso — falou o menino com rispidez. — É uma peça única.

Imogen se inclinou para perto. Queria olhar melhor o objeto que estava proibida de tocar.

O relógio era feito de madeira. Na frente havia cinco mãos imóveis e um conjunto de estrelas feitas de pedras preciosas. Imogen não conseguiu descobrir o que mantinha as estrelas no lugar. Elas pareciam pairar, mas não havia nenhum fio visível. Uma lua prateada espiava por trás da mão maior, como se fosse muito tímida para se revelar completamente.

— O que tem aqui dentro? — perguntou Imogen, dando um passo para trás e apontando para uma portinhola no topo do relógio. Era mais ou menos do tamanho certo para um hamster.

— Não lembro — respondeu o menino. — Ele parou de funcionar há anos.

— Por quê? — perguntou Marie.

O menino brincou com seus anéis.

— Acho que vocês já fizeram perguntas o suficiente por uma noite.

Marie lançou um olhar desejoso para a cama de dossel, com seus travesseiros fofinhos e cobertores de plumas. Ela olhou para Imogen, que assentiu. No segundo seguinte, Marie estava chutando os sapatos para longe e se enfiando embaixo dos lençóis.

Imogen se virou para o menino.

— Só mais uma pergunta...

— Sim?

— Por que você está nos ajudando?

— Já disse. Vocês seriam comidas vivas se ficassem lá fora.

— Mas onde estão todas as outras pessoas?

— Estão aqui. Em suas casas. Ao redor do castelo. Eu só sou o único que deixa velas acesas.

Imogen foi até uma janela e olhou para a cidade dominada pela escuridão. Elas tinham chegado à luz que viram da floresta.

— A gente deve estar no topo da torre mais alta do castelo — falou ela, meio que para si mesma.

— Não exatamente — respondeu o menino. — Esta é a *segunda* torre mais alta.

Imogen tirou os sapatos e se deitou ao lado de Marie.

— É melhor apagarmos as velas — disse, bocejando.

— Por que eu faria isso? — perguntou o menino.

— Tem risco de incêndio.

Ela estava repetindo as palavras da mãe, que vivia dando sermões sobre risco de incêndio.

— Risco de quê?

Mas Imogen não respondeu. Já dormia profundamente.

Enquanto ela dormia, monstros entravam e saíam da escuridão abaixo. Como fantoches de sombra grotescos, suas formas dançavam pelas janelas de persianas fechadas. Eles tomaram as ruas para si, chamando uns aos outros pelas praças vazias.

Nas grandes casas perto da catedral, se você espiasse para fora bem no momento certo, veria uma silhueta agachada no topo da torre do sino. Poderia parecer uma criança. Ou talvez um homem muito velho. Mas, se ousasse olhar mais de perto, você veria que seus ombros eram muito musculosos, seus braços, muito longos e seus dentes, muito afiados.

Os monstros passeavam de telhado em telhado. Andavam na ponta dos pés pelas calhas. Escondiam-se sob beirais. Se penduravam pelas garras em janelas de quartos.

Durante a noite, a cidade pertencia a eles.

CAPÍTULO 13

Havia luz do sol atrás das pálpebras de Imogen. Sinos tocavam. Isso era estranho. Não havia igrejas perto da sua casa. Um galo cantou. *Definitivamente* estranho.

E ela não ouvia os barulhos familiares da sua casa: o rádio da mãe, o gato exigindo o café da manhã. Onde estava o cheiro de ovo frito? Ela abriu um dos olhos. Onde estava seu suco de laranja? Ela abriu o outro. Onde estava tudo isso?

Então Imogen se lembrou. Ela se apoiou nos cotovelos e olhou ao redor, desembaraçando os sonhos e a realidade da noite passada. A floresta era real. A cidade cheia de ossos era real. O menino que as resgatara era real. Na verdade, ele estava acordado e observando-a de uma cadeira próxima à lareira.

Humm, pensou Imogen. Qual era a frase apropriada a ser dita? Talvez *Bom dia* ou *Dormiu bem?*. Eram essas coisas que a mãe dizia aos hóspedes. Mas Imogen era a hóspede, então foi direto ao ponto:

— Você precisa nos levar de volta à casa de chá. Nós não deveríamos estar aqui.

O menino afundou na cadeira.

— Você não deveria dizer algo como "Obrigada por salvar minha vida"?

Imogen pulou para fora da cama.

— Que horas são? — perguntou ela.

— Manhã.

— Isso eu estou vendo, mas que horas?

Ela calçou os sapatos e foi acordar Marie.

— Qual é a importância? — disse o menino. — Não tem motivo para pressa.

— Claro que tem. Nossa mãe deve estar preocupada. Ou zangada. Ou os dois.

Os pés do menino não chegavam a tocar o chão, e ele balançava as pernas enquanto falava.

— Não lembra? — perguntou ele. — Meu relógio está quebrado. Eu não sei as horas. Os sinos tocam ao amanhecer e ao anoitecer. Tudo no meio disso é dia. E, de todo o modo, por que correr de volta para um monte de adultos zangados?

— Eu não quero ir para a escola — murmurou Marie, ainda meio sonolenta.

O menino deslizou para fora da cadeira e adicionou, com um pouco de petulância:

— Achei que vocês fossem pelo menos ficar para jantar.

— Em que planeta você vive? — falou Imogen. — Passamos a noite toda fora. Mamãe deve ter chegado em casa há séculos, e aposto que a vovó já chamou a polícia. Eles devem estar lá nos jardins, nos procurando com cachorros.

— Ah, vai. Camponeses desaparecem o tempo todo. Ninguém sai procurando por eles. Muito menos cachorros.

— Essa é a última vez que vou dizer: *nós não somos camponeses*.

Marie tinha acordado e espiava ao redor com olhos embaçados.

— Vamos, Marie — disse Imogen. — Estamos indo.

O menino correu até a porta.

— Não estão nada! — gritou ele, bloqueando a saída. — Eu não permito!

O relógio de estrelas

Marie esfregou os olhos sonolentos.

— Imogen, quero ir para casa.

— Eu ordeno que vocês fiquem! — exclamou o menino.

— Não se preocupe — disse Imogen, ajudando Marie a sair da cama. — Estamos indo. Calce seus sapatos.

— É assim que você recompensa seu salvador? É assim que trata um príncipe?

— Não me importo com quem você é — falou Imogen. — Sai da frente!

— Não.

O menino lançou um olhar raivoso para as irmãs.

Imogen considerou suas opções. Havia dois machados pendurados sobre a lareira. Pareciam pesados. Havia um arco e fecha ao lado da porta. Ela não fazia ideia de como usar aquilo. Então viu uma espada presa na parede ao lado da cama.

Ela subiu na cabeceira.

— O que você está fazendo? — perguntou o menino.

Imogen se segurou no dossel da cama com uma das mãos e pegou a espada com a outra.

— Não mexa nisso! — exclamou ele.

Imogen segurou o punho da espada e puxou até soltá-la. O menino soltou um gritinho esganiçado. A espada era mais pesada do que Imogen imaginava e caiu no chão com um baque. Marie correu para perto, subitamente acordada e ansiosa para ajudar. Ela pegou a espada com ambas as mãos.

— Agora — disse Imogen, pulando para fora da cama —, saia do caminho.

O menino estava com uma expressão arrasada.

— Não — falou, parecendo um pouco menos confiante do que antes.

A mariposa das sombras

As irmãs avançaram. Marie golpeava o ar de uma maneira que deixava Imogen nervosa.

— Tudo bem, Marie, segura a onda — sibilou.

— Não estou fazendo de propósito — respondeu a irmã. — É muito pesada.

O menino acompanhava o movimento da lâmina com o olhar.

— Vocês não podem ir! — disse ele, mantendo a posição. — Não antes do jantar! Não é justo!

No último momento, ele perdeu a coragem e pulou para a direita, deixando a saída exposta. Marie largou a espada. Imogen abriu a porta e disparou pela escada em espiral.

— Vem! — gritou para a irmã. — Me segue!

Mas não chegou muito longe. Colidiu com uma figura que subia a escada e cambaleou de volta para o quarto do menino, tropeçando e caindo em cima de Marie.

— O que é isso? — perguntou a figura. — Duas camponesas que vieram roubar a Sua Alteza Real?

— A gente não *roubamos* nada! — exclamou Marie, exaltada.

— Roubou — corrigiu a irmã.

— É mesmo? — disse a figura, dando um passo para a luz.

Um homem muito velho de capa preta respirava ofegante no batente da porta. Seu rosto era enrugado e mortalmente branco. Parecia uma criatura que vivera embaixo de uma pedra por muito tempo. Quando recuperou o fôlego, apontou para Imogen e Marie.

— Deixemos que o rei decida o que fazer com vocês duas — falou ele.

CAPÍTULO 14

— Ah, Yeedarsh, é você! — falou o menino.

— A seu serviço — respondeu o velho, fazendo uma reverência trêmula. — Peguei essas ladras fugindo pela escada. Levarei ambas para as masmorras, Sua Majestade. Não se preocupe. Descobriremos como elas invadiram o castelo.

Marie se escondeu atrás de Imogen, que se virou para o menino.

— Nós não somos ladras — disse ela. — Vai, fala pra ele.

O menino cruzou os braços e olhou pela janela, de modo que Imogen não conseguia ver seu rosto.

— Ah, temos muitos iguais a vocês nos Fossos Hladomorna — respondeu Yeedarsh com um sorriso maldoso. — Muitos que se dizem inocentes. Mas sempre acabam confessando no final. — Ele umedeceu os lábios, olhando alternadamente para o menino e as duas meninas. — Não é, Sua Alteza?

— Hum... sim. É mesmo.

— Vou buscar os Guardas Reais — disse Yeedarsh. — Elas não lhe causarão mais problemas. Ou talvez possamos simplesmente jogá-las pela janela? Poupar-nos do trabalho?

O menino olhou ao redor como se incerto do que responder.

— Era o que costumávamos fazer quando os Fossos estavam lotados — continuou o criado. — Seu avô nunca se arrependeu de jogar os

A mariposa das sombras

inimigos pela janela. Exceto por aquele que aterrissou numa pilha de estrume. Fugiu saltitando apenas com um tornozelo torcido...

— Yeedarsh, você está se empolgando — disse o menino.

— Bem, *o que* você quer fazer com elas?

Houve uma longa pausa.

— Que horas é o chá? — perguntou Imogen.

— O que isso tem a ver? — retrucou Yeedarsh com rispidez, contraindo o semblante de modo que parecesse um lenço de papel velho.

— Nós vamos ficar para o chá — disse ela baixinho.

O menino não se virou. Imogen prendeu o fôlego.

— Affe! Camponesas ladras no jantar? — desdenhou Yeedarsh com a voz rouca. — Nosso príncipe preferiria jantar sozinho a ter a companhia de gente da sua laia. Não é verdade, Sua Alteza?

— Jantar... sozinho? — repetiu o menino.

— Sim. Como sempre faz, Sua Majestade.

— Por que eu faria isso quando tenho hóspedes?

Ele apontou para Imogen e Marie com a cabeça.

— Hóspedes? Você quer dizer que convidou essas... pessoas para dentro do castelo?

— Sim.

— Mas por quê? O rei sabe? Ele precisa saber.

— Deixe isso comigo, Yeedarsh — pediu o menino.

O homem estava visivelmente perplexo. Ficou ameaçando sair, mas voltava, abrindo e fechando a boca.

— Queremos café da manhã para três — falou o menino. — Avise à cozinha.

— Hum... muito bem — respondeu o velho criado. — Mas, se algum talher de prata sumir, seu tio vai matá-las. Contarei as colheres...

CAPÍTULO 15

Depois do café da manhã, Imogen e Marie receberam instruções claras de como passar as horas antes do jantar. O menino disse que elas deveriam brincar pelo castelo, mas não deveriam se aventurar lá fora. Deveriam voltar ao quarto no topo da segunda torre mais alta quando os sinos batessem, ao pôr do sol.

O castelo era tão grande e vasto que as meninas não tiveram dificuldade em evitar adultos. Mal parecia haver qualquer um por ali. Em vez de pessoas, o castelo era ocupado por objetos estranhos e belos. Alguns cômodos abrigavam itens decorativos; outros estavam tão lotados que mal dava para abrir a porta.

Num dos cômodos havia um grande grupo de guerreiros de aparência feroz. A princípio, Imogen ficou apavorada, mas logo percebeu que não passavam de armaduras.

Marie experimentou um elmo.

— É bom que não nos peçam para comer nada que ainda tenha cara — disse ela. O elmo cobria seus olhos e nariz, mas sua boca continuou: — Se ele servir peixe, vou dar o fora daqui.

Outro cômodo era inteiramente dedicado a pesos de papel. Alguns eram feitos de vidro soprado, e outros, de metal. Havia até um de madeira, entalhado no formato de um urso. O cômodo tinha uma grande janela com vista para a praça que as meninas atravessaram correndo na noite passada.

— Ali está o muro da cidade — comentou Marie —, e o prado por onde andamos para chegar até aqui.

Imogen se juntou à irmã na janela.

Além do prado havia florestas e montanhas. Elas pareciam cercar o vale, sem deixar escapatória. As florestas eram escuras e densas, e o topo das montanhas, tão pontudo quanto ponta de flechas. Algumas árvores já estavam ficando douradas, o que era estranho, porque em casa, as férias de verão estavam só começando.

— Imogen, como vamos encontrar a porta entre todas essas árvores?

— Não vai ser fácil — concordou Imogen. — Poderíamos partir agora, tentar refazer nossos passos.

— Como assim, não vamos ficar para o chá?

— Aquele menino não vai nos impedir. Ele nem vai notar que fomos embora até ser tarde demais. Disse que tinha *seus próprios compromissos*.

— Mas prometemos que ficaríamos para o chá...

— Não lembro de ter prometido nada.

Marie contraiu os lábios com força, o que sempre fazia quando estava pensando.

— E se os monstros ainda estiverem lá fora? — perguntou.

Imogen olhou para a praça lá embaixo, onde algum tipo de feira acontecia. Não parecia haver nenhum monstro, mas ela ainda se lembrava daquele grito horrível e do medo de ser perseguida. Um arrepio desceu por sua espinha.

— Talvez valha *mesmo* a pena ficar para o jantar — disse ela. — Se entrarmos no joguinho dele, de repente o menino nos ajude a ir para casa. Pode até ser que saiba como fazer a porta da árvore abrir.

— Sim, boa ideia — concordou Marie, se animando. — Com um pouco de ajuda de alguém que mora aqui, vamos voltar rapidinho para a mamãe.

Imogen assentiu. Havia um pensamento enterrado tão no fundo de sua mente que ela mal tinha consciência dele, mas estava lá: o castelo era interessante, assim como a cidade, especialmente agora que não havia monstros. Talvez não fosse tão ruim que a mãe precisasse esperar pela volta delas. Talvez fosse apenas justo.

Afinal, se a mãe podia sair com seus "amigos" e deixá-la para trás, então Imogen poderia fazer o mesmo.

CAPÍTULO 16

O príncipe Miroslav — a quem Imogen se referia em sua mente como *o menino* — nunca contou às suas hóspedes o que fizera naquele dia.

Ele não contou que vinha fazendo preparativos frenéticos para a noite: instruindo cozinheiros, mandando criados em missões fora do castelo. Queria parecer normal. Queria que as meninas pensassem que ele recebia hóspedes para jantar toda semana.

O príncipe nunca contou como seu estômago se revirou quando ele se aproximou do escritório do tio. Dois guardas estavam a postos de cada lado da porta.

— O rei Drakomor está? — perguntou Miroslav.

— Sim, Sua Majestade.

Ele empurrou com esforço a porta pesada, abrindo-a apenas o suficiente para se esgueirar para dentro.

O rei bloqueara a luz solar do cômodo, mas não para proteger pergaminhos delicados. Havia pouquíssimos livros em seu escritório. Em vez disso, as prateleiras guardavam miudezas de ouro, ornamentos raros e pedras preciosas.

O escritório ficava cada mais vez cheio. O príncipe Miroslav teve que encolher a barriga para que pudesse passar por um enorme vaso pintado. O objeto era novo ali.

O rei acumulador, dono daquilo tudo, estava sentado à sua escrivaninha no centro do cômodo.

Uma das joias, exposta numa base de mármore, era mais alta que Miroslav. Quando ele passou atrás dela, sua silhueta ficou laranja.

— Miroslav, é você?

O menino paralisou feito um inseto em âmbar.

— Sim, tio.

— Não se esgueire. Não suporto gente que se esgueira. Especialmente em meio à minha coleção.

Miroslav espiou por detrás da joia.

— Desculpe, tio.

— Você não tocou no vaso, tocou?

— Não.

— Que bom. Ele tem quinhentos anos, da época da Dinastia Nerozbitny. Uma peça única.

Miroslav não sabia como responder a essa informação.

O rei Drakomor estava ocupado em sua mesa, limpando um colar com uma escovinha minúscula. Usava um monóculo, de modo que, quando se virou para Miroslav, o fez piscando um dos olhos aumentados.

O rei não se parecia com o sobrinho. Seu nariz era menor e mais reto. Tinha pele clara e olhos cinza próximos, e usava o cabelo partido de lado, seguindo a moda. Às vezes Miroslav se perguntava se seu tio o amaria mais se eles fossem parecidos.

— O que está fazendo aqui? — perguntou o rei, baixando o colar.

O coração de Miroslav acelerou. E se o velho criado, Yeedarsh, tivesse vindo antes? E se tivesse dito ao tio de Miroslav para mandar as meninas às masmorras?

— Desembucha — disse o rei, tamborilando na mesa com os dedos e fazendo os anéis se tocarem.

— Você sabe que estou sem tutor no momento — começou Miroslav.

A mariposa das sombras

— Como poderia esquecer? Yeedarsh nunca cala a boca sobre o assunto.

— Bem, eu estava me perguntado se, no meio-tempo, talvez pudesse ter outras crianças com quem brincar?

O rei arqueou uma sobrancelha, fazendo o monóculo cair na mesa.

— Que outras crianças?

— Ah, só uns amigos.

— Você não tem amigos.

O rei não falou isso de maneira cruel, apenas pragmática. Ainda assim, Miroslav se encolheu.

— São só duas camponesas que conheci quando visitei o mercado — explicou ele. — Ninguém importante.

— Camponesas? Eu não quero que elas roubem minha coleção — retrucou o rei. — E não quero que você pegue os hábitos ruins delas.

— Não vou.

— E não quero que se meta no meu caminho. Também estou esperando hóspedes. Não tenho como lidar com um monte de crianças correndo por aí.

— Você não vai nos ver, prometo. Nem vai saber que estamos aqui.

— Hum. — O rei alisou o bigode.

— Por favor, tio.

O rei Drakomor voltou a pôr o monóculo e polir o colar. Não ergueu os olhos na direção do sobrinho enquanto dizia:

— Tudo bem, menino. Pode ficar com elas. Mas, se eu sequer sentir *cheiro* de uma criança por perto nos próximos dias, suas amiguinhas vão ser jogadas lá fora depois do anoitecer para serem mortas pelos skrets. Estamos entendidos?

Antes que Miroslav conseguisse responder, o rei deu um salto.

— Droga! — gritou, subindo na mesa. — É uma daquelas mariposas... aquelas que comem tecido. — O rei deu um tapa no ar acima

O relógio de estrelas

da cabeça. — Se essa coisa tiver comido minha seda, ela vai se ver comigo!

Uma mariposa lilás flutuava acima de sua cabeça, ligeiramente fora de alcance.

— Rápido, menino, vá chamar um criado! — exclamou o rei. — Mande-o trazer uma rede!

A mariposa voou para longe, circulou a enorme pedra laranja e pousou no vaso de quinhentos anos. Miroslav a seguiu.

— Mate essa mariposa! — berrou o rei.

Miroslav ouviu o tio se levantar com pressa da mesa.

Ele se aproximou com cuidado do vaso. A mariposa era linda, com asas da cor de uma pena de pavão desbotada. Seu tio avançava a toda velocidade.

— Saia do caminho! — exclamou o rei.

Miroslav agiu depressa. Ele pegou a criatura nas mãos em concha e pulou para o lado. Seu tio, que vinha correndo em sua direção, tropeçou num lince empalhado e — por um momento — ficou suspenso no ar antes de despencar sobre o vaso.

Um estrondo terrível foi seguido por um uivo. Os guardas dispararam para dentro do cômodo, e Miroslav correu para fora até a janela mais próxima e libertou sua prisioneira. A mariposa voou para longe, deixando um rastro de pó prateado nas mãos do menino.

CAPÍTULO 17

A noite chegou pontualmente. O sol se pôs e, como se conectada a ele por polias invisíveis, a lua crescente ocupou sua posição. Era o tipo de pôr do sol durante o qual até uma mariposa passageira parecia mecânica: com o suave zumbido de engrenagem das asas.

As estrelas se acenderam, as luzes da cidade se apagaram, e, no topo da segunda torre mais alta, o cenário foi montado. Uma longa mesa fora posta, repleta de pilhas enormes de guloseimas tentadoras: cascas de laranja cristalizadas, massas folhadas recheadas com creme de limão e trufas de pistache. O menino voltara a acender as velas, e o cômodo resplandecia.

Criados com pratos equilibrados nas mãos passavam apressados uns pelos outros, com toda a pose e postura de uma bailarina principal em um espetáculo. Eles eram muitos para aquele espaço, mas de alguma forma conseguiam se mover sem se esbarrar. Conduzindo o show, de pé numa cadeira para que seus gestos fossem visíveis, encontrava-se o menino.

Imogen entrou no cômodo e olhou ao redor com admiração. Marie também encarava com os olhos arregalados. Quando o menino bateu palmas, a dança parou de repente.

— Por favor — disse ele, pulando para o chão. — Sentem-se.

Cadeiras foram puxadas. Guardanapos foram abertos em colos.

Os únicos comensais pareciam ser Imogen, Marie e o menino. Ele trocara de roupa para a ocasião e agora exibia uma túnica azul coberta de estrelas douradas. Suas botas tinham a frente pontuda e o cano largo, quase chegando aos joelhos.

— Espumante, madame? — perguntou um criado de bigode enrolado.

— Ahn, não, obrigada — respondeu Imogen, torcendo o nariz.

— Talvez um pouco de Parlavar?

O criado brandiu uma garrafa de um líquido cor-de-rosa.

Imogen balançou a cabeça.

— Ramposhka Vermelha?

— Eu tenho onze anos — disse a menina. — Normalmente bebo limonada.

O criado endireitou as costas.

— Hummm, *limon-ada*. Sinto dizer que não temos essa safra.

Havia um monte de talheres. Cinco facas, seis garfos e três colheres. Imogen teve um vislumbre de seu rosto retorcido na colher de sobremesa. Droga, o que deveria fazer com tudo aquilo?

Uma corrente de criados passava pratos para cima e para baixo da escada em espiral, levando louças vazias e trazendo mais comida. Durante um dos pratos, um violinista tocou e Marie acompanhou com palmas, por mais que não fosse o tipo certo de música para isso.

Ao final do terceiro prato, Imogen se virou para o menino.

— Não é estranho? — perguntou ela. — Estamos todos aqui, comendo juntos, mas não fomos propriamente apresentados.

— O que gostaria de saber?

— Seu nome seria um bom começo.

O menino limpou a garganta.

— Eu sou o príncipe Miroslav Yaromeer Drahomeer Krishnov, lorde da cidade de Yaroslav, supervisor dos reinos da montanha e guardião das florestas Kolsaney.

— E como as pessoas chamam você? — perguntou Imogen.

A mariposa das sombras

— Sua Alteza.

— Não, quero dizer como seus amigos chamam você.

O menino pareceu desconfortável.

— Sua Alteza Real?

— Não acredito em você — respondeu Imogen.

— Você pode me chamar de príncipe Miroslav, filho de Vadik, o Valente... ou Miro. É o nome que minha mãe usava.

— Miro — disse Marie. — É um nome bonito.

Eles devoraram o quarto prato: porco caramelizado com mel e legumes amanteigados quentinhos. Imogen atacou sua comida com uma colher de sopa. Marie tentou a faca de peixe.

— Você não quer saber nossos nomes? — perguntou Imogen. Então, sem se dar ao trabalho de esperar pela resposta, completou: — Eu sou Imogen Clarke, e ela é Marie Clarke. Somos irmãs.

— Irmãs. Enten...

De repente, a conversa foi interrompida por um grito terrível. As meninas correram para a janela mais próxima.

— São os monstros de novo! — exclamou Marie. — Parece ter vindo dali.

Ela apontou para os limites da cidade. Miro se serviu de chá de hortelã e esperou que suas hóspedes voltassem aos assentos.

Imogen lançou um olhar para ele.

— Você não parece muito preocupado.

Ele deu de ombros.

— É normal.

— O que eles *são*? — perguntou Marie.

— Os skrets — informou o menino.

— Skretch?

— Bem, vocês não são mesmo da floresta se nunca ouviram falar dos skrets.

— Nós não somos mesmo da floresta — disse Marie. — Por favor... nos conte sobre os monstros.

— Os skrets são criaturas noturnas das montanhas — explicou Miro. — Não são muito maiores do que eu ou você, mas são carecas como velhos e enxergam no escuro. Seus dentes são afiados, e suas mãos têm garras. Às vezes andam igual a humanos e outras rastejam como aranhas. Eles descem das montanhas ao anoitecer, correm pela cidade e matam tudo o que veem pela frente. Se não existem skrets na sua terra, vocês têm sorte.

Ele deu um gole no chá. Estava claramente gostando de ter uma plateia.

— Eram skrets que estavam nos perseguindo ontem à noite? — perguntou Imogen.

Miro assentiu.

— E eles teriam nos comido se nos pegassem?

— Não, não — respondeu o menino.

— Ufa! — exclamou Imogen, lembrando de como ficou assustada.

— Eles teriam matado vocês, com certeza... feito uma sujeira com o corpo.

— Ah.

— Mas eu estava brincando quando disse que eles comem pessoas.

Que hilário, pensou Imogen.

— Você não consegue impedi-los de entrar na cidade? — perguntou Marie.

— Meu tio tenta. Ele é o rei, sabe. Manda os guardas fecharem os portões da cidade ao anoitecer. E falou para todo mundo colocar ossos de skrets do lado de fora das casas, para mostrar aos monstros o que acontece se eles ficarem vindo para cá... mas nada parece funcionar. É por isso que tocamos os sinos: para alertar todo mundo que os skrets estão a caminho. É claro que nada disso acontecia quando meus pais estavam por perto. Os skrets não eram um problema naquela época...

A mariposa das sombras

Imogen não respondeu. Estava pensando nos pequenos crânios com dentes triangulares que decoravam as casas.

— Mas estamos a salvo aqui em cima — concluiu o príncipe, sinalizando para os criados tirarem os pratos vazios.

— Não deveríamos apagar as luzes, assim como as outras pessoas fazem? — perguntou Marie, olhando para as velas ao redor.

— Ah, não. Os skrets não conseguem entrar no castelo, muito menos subir até a minha torre. Não são inteligentes nem grandes o bastante. O cérebro deles só têm um terço do tamanho de um cérebro humano.

— Às vezes — disse Marie — até as coisas pequenas podem ser um bocado ferozes.

— Além disso — continuou o menino —, eu tenho armas. Não teria nenhum problema em lutar com alguns monstros.

Imogen o encarou. Achava aquilo muito improvável.

— Onde estão seus pais? — perguntou ela. — Você disse que as coisas eram diferentes quando eles estavam por perto.

— Ah, sim. Eles estão com as estrelas agora... Acho que não precisamos... — Miro passou os dedos pelo cabelo grosso e cacheado.

Houve uma pausa.

— Gostariam de um pouco de chá? — Ele encheu a xícara delas. — Tentei arranjar um urso dançante para esta noite, um dos pequenos, mas pelo visto não é mais possível capturá-los. Os ursos dançantes estão em falta.

Ele soltou um risada pelo nariz. Imogen não entendeu a piada.

— Então como é que vocês acabaram correndo de skrets dentro da minha cidade? — perguntou ele. — Se não são camponesas nem da floresta, de *onde* são?

— Ah — respondeu Imogen. — Bem, isso é meio complicado.

CAPÍTULO 18

Enquanto tomavam chá de hortelã, Imogen contou ao príncipe sobre a jornada delas pelos Jardins Haberdash. Ela não mencionou a mariposa das sombras. Não estava a fim de compartilhar *toda* sua história com Miro e a irmã. Ainda não.

Marie não parava de interromper, mas ficava confundindo tudo, então Imogen teve que falar para ela ficar quieta. Quando chegou à parte sobre a porta na árvore, Marie se intrometeu de novo. Fez parecer que tinha ajudado a encontrá-la. Imogen não perdeu tempo em corrigi-la:

— Marie apenas me seguiu. Ela está sempre copiando minhas ideias.

— Não estou nada.

— Está, sim.

— Quero ouvir o resto da história — disse Miro.

Imogen continuou e parou na parte em que entrou na cidade com a irmã. O príncipe perguntou:

— E a parte em que resgatei vocês? Faltou essa parte.

— Bem, você sabe o que aconteceu depois. Não preciso contar — respondeu Imogen.

— Eu gostaria de ouvir mesmo assim.

— Não seja ridículo. Não vou contar uma história sobre você mesmo.

— Eu sou o príncipe e quero ouvir a história.

Imogen revirou os olhos.

A mariposa das sombras

— Tudo bem. Marie, pode contar essa parte.

Marie terminou a história, usando muitas palavras rebuscadas e uma descrição muito favorável do príncipe.

— Enfim — interrompeu Imogen —, o ponto é que precisamos voltar para casa.

Dois pares de olhos se voltaram para Miro.

— Preciso admitir — disse ele. — Nunca ouvi falar desse jardim ou da rainha que o governa.

— Ela não é uma rainha — retrucou Imogen. — É só a sra. Haberdash.

— Eu nunca ouvi falar de alguém que tenha colocado uma porta numa árvore. As pessoas da sua terra devem ser muito estranhas.

— Você vai nos ajudar a voltar para casa? — perguntou Imogen. — Porque, se não for, é melhor irmos embora logo.

Ela empurrou a cadeira para trás a fim de mostrar que falava sério.

— Assim que terminarmos a sobremesa — adicionou Marie.

Miro começou a brincar com os anéis. Naquela noite usava vários empilhados no dedo indicador e um grande em cada dedão.

— Achei que estivesse fazendo um favor a vocês — murmurou. — Resgatei-as dos skrets e deixei que ficassem para o jantar, mesmo que sejam camponesas.

— Pare de girar esses anéis — ordenou Imogen. — Está me deixando maluca. Não somos camponesas, e tenho certeza de que podemos encontrar a porta sozinhas se precisarmos. Só pensei que, por ser um príncipe e tudo o mais, você pudesse fazer *alguma coisa*. Achei que pelo menos tivesse um criado que pudesse fazer a porta se abrir. Não é como se estivéssemos pedindo para matar um dragão.

A última frase pegou no ponto fraco. O príncipe corou.

— Meus ancestrais mataram o último dragão desse reino.

— Que pena — comentou Imogen.

Silêncio.

— Tudo bem — falou o menino. — Vou ajudá-las. Na verdade, farei um pacto.

Ele revirou um baú velho e pegou uma adaga. Marie deu um gritinho agudo.

— Não se preocupe — disse Miro. — Só preciso de uma gota.

— Uma gota de quê? — perguntou Marie.

— Do seu sangue, é claro.

— Meu *sangue*?

— Não só o seu; todo mundo precisa dar um pouco. É assim que selamos o pacto.

— Não podemos dar um aperto de mãos? — sugeriu Imogen.

— Ou jurar de coração? — argumentou Marie.

— Eu começo — disse Miro.

As três crianças se juntaram sob o antigo relógio adormecido. Miro ergueu o dedão esquerdo para as meninas, como um mágico prestes a fazer um truque. Em sua mão direita, a lâmina reluziu. Ele tocou a parte macia do dedão com a ponta da adaga.

— Prometo fazer tudo que puder para ajudar essas duas camp...

— Imogen e Marie.

— ... para ajudar *Imogen e Marie* a voltarem para casa.

Ele olhou para elas em busca de aprovação. Imogen assentiu.

A lâmina estava afiada. Furou a pele com uma pequena pressão, fazendo brotar uma gota de sangue vermelha como rubi. Ele virou o rosto para escondê-lo, mas foi tarde demais; Imogen o viu se encolher de dor. Ele estendeu a adaga.

— Agora você.

— O que eu deveria prometer? — prometeu ela.

— Que será minha fiel súdita — disse Miro.

Imogen não pegou a adaga.

— Fiel súdita? O que isso significa?

— Sabe como é... Que você irá aonde eu for. Que vai jantar comigo e coisas assim.

— Que coisas assim? — perguntou ela, exigente.

— Ir pescar. Brincar no jardim. O que eu quiser — explicou o príncipe. Imogen bufou.

— Você quer dizer ser sua amiga? Você quer que a gente prometa que vai ser sua amiga?

— Chame do que quiser.

— Você só pode estar brincando — disse ela, mas a expressão do príncipe era seríssima. Ele voltou a oferecer a adaga. — Só até voltarmos para casa? Sabe que não ficaremos muito, não sabe?

— Ah, sim — respondeu o príncipe. — Só até voltarem para casa. Imogen pegou a adaga.

— Que absurdo. — Ela encostou a lâmina no dedão. — Tá bom, eu prometo andar com Miro e ser sua fiel... amiga. Só até voltarmos para casa.

— Ótimo, agora faz o...

— Eu sei, eu sei.

Imogen furou a pele e passou a adaga para Marie.

— Eu não vou fazer isso.

— Vai, sim — respondeu Imogen.

— Por quê? Por que eu preciso fazer isso?

— Porque, Marie, se você não fizer, não vai merecer seu ingresso de volta para casa.

— Não precisa de nós duas, precisa? — perguntou Marie, olhando para Miro com uma expressão suplicante.

— Uma de vocês deve bastar — disse o príncipe.

— Ah, para de agir igual a um bebê — falou Imogen, segurando o pulso de Marie. — Repete comigo: eu prometo...

— Imogen! — gritou Marie.

— Para de se mexer. Só vou tirar um pouquinho de sangue, não cortar sua mão fora.

— Você está me machucando!

— Tudo bem — disse Miro. — Acho que já funciona com dois de nós.

— Ah, que seja. Sua bebezinha.

Imogen soltou o pulso de Marie.

Imogen e Miro juntaram os dedões.

— Pronto — falou o príncipe. — O pacto está selado.

Quando se afastaram, o relógio às suas costas começou a funcionar. As mãos giraram, as engrenagens zumbiram e as estrelas mecânicas flutuaram pelo mostrador. Tudo se movia depressa demais: soando meia-noite, depois meio-dia, passando dias em segundos.

De repente tudo parou, ou melhor, começou a funcionar como um relógio normal. As mãos passaram a tiquetaquear como se nunca tivessem feito nada diferente daquilo.

Dessa vez, quando o relógio chegou à meia-noite, a portinha se abriu e uma escultura de duas meninas deslizou para fora sobre rodinhas. A menor tinha o cabelo longo e cacheado preso num rabo de cavalo. A mais alta tinha cabelo curto e liso.

As meninas em miniatura fizeram uma mesura, deram um giro completo e voltaram para dentro do relógio. A porta se fechou atrás delas.

CAPÍTULO 19

Imogen se deitou na grande cama no topo da segunda torre mais alta. Seu dedão parara de sangrar, e, com a barriga cheia de comida, ela adormeceu bem depressa. Mas, como costuma acontecer quando não dormimos na própria cama, a menina teve um sono agitado, com sonhos estranhos e assustadores.

Ela havia retornado para casa. Escutava sua mãe dentro do banheiro, chorando. Imogen abriu a porta e a encontrou sentada dentro da banheira, vestida. Ainda não abrira as torneiras. Estava só olhando para elas, como se não conseguisse se decidir se as girava.

A mãe fizera isso na vida real quando Ross, um antigo namorado, terminou com ela, mas já fazia anos. Imogen se ajoelhou ao lado da banheira e espiou por cima da borda. A maquiagem da mãe estava escorrida em suas bochechas.

— Foi o Mark? — perguntou Imogen. — Vocês brigaram?

A mãe fez uma expressão confusa.

— Mark, o amigo com quem você foi ao teatro?

O banheiro começou a se encher de água. O líquido empoçava ao redor das pernas de Imogen, mas ela não se mexeu.

— Eu sei quem é Mark, mas quem é você?

— Sou eu... Imogen.

A mariposa das sombras

A água chegou à cintura dela.

— Como você entrou na casa?

— Ah, mãe. A gente só passou uma noite fora...

— Cadê o Mark? — disse a mulher com a voz esganiçada.

Imogen se levantou quando a água começou a fluir para dentro da banheira, inflando as roupas como balões.

— Você precisa se levantar — falou Imogen, oferecendo a mão. — O banheiro está alagando.

Mas a mãe só fechou os olhos, enquanto a água espirrava em seu rosto. Ela se segurava na banheira com ambas as mãos.

A água ergueu Imogen do chão e começou a deixá-la em pânico. Ela nadou de volta até a mãe e sacudiu-a pelos ombros. A mulher abriu os olhos e sorriu.

— Está tudo bem — articulou sem som.

— Não está nada! — exclamou Imogen.

Ela subiu para buscar ar. A água já estava quase no teto. Por que mamãe não escutava? Como poderia já ter se esquecido das filhas?

Então ela ouviu um som estranho... sinos. Havia sinos no banheiro.

Imogen abriu os olhos ao subir à superfície pela segunda vez. Estava deitada numa cama de dossel. Sua mãe não estava em lugar algum. Os sinos de Yaroslav soavam para anunciar o amanhecer, e chovia.

Imogen ficou parada até a última badalada do sino. Fora só um sonho. É claro que mamãe sabia quem ela era. Provavelmente as estava procurando naquele minuto. Nunca se esqueceria das suas meninas. *Ou esqueceria?*

Imogen se virou e viu Marie dormindo ao seu lado. Miro estava enroscado no pé da cama feito um poodle mimado. Ele abriu os olhos quando o relógio começou a tocar. Uma figura nova saiu pela portinha.

Era um caçador. Ele atirou uma flecha imaginária com seu arco minúsculo antes de voltar para dentro do relógio.

Miro bocejou e disse:

— *Um caçador não merece confiança,*

pois nunca se sabe ao certo

se ele só busca o cervo para a matança,

com suas flechas e seu arco aberto.

— O que é isso? — perguntou Imogen.

— Só um poema antigo — informou Miro, e se sentou de repente.

— Caçador. Tive uma ideia! Poderíamos chamar Blazen Bilbetz para nos ajudar a achar a porta na floresta.

— Quem é Blar-zen?

Miro lançou um olhar incrédulo para Imogen.

— Você não conhece Blazen Bilbetz? Ele é só o melhor caçador de Yaroslav. Aposto que conseguiria encontrar sua porta rapidinho e aposto que a abriria com um chute. Afinal, a floresta é onde ele caça. Vamos pedir a ajuda dele. Acorde Marie.

Imogen olhou para a irmã. Ela parecia tão tranquila, como um bebê adormecido.

— Vamos sem Marie. Ela só vai nos atrasar.

— Ela não vai ficar triste por ter sido deixada para trás?

— Provavelmente, mas ela não é muito útil em aventuras. Voltaremos para buscá-la daqui a algumas horas... quando tudo estiver resolvido.

Se ao menos tivesse sido tão fácil. Muitas horas se passariam até que Imogen e Miro retornassem.

CAPÍTULO 20

Naquele mesmo dia, numa grande casa próxima ao rio, uma jovem chamada Anneshka Mazanar recebeu um convite muito importante. Ela abriu a porta da frente para um homem barrigudo. Ele usava o uniforme carmesim da Guarda Real e estava encharcado de chuva.

Ele encarou Anneshka com a boca entreaberta, como se em transe. Anneshka estava acostumada a ser encarada e não se importava muito. Na verdade, ela gostava. Sua beleza era o assunto de Yaroslav. Diziam que ela tinha sido desenhada, não parida. Diziam que seu rosto em formato de coração era perfeito, com olhos violeta, lábios carnudos e sua cascata de cabelos loiros.

— Posso ajudá-lo? — perguntou ela.

O Guarda Real despertou do devaneio, secando a ponta do nariz.

— Sim, senhorita, desculpe, senhorita. Tenho uma carta para seu pai. Pode entregar para ele?

— É claro — confirmou Anneshka, abrindo um de seus melhores sorrisos para o guarda antes de agarrar a carta e correr para seu quarto no topo da casa.

Seus dedos tremeram ao romper o lacre da realeza. Era o que ela esperava: um convite do rei. A carta dizia que seus pais deveriam visitar o castelo, acompanhados de sua "encantadora" filha. Anneshka sentiu o coração palpitar.

O relógio de estrelas

A jovem olhou para o Castelo Yaroslav pela janela do quarto. De jeito nenhum seus pais iriam com ela. Nem pensar. Era *ela* que o rei queria ver, e seus pais só tinham sido convidados por pura educação.

Ela leu a carta de novo. O rei dizia que fora um "prazer" conhecê-la no baile real. Anneshka se lembrava bem. Durante sua primeira dança com o rei Drakomor, ela vira como ele era bonito, com olhos acinzentados e um bigode elegante.

Durante a segunda dança, ela vira outra coisa, algo que outras pessoas não percebiam. Ela vira que ele queria ser resgatado. Depois disso, ganhar seu coração foi fácil.

Por mais que o primeiro encontro de Anneshka com o rei tivesse sido no baile, ela já estava de olho nele há anos. Desde os sete anos, sabia que seria rainha de Yaroslav. A mãe de Anneshka trançava seu cabelo na primeira vez que lhe contou a história.

"As estrelas guardam um grande futuro para você", dissera a mãe.

"Como você sabe?", perguntara a pequena Anneshka. Sua mãe prendera o cabelo dela com muita força, e estava doendo.

"Fique parada que eu conto. Na noite em que você nasceu, recebi a visita da bruxa da floresta: aquela que chamam de Ochi. Ela havia sido expulsa da cidade há muito tempo, e seu pai não a queria dentro de casa, mas eu sabia por que ela viera. Pedi para ele deixá-la entrar. A bruxa embrulhou você numa coberta e me deu um remédio para dor. Então se ofereceu para ler as estrelas."

"Para mim?", disse Anneshka. Ela queria se virar e olhar para a mãe a fim de ver se ela estava falando a verdade, mas ela puxou sua trança. Anneshka deu um grito.

"Eu disse para ficar parada!"

"Desculpa, mãe... Mas o que as estrelas disseram?"

A mariposa das sombras

"Ochi leu as estrelas para você, e paguei bem pelos seus serviços. Bem demais, alguns poderiam dizer. Quando terminou de observar as estrelas, a bruxa se aproximou da minha cama e sussurrou no meu ouvido. Ela falou que você seria uma grande rainha."

"Uma grande rainha de onde?", perguntou Anneshka.

"De Yaroslav, é claro."

"Mas como isso vai acontecer? Eu não sou uma princesa..."

"Não", concordou a mãe. "Seu pai não é nem o homem mais rico da rua, mas já conversei com ele e chegamos a um acordo. Nada lhe faltará. Quando o destino chamar, você estará pronta."

A mãe de Anneshka torceu novamente o cabelo dela.

"Pronto. Pode se mexer agora. Terminei sua trança."

Foi só quando o rei Drakomor foi coroado e Anneshka se tornou maior de idade que ela enxergou seu caminho para o trono. Era tão óbvio, como se essa parte também estivesse escrita nas estrelas. O rei Drakomor não tinha esposa.

Anneshka se sentou à escrivaninha para escrever sua resposta ao rei. Acariciou o queixo com a ponta da pena.

— Vejamos — sussurrou ela —, como o papai normalmente começa suas cartas...?

CAPÍTULO 21

Imogen e Miro saíram em busca de Blazen Bilbetz. Miro disse que eles reconheceriam o caçador assim que o vissem. Ele era grande como um urso, o homem mais alto de Yaroslav, e vestia as peles das feras que matara.

Imogen pegou uma capa emprestada para usar por cima de sua roupa e se proteger da chuva. A água descia pelos telhados e espirrava nas ruas de paralelepípedos, formando pequenos córregos nas laterais. Algumas pessoas tinham prendido crânios de skrets na boca das suas calhas, como gárgulas feitas em casa. A água jorrava pelas mandíbulas.

Apesar da capa, os dedos de Imogen logo ficaram dormentes e seus sapatos, encharcados. Conforme a tarde passava, ela começou a se perguntar se Blazen era um produto da imaginação do príncipe. Ela perdera as contas de quantas estalagens tinham visitado, mas ainda não havia sinal do homem.

Miro parecia ter um estoque interminável de histórias. Blazen enfrentara uma missão impossível, Blazen quase morrera, Blazen triunfara e fora chamado de herói. Era o mesmo enredo. Toda santa vez.

— Vai escurecer em breve — disse o príncipe. — Essa vai ter que ser a última estalagem de hoje.

Imogen espiou pela janela encardida do Hounyarch. Dava para ver uma vela acesa lá dentro.

A mariposa das sombras

— Por mim tudo bem — respondeu ela.

O interior da estalagem cheirava a suor e cerveja. Imogen se esgueirou entre cotovelos e barrigas. O balcão do bar ficava na altura dos olhos da menina. À esquerda, cerveja espumosa espirrava e copos batiam. À direita, dinheiro era passado entre mãos ágeis de jogadores de carta. Acima, cabeças de bichos mal empalhados observavam a cena: uma raposa com um olho de vidro maior do que outro, um pombo com um pescoço muito longo, e um urso com uma expressão estranhamente humana.

— Com licença — disse Miro, na ponta dos pés.

A atendente do bar não respondeu. Estava gritando com um velho com o rosto virado para baixo sobre o bar.

Que lugar estranho para dormir, pensou Imogen.

— Isso é inútil — falou Miro. — Estão todos bêbados.

— Você chegou a dizer que ele poderia estar caçando...

— Mas está ficando tarde. Mesmo o caçador mais corajoso volta das florestas Kolsaney antes do anoitecer.

— E é isso o que ele é? O caçador mais corajoso? Tem certeza de que não passam de histórias?

— Ah, sim. Já fizeram estátuas dele. E ele está em todas as músicas: Blazen Bilbetz nada teme, Blazen faz as damas desmaiarem, Blazen Bilbetz salva o dia, Blazen é a ruína do monstro.

Miro foi interrompido pela atendente. Ela estava gritando com ele. Não... com alguém atrás dele. Imogen se virou e viu um homem gigante e barbudo subir numa das mesas. Numa das mãos ele segurava uma bolsa de couro com canos pendurados para fora. Na outra, brandia uma cerveja. Ele rugiu ao subir em seu palco. Os homens ao redor da mesa vibraram.

— Desça daí! — gritou a garçonete.

O homem deu um gole e levou os lábios ao bocal do instrumento. A bolsa inflou. O som que se seguiu não se parecia com nada que Imogen

O relógio de estrelas

já escutara. Uma buzina alta e grave. Uma vaca com um megafone. Não havia maneira sensata de descrever.

Todas as cabeças se viraram e, depois do primeiro sopro, o homem deslanchou: dedos subindo e descendo pelos canos, cotovelos apertando a bolsa, enchendo o cômodo com uma melodia selvagem e um ritmo instável. Ele alternava entre cantar, soprar no instrumento e beber. Às vezes, confundia os três e jogava cerveja no bocal. Mas sua plateia não ligava: eles amavam o espetáculo e o amavam. Estavam batendo os pés e cantando junto.

Imogen se virou para Miro, que sorria.

— Por que está tão feliz? — perguntou ela, exigente.

— Esse — gritou ele por cima do barulho — é o nosso cara!

— Ele?

Miro assentiu.

— Com a gaita de fole? — perguntou Imogen.

— Zpevnakrava — corrigiu Miro.

— Hein?

Os sinos da cidade soaram, quase inaudíveis por causa da música.

— Você ouviu isso? — perguntou Imogen. — Precisamos ir!

Mas Miro não estava escutando. Tentava se aproximar de Blazen.

Imogen olhou para a porta. Havia muitas pessoas entre ela e a saída. Pior: em vez de sair, elas estavam tomando as precauções de segurança. Fechando as persianas. Apagando o fogo. Trancando a porta.

Uma música emendava na outra. O flautista inflava e desinflava as bochechas, ficando com o rosto de um tom furioso de vermelho. Por que Miro não estava fazendo nada para chamar a atenção do homem?

Os sinos pararam de soar. Os skrets estavam em Yaroslav.

Imogen grunhiu. Ficaria presa no Hounyarch a noite toda.

CAPÍTULO 22

Alguém derramou cerveja na nuca de Imogen. Espuma gelada escorreu pelas suas costas, e de repente ela não aguentava mais. Não aguentava mais rodar pela cidade na chuva. Não aguentava mais esperar enquanto adultos faziam coisas idiotas de adultos. Ela não estava ali pela música. Não estava ali para se divertir. Estava *ali* porque Miro prometera que Blazen Bilbetz a ajudaria a voltar para casa.

Ela se aproximou de Miro e lhe deu um cutucão nas costelas.

— Você não deveria estar pedindo para esse homem nos ajudar?

— Sim, sim — confirmou Miro. — Depois da próxima música.

Mas, quando uma música terminou e outra começou, Miro só continuou batendo palmas no ritmo.

Imogen decidiu lidar com a questão pessoalmente. Esticou a mão para o topo da mesa e cutucou a perna do gigante. Ele não reagiu. Ela segurou a panturrilha dele e sacudiu. Ele olhou para baixo e balançou o pé, como se tivesse pisado em alguma coisa nojenta, fazendo-a cambalear para trás.

As coisas teriam que ficar mais sérias. Havia uma faca na lateral do bar. Não parecia muito afiada, mas daria para o gasto. Imogen forçou caminho por entre a multidão, pegou a faca e voltou ao caçador.

Ela subiu na mesa, se esticou para cima em direção à bolsa do instrumento e o furou. Ele desinflou rapidamente, fazendo um chiado horrível. Cerveja escorreu pelo furo. As pessoas mais próximas cobriram as orelhas e uivaram.

Blazen Bilbetz parou de soprar e olhou para dentro de um dos canos.

— Engraçado — estrondou ele. — Ele nunca fez esse barulho.

Então viu a menina agachada ao lado do seu pé.

— O que você acha que está fazendo?

— Eu... queria chamar sua atenção — respondeu Imogen, sentindo-se subitamente muito pequena.

— Bem, você conseguiu. Vou te esfolar viva, sua pequena hovinko!

Mãos enormes ergueram Imogen pelos braços. Ela se contorceu e chutou, mas o gigante só a segurou com mais força.

— Me coloca no chão! — gritou ela.

— O que acham? — disse o homem, sacudindo-a a ponto de chacoalhar sua caixa torácica. — Devemos empalhá-la e prendê-la na parede?

A multidão riu.

— Você sabe quem eu sou? Sabe de quem é esse zpevnakrava que você vandalizou?

Seus olhos, arregalados e vermelhos, não buscavam respostas em Imogen, mas nos fãs abaixo.

— Eu sou o homem que matou cem ursos, seduziu a rainha de Mikuluka, atravessou as Montanhas Sem Nome usando nada além de uma pele de esquilo. Sim, é tudo verdade.

Ele fez uma pausa dramática.

— Fui *eu* quem matou Zlo, o Lobo, com as próprias mãos. *Eu* que protegi sozinho a Catedral Pochybovaci e suas freiras dos excessos de quinhentos saqueadores Yezdetz. Ora... eu até mesmo fiz um parto atrás do bar. Cortei o cordão umbilical com os dentes e embrulhei o bebê num lenço.

— Para de enrolar! — gritou um desordeiro.

— *Eu* sou Blazen Bilbetz — afirmou o gigante ao aprumar as costas à sua altura máxima. — Quem é *você* para vir aqui e interromper minha festividade?

Ele soprou bafo de cerveja no rosto de Imogen, mas não esperou pela resposta dela.

— Seja lá quem for, terá que pagar pelo que quebrou.

— Então você me deve por todos os tankards que já jogou! — exclamou a atendente do bar.

Blazen revirou os olhos.

— Pode abrir a mão, garotinha — disse ele para Imogen. — Meu zpevnakrava vale um bocado.

Imogen sentiu como se todo o ar fosse espremido para fora de seus pulmões.

— Eu não tenho dinheiro — arquejou ela.

— Que pena, não é?! — exclamou o gigante. — Talvez ache que outra pessoa devesse pagar por seus erros?

— Eu pago!

Foi Miro quem se pronunciou dessa vez.

— Quem disse isso? — perguntou Blazen, olhando ao redor.

— Aqui embaixo. Eu te dou dinheiro, mas primeiro coloque ela no chão.

— Ah, olha só, o cavaleiro ao resgate — ironizou Blazen, e deu uma risadinha.

— Eu? Achei que você fosse o herói — falou Miro. — É o que todo mundo fala. Blazen, o Bravo. Blazen, o matador de feras. Mas olhe só para você! Não passa de um grande valentão.

O cômodo ficou em silêncio.

— Você não pode pagar — respondeu Blazen, parecendo um pouco menos confiante. — Não tem vinte coroas. Não tem nem mesmo duas coroas!

O relógio de estrelas

Mas a multidão mudara de lado.

— Já chega, Blazen! — gritou alguém nos fundos do salão.

— Você já se divertiu o bastante — comentou outro.

Rostos voltaram a encarar o bar, e o murmúrio normal de conversas voltou a se instalar.

— Tudo bem — disse Blazen para Miro. — Fecho negócio por vinte e cinco coroas.

— Combinado — respondeu Miro.

Blazer soltou Imogen, jogou seu zpevnakrava de lado e desceu da mesa, voltando o olhar ganancioso para Miro.

— Muito bem, passa pra cá.

— Tenho outra ideia — disse Miro. — O que acha que ganhar *cem* coroas?

— Você não tem esse dinheiro todo — respondeu o caçador, desconfiado.

Miro colocou uma bolsinha sobre a mesa. Blazen pareceu reconhecer o barulho. O leve tilintar de ouro contra ouro.

— Você tem a minha atenção — completou ele lentamente.

Imogen se sentou na beirada da mesa, massageando os braços doloridos.

— Queremos que nos leve para a floresta — disse ela.

— É mesmo?

Os olhos de Blazen estavam fixos na bolsinha.

— Estamos procurando uma porta numa árvore.

— Uma porta para onde? — perguntou o gigante.

Imogen respirou fundo.

— Uma porta para outro mundo.

— Isso não existe — disse Blazen.

— Aposto cem coroas que você está errado — respondeu Miro, empurrando a bolsinha por cima da mesa.

A cabeça de Blazen ficou parada, mas seus olhos seguiram o dinheiro.

— É uma área muito grande para cobrir procurando por algo que não existe. Eu precisaria dos meus homens comigo.

— Cem coroas agora e cem coroas quando o trabalho estiver feito — afirmou o príncipe.

Blazen estendeu a mão do tamanho de uma pá. Miro a apertou.

— Começaremos assim que amanhecer — prometeu o caçador. — Depois que os sinos tocarem.

— E o que faremos até lá? — perguntou Miro.

Blazen abriu um sorriso largo, revelando dentes amarelos, dourados e inexistentes.

— Ora, beber, é claro!

E assim o fez. Ele bebeu cerveja, bebeu destilados, bebeu um negócio esverdeado que cheirava a bala de anis. Ele bebeu com os jogadores de carta, com a atendente do bar e o gato da estalagem. Ele bebeu até que todas as superfícies estivessem cobertas de corpos jogados, como o cenário depois de uma batalha. Então, ao perceber que era o último soldado de pé, permitiu-se desabar no chão. Abraçado a uma garrafa meio vazia de rum, ele fechou os olhos.

— Como fazemos para acordá-lo? — perguntou Miro.

— Não sei. Dá um beliscão nele — respondeu Imogen.

O príncipe obedeceu.

— Bem, não funcionou.

— Mais forte — falou Imogen.

— Faça você — retrucou Miro.

— Água. Pegue um pouco d'água. É como fazem nos filmes.

— Nos o quê?

— Só tenta — disse Imogen.

Chuá!

Por alguns segundos, Blazen lutou loucamente no chão, se debatendo, balançando os braços e as pernas feito um besouro de barriga para cima.

— Estou me afogando! — exclamou ele. Então quebrou sua garrafa de rum e ergueu a parte afiada. — O que vocês querem, seus pequenos hovinkos?

Não foi exatamente uma pergunta. Miro baixou os olhos para o gigante e respondeu:

— Queremos que faça o que prometeu.

Blazen arrotou.

— Queremos que nos leve às Florestas Kolsaney.

— Tudo bem — respondeu o caçador. — Mas antes eu preciso da minha cerveja matinal.

Imogen teve um mau pressentimento.

CAPÍTULO 23

Quando o sol começou a se pôr naquela tarde, Imogen e Miro voltaram à segunda torre mais alta. Não estavam de bom humor. Miro estava duzentas coroas mais pobre, e ambos estavam exaustos.

A busca pela floresta não fora bem-sucedida. Eles tinham seguido na direção que Imogen pensava ser a correta e visto centenas de árvores, mas nenhuma porta.

Marie estava enroscada numa das grandes poltronas perto da lareira. Imogen notou que ela estivera chorando.

— Achei que vocês voltariam ontem à noite — disse a menina mais nova. — Fiquei preocupada.

— Nós também — respondeu Imogen, se jogando na cama. — Passamos a noite presos numa estalagem e o dia vasculhando a floresta. Você viu o meu bilhete?

Imogen olhou ao redor, procurando o pedaço de papel que deixara ao lado da cama. Era uma mensagem rabiscada às pressas, dizendo a Marie para não sair da torre e que eles voltariam em breve. Marie lançou um olhar raivoso para o fogo, e Imogen entendeu. Ela o queimara. Que bebê.

— Marie, sabe que precisei deixar você para trás. Você teria ficado com medo na floresta.

— Não teria nada! — exclamou Marie com a voz esganiçada.

— Teria, sim — afirmou Imogen, tirando a capa e deixando-a cair da beira da cama. — De qualquer modo, não encontramos a porta. Foi uma viagem perdida.

— Mas ela tem que estar lá *em algum lugar* — disse Marie. — Talvez a gente deva voltar e procurar mais amanhã.

— Não tem por quê — respondeu Miro. — Se Blazen Bilbetz não conseguiu encontrá-la, não há a menor chance de nós encontrarmos sozinhos. É como se a porta não quisesse ser achada.

Durante os dias seguintes, Imogen tentou todas as ideias que conseguiu pensar para voltar para casa. Perguntou a Miro se podia mandar uma carta para sua mãe, mas não existia correio e Imogen não sabia como um carteiro encontraria a porta na árvore.

Perguntou se podia mandar uma mensagem, mas não existiam celulares. Ela teria um se a mãe tivesse lhe dado de aniversário, mas ela vivia falando sobre como celulares não faziam bem.

Miro sequer ouvira falar de internet. Disse que não acreditava em magia. Os adultos com quem Imogen conversou nunca tinham ouvido falar de uma porta numa árvore. Também não acreditavam em magia.

À noite, quando Imogen estava deitada na cama de dossel, seus monstrinhos da preocupação reapareceram. Eles esperavam até Miro e Marie adormecerem, então rastejavam pelas cobertas e mantinham os olhos de Imogen abertos. Eles sibilavam pensamentos ruins em seus ouvidos. *Você nunca vai conseguir voltar para casa. Sua mãe nem quer que você volte.*

— O que vocês esperam que eu faça? — sussurrou Imogen. — Já tentei tudo o que podia!

Ela sacudiu a manta, jogando os monstrinhos no chão. Se tivesse sorte, eles rastejariam para longe depois disso, se esgueirando para a escuridão. Se tivesse azar, ainda poderia levar horas até que a deixassem dormir.

A mariposa das sombras

Pela manhã, Imogen checava embaixo da manta. Nenhum monstrinho da preocupação. Espiava atrás da cortina. Nenhum monstrinho da preocupação ali também.

Ao olhar pela janela para o céu azul-claro e os alegres telhados vermelhos de Yaroslav, Imogen tinha certeza de que tudo ficaria bem. Os monstrinhos da preocupação estavam errados. Ela encontraria o caminho para casa em algum momento.

Enquanto isso, por que não podia se divertir um pouco? Afinal, estava num lugar sem escola, sem tarefas e sem adultos mandões.

CAPÍTULO 24

A visita de Anneshka ao Castelo Yaroslav estava indo bem. O rei Drakomor expressou sua tristeza pela ausência dos pais dela, mas a jovem notou que ele estava secretamente feliz por tê-la só para si.

O rei lhe mostrou o castelo, apontando as partes preferidas de sua coleção. Yeedarsh, o velho criado, os seguia de cômodo em cômodo. Ele os servia de hidromel e donuts recheados de damasco, mas Anneshka não gostava da sua presença. Podia sentir seus olhos nela, mesmo quando ele estava supostamente alimentando o fogo da lareira. Era atento demais, observador demais.

Em seu terceiro dia de visita, o rei dispensou Yeedarsh e mostrou seu escritório para Anneshka. Sua Alteza a ajudou a se esgueirar por uma enorme joia laranja e segurou sua mão enquanto ela passava graciosamente por cima de uma fileira de ovos de lagartos exóticos. Quando sua saia prendeu no dente de um gato selvagem empalhado, o rei Drakomor se abaixou para soltá-la.

No meio do escritório havia uma escrivaninha e, atrás dela, estantes de livros cheias de pedras preciosas. Elas brilhavam e cintilavam à luz fraca.

— O que acha? — perguntou o rei.

— É magnífico — disse Anneshka. — Sinceramente, nunca vi nada igual.

— Eu a trouxe aqui porque quero conversar em particular.

Anneshka ficou imóvel. Chegara o momento. Exatamente como as estrelas prometeram.

— Desde a primeira vez que nos conhecemos... — O rei Drakomor buscava as palavras certas. — Desde o primeiríssimo momento...

Ele se segurou na beira da escrivaninha para se estabilizar.

— Continue — pediu Anneshka.

— Eu pretendo torná-la minha esposa — completou ele depressa.

Anneshka levou a mão à boca.

— Sua Majestade! — Ela esperava parecer surpresa o suficiente. — Sua Majestade, eu não fazia ideia...

— É claro que minha intenção era pedir sua mão ao seu pai antes...

— Ele ficará encantado — afirmou ela, se apressando à frente e segurando a mão do rei. — Assim como eu.

O rei sorriu, e Anneshka viu a própria silhueta em seus olhos.

Ele pegou uma caixinha preta de uma gaveta da escrivaninha.

— Isto pertencia ao meu irmão — explicou ele, tirando um anel dourado da caixa. — E este, à sua esposa. — Ele lhe mostrou um anel menor. — Gostaria que eles se tornassem nossos: de um rei e uma rainha para os seus sucessores.

— São adoráveis — comentou Anneshka.

— Vou mandar que sejam polidos, deixá-los como novos. Precisaremos pensar cuidadosamente sobre como faremos o anúncio. Quando contarmos ao povo, eles vão esperar um casamento em questão de dias, e eu preferiria que fizéssemos tudo no nosso tempo... Precisaremos conversar com o príncipe quando estivermos prontos.

— O príncipe? — Ela não conseguiu disfarçar muito bem a surpresa.

— Miroslav, o filho do meu irmão.

— Ah... Presumi que o tivesse mandando embora.

— Não. Ele está em algum lugar do castelo com seus amigos... Camponesas, parece. O menino está ficando um tanto selvagem.

Anneshka precisaria escolher suas palavras com cuidado.

— E o que ele significa para o nosso futuro — perguntou ela — se nós *realmente* casarmos?

— Como assim? — O rei pareceu confuso. — Você não precisa bancar a mãe dele se não quiser... apesar de que talvez fizesse bem a ele.

— Deixe para lá, láska. Não foi o que eu quis dizer, mas não há pressa para lidar com o menino. Especialmente se ainda não anunciamos o casamento. Eu só queria fazê-lo pensar... colocar as engrenagens para funcionar.

CAPÍTULO 25

O tempo voou. Ao menos seria isso que as meninas diriam se alguém perguntasse. A verdade era que Imogen e Marie tinham parado de pensar sobre o tempo. Elas não faziam ideia de quantos dias haviam se passado desde que adentraram os Jardins Haberdash. Nem mesmo sabiam em que dia da semana estavam.

Quando estavam longe do relógio de Miro, o tempo era medido pela fome e por rodadas de pique-esconde. Os sinos da tarde significavam que era hora de entrar. A primeira estrela, jantar. A hora de dormir era uma surpresa diária. Em um minuto estavam pulando na cama; no seguinte, alguém tinha se enroscado nas cobertas.

Só havia uma regra: se você escutasse o rei se aproximando, precisava se esconder.

As meninas começaram a se vestir como se morassem em Yaroslav. Elas usavam as roupas de Miro: túnicas azul-marinho com estrelas douradas, camisas com mangas bufantes, botas de canos fofinhos e jaquetas bordadas, forradas com pelos. A maioria era grande demais para Marie, então Imogen a ajudava a enrolar as mangas e pernas das calças.

Às vezes elas mencionavam sua casa. Falavam como se fosse um lugar onde elas costumavam passar as férias e para onde esperavam voltar no verão seguinte. Falavam sobre seus amigos, inimigos e seu gato obeso. Falavam sobre como a avó trapaceava no jogo de cartas e do ravióli

O relógio de estrelas

de queijo da mãe, que derretia na boca. Mas havia uma coisa da qual não falavam. Havia um espaço vazio entre todas essas palavras.

— Por que vocês nunca falam sobre seu pai? — perguntou Miro.

As meninas estavam esquentando os dedos dos pés na lareira. Miro estava ali perto, dobrando pedaços de papel em formato de estrelas.

— Porque não há nada a ser dito — respondeu Imogen. — Nós não temos pai.

— Quer dizer que ele morreu?

Imogen manteve o olhar no fogo.

— Não — respondeu ela. — Acho que não.

— A gente não conhece ele — contou Marie. — Às vezes a mamãe tem namorados, mas a gente nunca gosta deles.

— Namorados são amigos homens? — Miro parou de dobrar o papel. — Tipo eu?

— Não, nada a ver com você — respondeu Imogen.

Miro pareceu triste, e ela não entendeu por quê.

— Um namorado é um homem com quem você talvez se case — explicou Marie. — Não é igual a um amigo.

— É claro — disse Miro, se alegrando. — Eu já sabia.

Ele pegou uma das estrelas de papel e a jogou no fogo. As chamas chiaram e devoraram a estrela.

— Talvez seu pai seja o dono de uma casa grande — sugeriu ele. — Talvez sua mãe tenha jurado manter segredo.

— Do que você está falando? — perguntou Imogen, olhando com os olhos semicerrados para o príncipe.

— Yeedarsh me contou sobre esse tipo de coisa. Às vezes a criada é enviada para além das montanhas para ter o bebê.

— Nossa mãe não é uma criada! — exclamou Imogen. — Ela só não gostava do papai o suficiente para ficar com ele. Ou talvez ele não gostasse da gente... Não sei. Não precisamos de um pai.

A mariposa das sombras

Miro pegou o resto das estrelas de papel.

— Nem eu — concordou ele, soltando as estrelas no fogo. — Eu não preciso de ninguém.

O fogo estalou mais alto. Devia haver tinta no papel, porque as chamas ficaram azul e verde.

— Sabe... Miro... você nunca nos contou o que aconteceu com seus pais — falou Marie.

— Contei, sim — respondeu o príncipe, um pouco na defensiva. — Eu disse que eles estão com as estrelas.

— Isso quer dizer... — Marie hesitou.

— Isso quer dizer que eles morreram? — completou Imogen, indo direto ao ponto.

Miro pegou outra mãozada de papel picado. Ele dobrou o primeiro no formato de uma estrela antes de responder:

— Meu pai foi o melhor rei que Yaroslav já conheceu. Todo mundo dizia isso, e a dinastia dos Krishnov regeu esse vale desde o início dos tempos. Herdei meus olhos dele.

"Minha mãe veio de longe; uma princesa do outro lado das montanhas. Ela veio para se casar com meu pai, e era linda. Todo mundo dizia isso também. Herdei minha cor dela.

"Enfim... os dois morreram há cinco anos... Foi um acidente de caça."

— Sinto muito — disse Marie. — Deve ter sido horrível.

— Foi mesmo. Mas meu tio toma conta de mim agora. Não que eu precise ser cuidado. Ele também cuida do trono... até que eu tenha dezesseis anos.

— É muito gentil da parte dele — comentou Marie.

— Sim — concordou o príncipe. — É mesmo.

CAPÍTULO 26

No jardim do castelo, o príncipe apresentou suas hóspedes aos velecours. O maior desses pássaros coloridos tinha a altura de um cavalo. O menor tinha o tamanho de um pônei. Depois de serem domados, os velecours eram tão dóceis que era possível montar em suas costas e apostar corrida neles. E era exatamente isso que as crianças faziam.

O único problema era que os pássaros eram burros demais para serem treinados, e ninguém conseguia guiá-los. Os montadores tinham que se segurar no pescoço deles e torcer pelo melhor, o que era complicado, já que os pássaros se moviam como se tivessem sido ejetados de um canhão — rápida e erraticamente. Até então, Imogen já tinha sido atirada em um poço, um arbusto e contra um muro. Surpreendentemente, o arbusto fora o mais doloroso (espinhos).

— Parece que eles não conseguem voar — comentou Imogen, deslizando das costas de seu pássaro favorito.

— É mesmo, olha, as asas deles têm um formato engraçado — concordou Marie, levantando uma delas.

O dono da asa soltou um grasnido.

— É porque as penas foram cortadas — explicou Miro.

— Por quê?

— Porque eles são nossos. Não queremos que saiam voando.

— Mas de onde vocês os pegam? — perguntou Marie.

— Da floresta. Meu tio paga pessoas para capturá-los. Não é uma tarefa fácil. Vocês precisavam ouvir como eles gritam assim que chegam, especialmente os que têm bebês. Fazem um escândalo quando são separados.

— Por que vocês os separam?

— É mais fácil de domá-los individualmente. E, quando eles já esqueceram da floresta, são soltos em diferentes partes do jardim para formar novos bandos... Assim faziam antes de serem capturados, mas com pássaros diferentes.

— E aí eles são felizes? — perguntou Marie.

O príncipe pareceu confuso.

— Felizes? Quem se importa! São apenas velecours.

Certa tarde as crianças brincavam do lado de fora quando Imogen notou que os pássaros gigantes tinham se reunido ao lado do muro do jardim. Eles encaravam as grades sem piscar.

— O que eles estão fazendo? — perguntou ela.

— Parece que estão esperando alguma coisa — falou Marie.

— E estão — confirmou Miro. — Vamos ver.

Ele disparou para trás dos arbustos ornamentais e gesticulou para que as meninas o seguissem. Havia um buraco no arbusto na altura certa para o príncipe espiar. Imogen conseguia ver através dele quando se esticava bem. Marie precisou subir em um vaso de planta.

— É melhor se esconder — sussurrou Miro. — Os velecours ficam doidinhos na hora das refeições.

As crianças observaram enquanto duas mulheres entravam pelos portões do castelo. Elas empurravam um carrinho de mão de bordas altas. Imogen não conseguia ver o que havia no interior, mas os velecours começaram a cacarejar, e ela imaginou que fosse algo de que eles gostassem.

O relógio de estrelas

A mulher mais alta tinha o rosto bronzeado e o cabelo preso em dois coques. A mais baixa era, na verdade, uma garota. Parecia olhar para sua acompanhante em busca de instruções ou talvez de aprovação — Imogen não conseguia identificar qual era o caso.

— Bem, foi uma caçada bem-sucedida — disse a garota.

— Isso não foi uma caçada — respondeu a mulher. — Foi mais uma colheita de cogumelos.

— Os Guardas Reais não sabem que você é caçadora?

A mulher fechou o rosto.

— Sabem, mas eles prefeririam nos ver passar fome a nos deixar capturar o próprio jantar.

Não faz sentido, pensou Imogen. *Blazen Bilbetz tem permissão para caçar... Ele é idolatrado por isso...*

Os velecours batiam os pés com impaciência.

— Pelo menos os pássaros não vão ficar com fome — continuou a mulher, enfiando em seguida a mão dentro do carrinho para pegar uma minhoca enorme. Parecia feita de seda, era macia e brilhante e se contorcia, tentando se libertar.

A mulher jogou a minhoca para o alto, e os velecours saltaram para pegá-la, grasnindo com empolgação. Um lampejo de bicos, uma confusão de garras... e a minhoca não existia mais.

A garota e a mulher jogaram uma larva atrás da outra. Algumas eram grandes feito abobrinhas. Outras não eram maiores que lesmas. Os pássaros as engoliam inteiras. Uma das minhocas tentou se enterrar em busca de segurança, mas um velecour arrancou-a da terra no último momento. Imogen poderia jurar que a tinha visto se contorcer enquanto descia pela garganta do pássaro. Miro abafou uma risada. Marie parecia horrorizada.

Em certo momento, o frenesi da alimentação chegou ao fim e os velecours se afastaram devagar, calmos feito vacas. Apenas um pequeno

A mariposa das sombras

pássaro permaneceu onde estava. Ele ainda tinha sua primeira plumagem do inverno e grasnia com o bico bem aberto.

— Acho que ele ainda está com fome — comentou a garota.

— Não podemos permitir isso, podemos?

A mulher se debruçou para dentro do carrinho de mão e tirou uma última lesma suculenta. Ela sorriu ao jogá-la para o jovem velecour. O pássaro trotou para longe, e as duas saíram pelo portão. O jardim voltou a ficar silencioso.

— Quem eram essas duas? — perguntou Imogen.

Miro deu de ombros.

— Ninguém importante...

Mas Imogen teve um pressentimento de que ele estava errado. *Importante para quem?*, perguntou-se.

CAPÍTULO 27

E assim os dias se passavam. Imogen, Marie e Miro corriam um atrás do outro pelo castelo, desviando dos objetos do rei. Alguns cômodos estavam abarrotados de itens colecionáveis: corais, fósseis, escamas do último dragão. Esses lugares só podiam ser explorados com a cautela digna de um ninja. O menor dos descuidos, até mesmo um espirro, poderia gerar um prejuízo de milhares de coroas.

Foi só quando as crianças jogaram xadrez que as coisas começaram a degringolar. Havia três tabuleiros de xadrez na biblioteca, e Miro estava usando todos eles para jogar contra si mesmo.

— Então você joga com as peças brancas e as pretas ao mesmo tempo? — indagou Imogen.

— Não. Eu jogo com as brancas quando estou deste lado... — Ele deu a volta no tabuleiro. — E com as pretas quando estou deste.

— Mas você sempre sabe o que seu oponente está pensando?

— Sim.

— E sempre ganha?

— Suponho que sim... As partidas demoram um tempo para acabar. Aquela lá no fundo está rolando há anos, desde antes de meus pais...

— Não parece muito divertido — comentou Imogen.

— Tudo bem, e se você jogar com as brancas? Continuar de onde eu parei? — sugeriu o príncipe.

A mariposa das sombras

— Não, eu quero começar do começo. — Imogen começou a reorganizar o tabuleiro.

— Para! — gritou Miro, correndo até ela e arrancando um cavalo da sua mão. — Você está trapaceando!

— Trapaceando? Isso tudo é uma trapaça. Só vou jogar se a gente começar do zero.

E, para mostrar que estava falando sério, Imogen continuou movendo os peões de volta à segunda fileira.

— Solta esse peão — disse Miro.

— Achei que você quisesse jogar.

— Não é assim que o jogo deve ser.

Miro estava ficando agitado, andando depressa ao redor da mesa e tentando devolver as peças às posições anteriores. Imogen o observou. Os olhos do príncipe eram realmente separados demais.

— Bem, é assim que se joga com outras pessoas — disse ela. — Você não pode controlar como o jogo deve ser.

Miro a olhou com raiva. Imogen sorriu. Tocara em um ponto fraco.

— Você prometeu! — exclamou ele.

— Prometi o quê?

— Ser minha amiga!

— Isso mesmo... amiga! Não criada. — Ela deu um peteleco no rei branco. — Ou você não sabe a diferença?

— Coloca isso no lugar... coloca isso no lugar agora... antes que eu chame a Guarda Real.

— Você não pode me dizer o que fazer.

— Acho que você vai descobrir que posso. Coloca... meu... rei... no... lugar.

Mas Imogen não obedeceu. Ela passou o braço pelo tabuleiro, derrubando todas as peças no chão. Miro soltou um grito raivoso.

— Sai daqui! — berrou ele.

— Vamos, Marie — disse Imogen.

Marie não se mexeu.

— Marie, vamos embora. Pra mim já chega.

Marie balançou a cabeça.

— É sério? — perguntou Imogen.

— Eu não quero ir — disse Marie.

— Que palhaçada.

Imogen foi na direção de Marie para pegar a mão da irmã, mas Miro se pôs entre as duas.

— Você não entendeu? — perguntou ele com raiva. — Você não pode dizer a ela o que fazer.

O rosto do príncipe estava a centímetros do de Imogen. Ela queria bater nele. Queria pisar com força nos dedos dos seus pés. Queria tomar alguma atitude que o fizesse se arrepender e Marie se comportar.

Mas não tinha como brigar com os dois, então só deu meia-volta e saiu. Ela marchou para fora da biblioteca, passou pelo portão principal do castelo e atravessou a praça. Em pouco tempo, estava caminhando pelas ruas movimentadas da cidade.

CAPÍTULO 28

Imogen parou em uma encruzilhada não muito longe do castelo e derrubou uma fileira de crânios de skrets de uma parede, apreciando a forma seca como eles quebravam nos paralelepípedos. Pareciam grandes cascas de ovos estilhaçadas.

— Não são tão assustadores agora, são? — murmurou ela, esmagando um pedaço de osso com o calcanhar.

Ela torcia para os skrets fazerem muito barulho naquela noite. Torcia para Marie ficar com medo. A maneira como ela se escondera atrás de Miro... foi como se eles tivessem planejado.

Mas Imogen não precisava de Marie. Ela encontraria a porta na árvore e passaria por ela. Não sentiria um pingo de culpa ao voltar sem a irmã. É claro que mamãe ficaria chateada no começo, mas talvez depois de alguns dias ela a deixasse ficar com o quarto de Marie.

Imogen não prestou muita atenção ao caminho que estava seguindo. Não notou como as casas mudavam, como, nessa parte da cidade, elas pareciam se dobrar sobre si mesmas. Não notou os cachorros de rua nem que sua passagem era observada por um velho com olhos amarelos onde deveriam ser brancos.

Foi só quando uma menina mais ou menos da altura de Marie passou correndo, gritando e descalça, que Imogen começou a olhar ao redor. Ela observou a menina desaparecer na multidão.

O relógio de estrelas

Um cheiro de linguiça saía por uma janela aberta. Lembrou-a das idas ao açougueiro no sábado, quando sua mãe dizia que compraria o bastante para "alimentar uma matilha de lobos". Mamãe rosnava, e Marie se escondia atrás de Imogen.

— Posso ser o lobo bebê? — perguntava Marie, choramingando.

— Não, não pode — respondia Imogen para a irmã das suas lembranças.

Ela chegou a uma pequena praça com uma fonte. A fonte era composta de pássaros de pedra empilhados um sobre o outro até formar uma pirâmide de asas e patas. Alguns dos animais estavam sem cabeça, mas ainda dava para reconhecer que eram velecours. A água deveria esguichar do bico do pássaro no topo, mas a fonte estava seca.

A distância, Imogen ouviu latidos. As pessoas olharam ao redor para ver de onde vinha o barulho. Uma mulher guiou um grupo de crianças para dentro e fechou a porta. Imogen se sentou no degrau em frente à porta, recolhendo os pés para fora do caminho dos transeuntes.

O latido ficou mais alto, e rostos apareceram nas janelas ao redor da praça. Houve um agito na multidão, que percorria a rua principal feito faísca em um pavio. As pessoas gritavam e saíam do caminho. Então, logo antes de a faísca chegar à praça, a multidão se dispersou. Um fogo de artifício humano pulou para fora, rolou no chão e se levantou — tudo em um único movimento fluido.

Imogen nunca vira alguém se mexer *daquele jeito*. O fogo de artifício humano era uma mulher magra vestida de verde, com o cabelo amarrado em dois coques. Em uma das mãos, ela segurava um coelho morto. Imogen a reconheceu na mesma hora. Era a mulher que ela vira alimentando os velecours.

— Lofkinye, eles estão vindo atrás de você. É melhor correr! — gritou uma voz vinda de cima.

O relógio de estrelas

Mas era tarde demais. Cachorros dispararam pela rua principal como um amontoado de músculos e dentes. A mulher se virou para fugir, mas os animais bloquearam seu caminho. Ela correu para a fonte e a escalou, erguendo os tornozelos para fora do alcance das mandíbulas ferozes dos cachorros.

Um clarão vermelho e o som de cascos anunciou a chegada dos donos dos cachorros. Imogen ficou na ponta dos pés para ter uma visão melhor por trás dos adultos.

Os dois homens a cavalo usavam jaquetas carmesim e elmos com penas da Guarda Real — eram os homens do rei. Um era magro, e o outro, gorducho, mas, fora isso, eles eram muito parecidos. Eles trotaram ao redor da fonte, forçando os espectadores a se pressionarem mais contra as casas. A mulher escalou mais a fonte, ainda com o coelho na mão.

— Acabou a brincadeira! — exclamou o guarda magro. — *Você* sabe que lesnis são proibidos de caçar, e *eu* sei que você não comprou esse coelho do açougueiro. Por que não desce e nos poupa de destruir essa bela fonte?

A mulher alternava o olhar entre os homens e a multidão. Seu rosto estava cheio de tensão. Finalmente, ela assentiu.

— Jan, segure os cachorros — pediu o guarda magro.

Seu parceiro chamou os animais, que obedeceram de má vontade, com os olhos ainda fixos na presa.

A mulher baixou um pé, buscando as costas de um pássaro de pedra. Ao firmá-lo, baixou o outro pé ao lado do primeiro.

— Isso mesmo. Continue. — O guarda magro se virou para o outro com um sorrisinho. — Eu disse que os lesnis são obedientes. Você só precisa ser firme, mostrar quem está no comando.

Mas, ao se voltar para a fonte, a expressão dele se desmanchou. A mulher tinha soltado o coelho e estava pulando, com a saia esvoaçada e os punhos erguidos. O guarda magro abriu a boca. A multidão prendeu

A mariposa das sombras

o fôlego ao mesmo tempo. A mulher aterrissou no lombo do cavalo com um baque surdo. Ela segurou o guarda por trás, e o cavalo deu um giro completo e saltou, mas ambos os cavaleiros permaneceram montados.

Os cachorros brigaram pelo coelho morto, rasgando-o em pedaços em questão de segundos.

Contorcendo-se até se livrar da mulher, o guarda se abaixou e tirou uma faca da bota. Dessa vez, o cavalo empinou sobre as patas traseiras. Por um milésimo de segundo, a cena pareceu o pôster de um belo romance. Imogen observava a cena, boquiaberta. Então os cavaleiros caíram no chão.

A menina não viu muito do que aconteceu em seguida. As pessoas gritavam e tentavam sair da praça. Os cachorros estavam descontrolados, rasgando roupas e pele. Imogen passou correndo pela fonte, seguindo para a rua da qual viera, mas, assim como todas as outras ruas que davam na praça, o caminho estava abarrotado de pessoas lutando para fugir.

Imogen se virou e viu o fogo de artifício humano e o guarda brigando no chão feito um monstro de oito membros. O guarda perdera a adaga. Com um braço, ele tentava alcançá-la. Com o outro, segurava a mulher pelo cabelo. Uma caixinha preta rolou para fora do seu bolso e parou perto da lâmina.

Imogen não queria que o guarda machucasse a mulher. Tudo o que ela fez foi caçar coelhos. Não parecia justo que ela fosse perseguida e presa enquanto Blazen recebia elogios e cerveja de graça. Quando a menina correu até a adaga, o guarda olhou para cima. Seu elmo caíra, revelando um cabelo oleoso penteado para o lado.

— Me dê isso — rosnou ele.

Imogen pegou a adaga e a caixinha. Não tinha qualquer intenção de ajudar o homem. Ele não parecia nem um pouco gentil. Ao endireitar as costas, ela viu um beco com cerca de meio metro de largura entre as casas.

— Me dê isso agora — rugiu o guarda — ou vou mandar estripá-la!

O relógio de estrelas

Imogen fez que não com a cabeça.

O homem desistiu da adaga e agarrou sua oponente com as duas mãos. A mulher lutou para se libertar.

Mas Imogen não poderia se demorar por ali. O segundo guarda estava vindo em sua direção. Ela fugiu com a adaga em uma das mãos e a caixinha preta na outra.

CAPÍTULO 29

Imogen disparou pelo beco. Atrás dela, havia gritos. Do outro Guarda Real.

— Pare em nome do rei! — berrou ele, mas Imogen continuou correndo.

O beco se estreitou, e as paredes rasparam seus ombros. Ela enfiou a caixinha no bolso da túnica e relanceou para trás. O guarda a perseguia, mas era grande demais para passar pelo beco de frente. Ele avançava de lado feito um caranguejo, com uma das mãos em garra estendida na direção dela.

Em certo momento, Imogen também precisou se virar de lado. À frente, uma barra vertical de luz reduzia o mundo a duas paredes e uma saída. Era difícil julgar a largura do espaço no fim. Ela torceu para caber.

Quando as paredes ficaram tão próximas a ponto de Imogen não conseguir virar a cabeça para olhar para trás, o guarda parou de gritar. Um grunhido estranho lhe disse que ele ainda estava ali. Ela respirou fundo, sentindo as paredes apertando seu torso em ambos os lados. A barra de luz não estava muito longe.

Sua mão esquerda foi a primeira a emergir. Ela segurou a curva da parede, deslizando para a rua iluminada pelo sol. Sua túnica prendeu na pedra, e um pedaço do tecido se rasgou quando ela o puxou para se libertar.

O relógio de estrelas

Era uma rua calma. Até mesmo tranquila. Um casal andava de mãos dadas. Uma mulher pendurava roupa de cama em uma janela, e um gato se lambia na calçada oposta.

Imogen relanceou para o corredor escuro às suas costas. Mal dava para ver o rosto suado do guarda. Ele parecia um rato preso na boca de um regador de plantas. Quando Imogen se virou para ir embora, ela *quase* sentiu pena dele. *Quase.*

Ela verificou se a caixinha ainda estava no bolso e amarrou a adaga no tornozelo. Era bom estar armada para a viagem. Ela torcia para que a mulher também tivesse escapado.

Ao se afastar do beco, Imogen caminhou com passos saltitantes. Estava seguindo para os limites de Yaroslav, na direção da floresta e de casa.

CAPÍTULO 30

Imogen chegara aos portões da cidade. Sabia que precisava começar a caminhar naquele exato momento se quisesse mesmo voltar para casa. Não gostava muito da ideia de ficar na floresta depois do anoitecer. Não agora que sabia sobre os skrets. Não agora que perdera Marie.

Se andasse depressa, poderia ter meia hora antes de precisar voltar... ou encontrar a porta. Talvez ela conseguisse usar a adaga para forçá-la a se abrir.

Havia um homem recostado na muralha da cidade, observando a floresta além do prado. Mesmo que o sol ainda não tivesse se posto, estava escuro embaixo das árvores: uma luz crepuscular filtrada em verde e dourado.

O homem usava uma jaqueta de veludo e um gorro com forro de pelos. *Talvez ele saiba o caminho mais rápido pelo prado*, pensou Imogen, então pigarreou, preparando sua voz mais adulta. O homem deve ter escutado, porque olhou na direção dela. Ele não tinha um dos olhos.

— Ah — disse Imogen. Não era assim que ela pretendia começar. Tentou de novo: — Com licença, você sabe qual é o caminho mais rápido até a floresta?

O homem arqueou as duas sobrancelhas.

— É claro — respondeu ele. — Mas, seja lá do que você esteja fugindo, é bem pior lá fora.

O relógio de estrelas

— Não estou fugindo — falou Imogen em tom desafiador.

— Então por que está vestida igual a um menino?

Um indício de sorriso surgiu no rosto do homem.

Imogen baixou os olhos para a roupa que pegara emprestada de Miro.

— Não tenho medo da Floresta Kolsaney. Sei me cuidar.

Mas ela sabia que estava mentindo enquanto dizia aquelas palavras. Estava cansada, não comia desde o café da manhã e morria de medo dos skrets. Talvez o homem tivesse razão. Talvez estivesse ficando tarde.

Ela apoiou as costas na parede e voltou os olhos semicerrados para o rosto do homem. O buraco onde deveria estar seu olho era emoldurado por pálpebras meio fechadas, e a pele ali era enrugada feito um gomo de laranja.

— Foi um skret que fez isso com seu olho? — perguntou Imogen.

O homem negou com a cabeça.

— O quê, então? Alguma coisa lá de fora? É por isso que tem medo da floresta?

— Não foi um animal.

— Foi uma pessoa?

— Sakra! Você faz perguntas de mais. Por que não corre para as saias da sua mãe?

Imogen cruzou os braços e semicerrou os olhos. Odiava que lhe dessem ordens.

— Talvez eu vá mesmo — respondeu ela. — De todo modo, eu não deveria estar falando com estranhos.

— Foi você quem me pediu informações! Eu fico neste mesmo lugar toda noite. O que a faz ter tanta certeza de que *você* não é a estranha?

Imogen abriu a boca para se defender, mas, novamente, se deu conta de que o homem tinha razão.

— Desculpa — disse ela, descruzando os braços. — Fui meio mal-educada... Mas por que você vem aqui todo dia?

O homem suspirou.

— Tudo bem. Vou contar. Venho aqui para olhar a floresta. Eu morava lá antigamente, no meio das árvores.

— Achei que você tivesse dito que era perigoso...

— Quem está contando a história?

Imogen encarou os pés.

— Você.

— Meu lar não era uma casa. Ou pelo menos não o que vocês, městos, chamariam de casa. Sou um desses lesnis que as pessoas atravessam a rua para evitar.

Imogen não sabia o que era um město ou um lesni, mas sentia que o homem não queria ouvir mais perguntas, então ficou quieta.

— Eu faço objetos de madeira. — Ele ergueu as mãos como que para provar. — Faço caixas de música, enfeites à corda, relógios e mais. Fiz meu melhor relógio para o rei Vadik: um que sabia ler as estrelas. Mas, quando Vadik morreu, seu irmão mais novo, Drakomor, tomou o trono e me quis só para si. Drakomor me ofereceu uma posição permanente no castelo. Eu seria chamado de Chefe Relojoeiro ou algum outro título idiota, mas não queria morar naquela tumba. Lá é tudo muito estranho. Então, o rei arrancou meu olho.

Imogen arquejou.

— Não!

— Ele não fez isso *pessoalmente*. Foi um dos Guardas Reais, mas não tenho a menor dúvida de que Drakomor deu a ordem... As coisas que aquele homem já fez... Com certeza as estrelas guardam uma punição para ele.

— O tio de Miro... Quer dizer, o *rei Drakomor* arrancou seu olho porque você recusou um emprego?

— Ele não queria que mais ninguém tivesse um relógio igual ao dele. Às vezes, fico surpreso por ele não ter arrancado os dois olhos. Aposto que esperava que eu aprendesse minha lição... que fosse trabalhar para ele, no fim das contas.

Um grupo de rapazes carregando foices passou calmamente pelos portões da cidade. Pareciam cansados, mas conversavam e riam enquanto caminhavam.

— Que horrível — comentou Imogen. — Que coisa horrível de se fazer... Mas a floresta ainda está lá. Você não precisa morar em Yaroslav.

— Ah, essa é a melhor parte — explicou o homem, balançando a cabeça. — Desde que o rei Drakomor foi coroado, ou mais ou menos na mesma época, os skrets começaram a se comportar mal. Chegou a um ponto em que a floresta ficou perigosa demais, e fugi com a minha família e outros lesnis. É irônico, na verdade. Sofri tudo isso para não sair da minha casa, e um monte de skrets predadores me obrigou a sair.

Ele brincou com a manga bordada, estudando-a como se as respostas para seus problemas estivessem costuradas ali. Imogen não queria acreditar nele. Era uma história muito impressionante. Mas ele não parecia estar brincando, e ela não via motivo para ele mentir.

Mariposinhas brancas voavam pelos campos, na direção da cidade, e uma menina com longas tranças veio correndo do lado de fora dos portões.

— Pai, você ainda está aqui! — exclamou ela, trotando até o homem. — Está quase escurecendo.

— Eu só estava contando a história do meu relógio que lê estrelas.

A menina revirou os olhos.

— De novo, não! Já ouvi um milhão de vezes.

— Sorte a sua — retrucou o homem.

O rosto do homem reluziu de afeto ao olhar para a filha, e Imogen sentiu uma pontada de tristeza. Às vezes sua mãe a olhava daquele jeito.

A mariposa das sombras

— Muito bem, acho que preciso ir — anunciou o relojoeiro, estendendo a mão.

Imogen a apertou. Sua pele era áspera como um tronco de árvore.

— Meu nome é Imogen — falou ela. — Qual é o seu?

— Andel. E esta é minha filha, Daneetsa.

A menina assentiu com uma expressão solene.

O sol já tocava o topo da montanha mais alta quando Andel e Daneetsa se viraram para ir embora. Eles deram os braços. Pareciam felizes. Imogen piscou para reprimir as lágrimas. Não ajudaria em nada chorar por sua mãe.

— Ei, Imogen — chamou Andel. Ele estava prestes a passar pelo portão. — Poupe seus pais da preocupação e vá logo para casa. Está muito tarde para fugir.

Imogen assentiu e acenou com desânimo. *Mas eu não estava fugindo de casa*, pensou. *Eu estava fugindo para casa.*

CAPÍTULO 31

Quando os sinos soaram, o povo de Yaroslav seguiu seu ritual de todas as noites: trancar portas, apagar lareiras, colocar crianças na cama. Mas Imogen não estava nem perto de uma cama. Ela estava atravessando a Ponte Kamínek com o estômago vazio, uma faca presa ao tornozelo e uma caixinha preta no bolso.

Ela falhara em encontrar o caminho para casa. Falhara até mesmo em começar a busca. A história de Andel sobre "skrets predadores" a fizera desistir da floresta. Como Marie diria, ela tinha "amarelado".

O problema era que Imogen não tinha um plano B. Ela evitara dar de cara com skrets entre as árvores da floresta, mas isso apenas adiara o inevitável. Não tinha qualquer intenção de voltar àquela irmã traíra e àquele príncipe metido. Eles não a flagrariam batendo na porta no castelo, implorando perdão. De jeito nenhum.

Ela subiu no parapeito mais baixo que margeava a ponte, ficando ao lado das estátuas. A mais próxima era a de um padre de capuz, com um pé despontando por debaixo da veste. Seu dedão estava liso por ser esfregado por centenas de mãos.

Miro contara a ela sobre a estátua: "Os camponeses têm umas ideias engraçadas. Eles acreditam que, se tocarem o dedão do pé do velho, suas famílias serão protegidas contra o mal." Então rira. Claramente, sua família estava acima de tais superstições.

A mariposa das sombras

Mas, ao redor da parte visível do tornozelo do padre, havia um monte de arranhões. Garras de skret tinham passado por ali. Imogen tocou o dedão da estátua.

A menina se sentou na mureta ao lado da escultura de um guerreiro poderoso. Ele não tinha uma das pernas, mas ainda parecia feroz. Então Imogen desamarrou a adaga do tornozelo e a colocou ao seu lado, porque ela não poderia cair na água. Segurando-se na perna que ainda restava ao guerreiro, ela deu um giro de modo a pendurar os pés sobre a água tranquila. Mal conseguia vê-la na escuridão, ondulando ao redor das rochas abaixo.

— Pense, Imogen, pense! — disse a si mesma.

Tinha que haver algum lugar seguro em Yaroslav para se esconder dos skrets, algum buraco onde se enfiar. Ela se imaginou caminhando pela cidade, explorando as ruas que passara a conhecer, mas não conseguiu pensar em nenhum lugar adequado.

Talvez, se ficasse quieta o suficiente, os monstros a confundiriam com uma estátua e passariam direto... mas a perna faltante do guerreiro sugeria que nem mesmo pessoas de basalto estavam a salvo. Imogen estremeceu.

Ela tirou a caixinha do bolso e a sacudiu perto da orelha. Produzia um leve tilintar. Quando abriu a tampa, se deparou com um brilho amarelo; havia um par de anéis de ouro aninhado lá dentro. Que estranho... O que Guardas Reais estavam fazendo com joias?

Imogen experimentou os anéis. Ambos eram grandes demais para seus dedos, mas o menor cabia no dedão. Ela pensou, com um bocado de amargura, que, se Marie estivesse ali, ela a deixaria ficar com um deles.

O primeiro grito de skret ressoou pela cidade. Um bando de pássaros alçou voo como se fosse uma só criatura de muitas asas, e a autopiedade de Imogen se foi com eles.

Ao que parecia, medo sobrepujava a maioria das emoções.

CAPÍTULO 32

Enquanto Imogen estava na Ponte Kamínek, as outras duas crianças se encontravam no quarto do topo da segunda torre mais alta do castelo. Miro observava enquanto Marie mexia a comida ao redor do prato.

— Você disse que gostava de bolinho de pão.

— Não estou com fome — disse Marie.

— O que quer fazer amanhã? — perguntou ele. — Estava pensando em andarmos de velecours, o que acha?

Marie deu de ombros.

— Ou podemos brincar de pique-esconde, mas dessa vez na biblioteca!

Marie empurrou o prato.

— Pique-esconde não tem graça com duas pessoas — respondeu ela.

Miro não entendia. Por que não podiam continuar se divertindo como antes? Afinal, Imogen estava lá fora sozinha porque ela queria, não ele.

Um criado tirou o prato de Miro e trouxe o quinto prato da noite: gelatina das cores do arco-íris, com chantili e frutas no fundo.

De repente o relógio começou a soar, e ambas as crianças se viraram para observar. A portinha se abriu, e dela saiu um coração em miniatura. Era pintado com detalhes elaborados: cada artéria e veia

A mariposa das sombras

em seu devido lugar, cada batida sincronizada com a segunda mão do mostrador.

Quando terminou sua volta, o coração deslizou novamente para dentro do relógio.

— Achei que Imogen já estaria de volta a essa hora. — disse Marie.

— Humm, essa é minha sobremesa favorita — comentou Miro, começando a comer a gelatina.

— Você ouviu o que eu disse?

— É claro, mas não sei o que podemos fazer.

— A gente deveria procurá-la.

— Ela pode estar em qualquer lugar. — Miro enfiou uma colherada de chantili na boca. — Pode até ter saído da cidade.

— Mas e os skrets? — perguntou Marie.

Bem nessa hora, um grito se ergueu das ruas da cidade. Um uivo selvagem entrou pela janela aberta e espiralou ao redor do cômodo antes de se extinguir perto da lareira. Miro correu para fechar as cortinas.

— O que é que *tem* os skrets? — disse ele. — Achei que você e Imogen estivessem brigadas. Não vejo por que você deveria perder tempo com preocupações. Ela não é mais sua amiga. Quebrou nosso pacto.

O príncipe voltou à mesa e se serviu de uma fatia de bolo de laranja e canela. Devoraria aquilo depois da gelatina.

— Você nunca teve amigos *mesmo*, não é? — falou Marie, se levantando. — Não é assim que funciona. E ela não é minha amiga. Ela é minha irmã e, se for necessário, vou sair para procurá-la sozinha.

Miro encarou sua hóspede. Ela tinha uma aparência engraçada, com seu cabelo ruivo selvagem e suas roupas emprestadas grandes demais, mas ele notou que ela falava sério.

— Tudo bem — respondeu o príncipe. — É muito perigoso lá fora agora, mas tenho uma ideia. Vou mandar Yeedarsh procurá-la.

— Yeedarsh? Quer dizer aquele velho que queria nos jogar nas masmorras?

— Esse mesmo.

— Mas ele é um idoso!

— Verdade, mas tem uma arma secreta. Algo que até mesmo os skrets temem.

Marie analisou a expressão dele.

— Que tipo de arma secreta?

Miro sorriu.

— Ela se chama Medveditze.

CAPÍTULO 33

— **P**osso olhar agora?

Anneshka tateou o chão com o pé, checando se já havia chegado ao último degrau.

— Ainda não. Espere aqui um minuto — disse o rei Drakomor, e a guiou até a parede.

Estava estranhamente quente ali em cima, além de silencioso. Tão silencioso que Anneshka pensou conseguir ouvir as batidas de seu coração.

— Você pediu para ver o objeto mais valioso da minha coleção — disse Drakomor.

— Sim, mas preciso usar essa venda?

— Eu nunca mostrei isso para ninguém — falou ele. — Quero que seja especial.

Uma porta se abriu, soprando um ar ainda mais quente no rosto de Anneshka. Drakomor continuou a guiá-la.

— Posso tirar a venda? — perguntou ela.

— Quase. Tenha paciência, meu amor.

— Está tão quente aqui.

— Temo que isso seja inevitável.

Então ela ouviu. Mas não com os ouvidos. Ela ouviu com a parte nodosa entre suas costelas: uma sensação sonora que fez seus ossos vibrarem.

O relógio de estrelas

— Já esperei tempo de mais — disse ela, e tirou a venda.

O cômodo no topo da torre mais alta estava vazio, exceto por um pedestal coberto por um pano. Também estava escuro, com apenas uma tocha ao lado da porta.

Anneshka andou ao redor do cômodo e espiou por uma janela. Ela deu uma batidinha no vidro, assustando duas mariposas. Não conseguia ver a casa dos pais. Àquela hora da noite, a única coisa claramente visível era a segunda torre mais alta, com suas velas ardendo intensamente.

Drakomor bateu palmas, e Anneshka se virou. Algo nele a fazia se lembrar de um ilusionista cafona. O rei puxou o pano do pedestal com um floreio.

— Posso? — perguntou ela, já se aproximando.

O objeto no pedestal emitia um brilho vermelho como rubi. Era do tamanho de uma cabeça humana, mas dentro de sua superfície polida parecia haver galáxias inteiras. Ele pulsava. Apenas algumas batidas por minuto. Apenas o bastante para anunciar sua presença.

— É lindo — falou ela, com toda sinceridade.

— Obrigado. *Essa* é a joia que coroa minha coleção, mas você é a primeira... Quer dizer... Nunca mostrei isso a mais ninguém.

O calor da pedra fazia o rosto dela pinicar. Ela tirou uma luva e estendeu a mão. Coisas da cor de sangue coagulado e estrelas em explosão passaram sob seus dedos.

— Tome cuidado! — disse o rei, avançando para segurar seu braço.

— Me deixe — retrucou ela com rispidez.

Anneshka acariciou a pedra com o indicador. Uma pulsação se irradiou por seus braços, subiu pela clavícula e desceu pelas costas. O vento soprou com mais força lá fora. Ela pressionou a palma inteira contra a superfície quente.

— Já chega — ordenou Drakomor. — Você vai se queimar.

O rei se inclinou por cima do ombro dela.

A mariposa das sombras

Do lado de fora, o vento cortava a cidade. Anneshka viu o próprio rosto na pedra — uma futura rainha a olhou de volta. Cada traço era perfeitamente simétrico, com sóis no lugar dos olhos e pele de Via Láctea.

O vento acelerava ao redor da torre, circulando e circulando e chamando seu nome. Outra pulsação. Ela fechou os olhos e sentiu o mundo estremecer. Então se afastou.

— Anneshka... sua mão. Você se machucou. Por que fez isso? — Drakomor aninhou a mão dela entre as suas, olhando alternadamente da pele com bolhas para o rosto de sua noiva. Ela voltou a vestir as luvas.

— Como conseguiu isso? — perguntou ela.

Drakomor pareceu confuso.

— O coração da montanha. Eu sei o que é isso. Como o conseguiu?

— Foi... foi um presente.

— Um presente? — Ela tentou fazer com que ele a olhasse nos olhos.

— Olha, meu amor, é melhor eu levá-la para a cozinha. Precisamos passar unguento nessa queimadura.

— Tsc! Pare de fazer cena! — Então, com mais delicadeza, continuou: — Por favor, me conte como conseguiu isso. E então desceremos.

Drakomor passou a mão pelo próprio rosto. Quando finalmente olhou para Anneshka, foi com uma expressão estranha.

— Láska, se acalme — disse ela. — Não precisa ficar com medo.

Ela tocou a bochecha dele com a mão saudável.

— Não estou com medo — respondeu ele.

— Então o que foi?

— Não tenho palavra para descrever. Estou enjoado. Só de pensar nisso fico enjoado. Nunca deveria ter trazido você aqui.

— Compartilhe comigo — pediu ela com uma voz suave. — Deixe-me ajudá-lo. Afinal, somos uma família agora... ou seremos em breve.

Ele suspirou.

— Você precisa prometer não contar a ninguém. Nem mesmo à sua mãe.

— Eu prometo. Estamos nisso juntos. Só nós dois.

Ela o abraçou, e ele falou com o rosto em seu ombro:

— Era a noite de Zimní Slunovrat... Na época em que toda Yaroslav vestia aquelas máscaras horríveis. Lembra? Era difícil diferenciar as pessoas dos skrets e os skrets das pessoas.

— Lembro.

— Meu irmão, Vadik, ainda estava vivo. O rei Vadik e seus conselheiros mais próximos estavam com os skrets no topo da Montanha Klenot, celebrando o Zimní Slunovrat conforme a tradição.

— Continue...

— Bem, você sabe como são os banquetes dos skrets. Aquele negócio oleoso que eles bebem. Estavam todos bêbados. A maioria da corte também estava, mas eu já tinha cansado de ficar de conversa fiada.

"Vadik e sua esposa estavam entretidos em uma conversa com o Maudree Král. Vadik me viu do outro lado da caverna e lançou um de seus sorrisos que conquistavam multidões. Todo mundo amava aquele sorriso. Havia algo de tão pouco majestoso nele. Parecia o sorriso de um menino.

"Mas eu não sorri de volta. O Maudree Král pode até se chamar de rei, mas as montanhas não são um reino. Por que meu irmão deveria lançar risinhos àquele demônio?

"Não consegui aguentar, então peguei uma tocha e fugi dali. Fugi do fogo que eles queimam o inverno inteiro... das festividades. Eu ia para casa. Esse sempre foi meu plano."

Anneshka lhe deu um aperto encorajador.

— Mas eu me perdi naqueles túneis sinuosos e grutas solitárias. E, em vez de sair, acabei indo mais para dentro da montanha.

A mariposa das sombras

"Conseguia ver meu próprio hálito congelando à minha frente. O teto das cavernas estava coberto de gelo. Em alguns momentos, o chão também. Estava muito escorregadio, então engatinhei e, quanto mais avançava, mais frio ficava. Chegou uma hora em que estava frio demais para pensar direito. Comecei a entrar em pânico. Eu não seria o primeiro a morrer dentro da montanha.

"Quando senti o frio suavizar, pensei que tivesse voltado ao salão. Achei que veria Vadik. Ele me perguntaria onde eu estivera, e eu inventaria alguma desculpa. Ele riria e daria tapinhas nas minhas costas, sabendo a verdade, mas sem precisar dizê-la.

"Mas eu não estava a uma curva da caverna do banquete. Eu estava no centro da montanha. O calor que eu sentia não era do fogo dos skrets, mas do coração da montanha."

Drakomor encarou a pedra com olhos gananciosos.

— Eu conhecia as histórias dos lesnis. Eles falam sobre uma pedra que caiu das estrelas desde que eu me entendo por gente. A Sertze Hora. Era assim que a chamavam. Diziam que tornava as montanhas altas, as florestas densas e o vale rico de vida. Diziam que ela vivia no coração da Montanha Klenot. Mas achei que isso tudo fosse... bem... só uma história.

"Quando encontrei a Sertze Hora, ela estava largada no chão como se tivesse sido derrubada. Dá para acreditar? Uma joia incrível, simplesmente esperando ser encontrada... O gelo ao seu redor estava derretido. E aquela sensação. Aquele ribombo que produz. Ela tem um ritmo, assim como um coração de verdade. Você deve ter sentido, não?"

Anneshka assentiu.

— Eu tirei a capa e embrulhei a pedra, carregando-a perto do coração como um bebê. A pulsação irradiava pelo meu corpo. Até mesmo minha mandíbula tremia. E meu coração! Eu nunca tinha sentido nada assim. Era como se ele estivesse tentando sair na base da martelada...

O relógio de estrelas

— Continue — pediu Anneshka.

— Não sei quanto tempo levei para escapar. Só sei que ainda era noite quando cheguei aos pés da Montanha Klenot, suando feito uma besta. Mesmo protegida pela capa, a Sertze Hora queimava.

"Eu cheguei a olhar para trás, para o cume da montanha. Cheguei a pensar no meu irmão. Ainda conseguia ver o suave brilho das fogueiras dos skrets. As celebrações continuavam sem mim. Mas eu não queria me demorar, caso estivesse sendo vigiado. Imaginei ver olhos piscando entre as árvores. Até a lua me encarava como um olho gigante com as pálpebras presas para trás.

"Corri até o lugar onde nossos cavalos estavam presos e cavalguei de volta para Yaroslav com uma mão nas rédeas e a outra segurando a pedra. Só parei na Ponte Kamínek porque algo atraiu meu olhar, algo na água. Um rosto desdenhoso olhou para cima. *O que foi que você fez,* ele parecia dizer. Mas não era um rosto humano. Era umas dessas máscaras idiotas de Zimní Slunovrat. Alguém devia ter deixado cair.

"Prendi meu cavalo e me esgueirei para dentro do castelo pela entrada de serviço, passando pelo quarto onde Miroslav dormia. Sua enfermeira estava com ele. Eu a ouvi roncando. Corri para meu quarto e tranquei a porta."

Drakomor parou. Gotas de suor brotavam em seu rosto e escorriam pelo pescoço. Anneshka pegou o pano e cobriu a Sertze Hora.

O rei permitiu que ela o conduzisse para a janela como uma criança que acordou de um pesadelo.

— Aqui — disse Anneshka —, um pouco de ar fresco lhe fará bem.

— Ainda não acabei — falou ele, rouco. — Quer dizer, eu não terminei a história. Não deixei ninguém saber. Não deixei os que sabiam falar. Mas quero que você saiba. Estou cansado de ser o único... — Suas mãos tremiam. — Meu irmão... Ele não voltou naquela noite.

— O quê?

A mariposa das sombras

— Ele não voltou como saíra. Os Guardas Reais me chamaram ao Portão Norte antes do amanhecer. A cidade ainda dormia.

"Eu sentia os olhos dos guardas em mim. Queria que eles desviassem o olhar. Eles deveriam ter desviado o olhar! Havia sacos na frente do portão, como aqueles usados para transportar carne. Eles estavam deixando o chão vermelho.

"Eu não queria abri-los. Mandei um guarda abrir. Ele rasgou o saco mais próximo e vomitou. Mandei outro guarda. Perguntei o que havia lá dentro, e ele respondeu. Sem palavras bonitas. Sem amortecer o golpe: 'É o seu irmão, meu lorde.'

"Meu irmão. Meu irmão estava lá dentro, e eles o destroçaram. Seu rosto... estava igual ao meu. Sem mais sorrisos famosos... E seu peito estava aberto."

Drakomor desabou no chão.

— Eles tinham arrancado seu coração.

— Tem certeza de que ninguém mais sabe? — perguntou Anneshka. — Ninguém mais sabe como o rei Vadik morreu de verdade?

Drakomor ergueu o olhar.

— Você não entende? Os skrets mataram todos que estavam lá naquela noite, menos eu.

— Mas e os guardas que viram os corpos?

— Eu os mandei embora... para além das montanhas.

Anneshka acariciou seu cabelo e olhou pela janela. As velas na segunda torre mais alta ainda brilhavam.

— Que bom — disse ela. — Muito bom.

CAPÍTULO 34

Imogen estava parada no meio da ponte. Trinta estátuas pretas olhavam para a frente. O padre com o dedão da sorte. O guerreiro sem uma das pernas. Um grupo admirável de homens poderosos. Nenhum deles a ajudaria naquele momento.

Os anéis estavam de volta a seu bolso, e a adaga, a sua mão. Ela ficou parada. Se fosse um veado, estaria movendo as orelhas. Escutava atentamente. Queria ter certeza...

Ali estava. Outro grito de skret fez uma onda de adrenalina fervilhar pelo corpo da menina. Seus pés decidiram para onde correr. Eles a levaram na direção do castelo, em direção à luz. Mariposas voavam em todas as direções, mas nenhuma lhe era familiar. Nenhuma era a mariposa *dela*.

Imogen conhecia as ruas da cidade melhor do que da primeira vez que correra dos skrets, mas ainda assim acabou em becos sem saída. Ainda assim pegou caminhos errados. Ela hesitou na frente de uma casa com tantos dentes de skret que reluzia. Esquerda ou direita? Direita ou esquerda? Um grito de gelar o sangue. Mais perto dessa vez e à direita. Para a esquerda, então.

A lua estava cheia e, quando saía de trás das nuvens, o luar permitia que Imogen enxergasse. Quando a lua estava escondida, a menina achava que a escuridão a engoliria inteira.

A mariposa das sombras

Coisas se mexiam nas sombras, e ela as via em sua visão periférica. Imogen balançou a cabeça. Era apenas a sua imaginação. Com certeza os skrets não a alcançariam tão depressa...

Ela correu pelo meio da rua, o mais longe dos cantos escuros possível. Mas, quando uma nuvem cobriu a lua, a menina precisou parar. Definitivamente havia alguma coisa ali. Ela se virou para encará-la, segurando a adaga à frente do corpo, agarrando o cabo com ambas as mãos. Ali estava. Um leve bater de asas.

Uma mariposa cinza-prateada voou para fora da escuridão. Imogen abaixou a adaga. Reconheceria aquelas antenas em qualquer lugar.

— É você!

Ela correu na direção da mariposa das sombras. Não havia tempo para gracejos. Sua guia disparou à frente, e Imogen seguiu de boa vontade.

Gritos de skrets ecoavam por passarelas e ricocheteavam de telhados. Era impossível dizer de qual direção vinham. Mas não importava. A mariposa tinha voltado. Imogen estava prestes a ser resgatada.

Estava tão aliviada que foi só quando a mariposa a levou por um beco, quase um túnel, que dava para um pátio fechado que ela teve um pressentimento ruim. E se sua mariposa não fosse amiga, e sim inimiga? E se ela nunca tivesse sido a "sua" mariposa? Ela a levara pela porta na árvore, para uma floresta infestada de skrets. E se soubesse desde o início que ela a conduziria ao perigo?

A única saída do pátio era o beco pelo qual ela acabara de vir. Do outro lado havia uma estátua. Imogen estava acostumada às estátuas de Yaroslav, porque o reino era cheio delas. Miro costumava brincar que o problema dos skrets estaria resolvido se todos os soldados de pedra de Yaroslav ganhassem vida. Mas aquela estátua era diferente.

Era maior do que Imogen, mas não tão grande quanto um adulto, com braços que iam quase até os joelhos. A mariposa das sombras pousou na careca na estátua. Com o coração martelando, Imogen a seguiu.

De perto, ficava claro que a estátua fora esculpida por um artista habilidoso. Os enormes olhos redondos pareciam os daqueles peixes das profundezas que apareciam na TV. As garras curvadas como ganchos eram dignas de pesadelo. E o rosto! Tinha sido capturado no meio de um rosnado: um skret.

Imogen parou na frente do monstro. Mesmo que soubesse que era feito de pedra, ela poderia jurar que seus olhos se mexeram ligeiramente. Em sua palma havia outra mariposa, mas essa não estava viva. Era parte da estátua. Tinha as mesmas asas, olhos esbugalhados e antenas longas da mariposa das sombras real e parecia ser amiga do skret. Imogen levou a mão à boca:

— Não!

Os skrets reais, as criaturas feitas de carne e não pedra, se aproximavam. Ela podia escutar seus gritos. Ergueu os olhos para a cabeça da estátua, mas sua mariposa não estava mais ali. Correu ao redor do pátio, com a respiração curta e acelerada. Sua mariposa não estava em lugar algum.

— Como você pôde? — berrou ela.

Um grito de skret soou em resposta. Eles chegavam pelo beco, meio camuflados pelas sombras. Imogen esmurrou a porta da construção mais próxima.

— Socorro! — Ela gritava com toda a força. — *Socoooooorro!*

O som que ela ouviu em seguida não foi humano. Mas também não veio de um skret. Um rugido colossal fez todas as janelas de Yaroslav tilintarem e todas as persianas balançarem. Era um rugido que pertencia às florestas e às montanhas; um rugido que despia tudo, exceto um instinto. E esse instinto dizia: "Corra!"

Mas para onde poderia correr? Sem perder tempo, os skrets se dispersaram pelo pátio, escalando os prédios mais próximos e desaparecendo pelos telhados. No espaço deixado pelos monstros, outra coisa apareceu.

A mariposa das sombras

Essa coisa preenchia quase todo o beco — os ombros quase batiam no teto arqueado. Imogen estremeceu. A adaga na sua mão também.

A criatura entrou no pátio. Tinha duas cabeças. Quando o luar incidiu sobre ela, Imogen viu que as duas cabeças estavam presas a dois corpos separados. Uma, coberta por um capuz preto, pertencia ao velho criado chamado Yeedarsh. A outra, a um enorme urso marrom.

O urso jogou a cabeça para trás e rugiu outra vez.

CAPÍTULO 35

Imogen largou a adaga.

— Yeedarsh? — perguntou, admirada.

O rosto dele era pálido e velho como a lua.

— Sair à procura de camponeses a essa hora não foi uma ideia minha — disse ele, fechando a cara.

— Yeedarsh! — Dessa vez, ela disse o nome com pura alegria.

— Mas, se o jovem príncipe deseja, eu devo obedecer.

Imogen se aproximou com cuidado, evitando fazer movimentos bruscos. O urso virou a cabeça gigante para ela, seus olhos dourados formando órbitas perfeitas na escuridão. Não usava corrente nem mordaça, como os ursos dançantes que Imogen vira em livros na biblioteca do castelo. E era grande. Maior do que Imogen jamais imaginaria que um urso poderia ser. Suas costas ultrapassavam a cabeça do velho, e suas patas eram do tamanho de travessas de comida.

— É seguro? — perguntou Imogen, encarando o animal.

— Quem, Medveditze? Ah, sim. Ela está acostumada a humanos.

— *Med-ved-dit-ze* — repetiu Imogen lentamente.

— Chega de ficar encarando — disse o criado. — Você quer ser resgatada ou não?

Imogen assentiu.

A mariposa das sombras

— Muito bem, então. É uma caminhadinha até o castelo, e está cheio de skrets por aí. Certifique-se de ficar perto. Imagino que o príncipe Miroslav não ficaria feliz se eu voltasse apenas com uma parte de você.

Imogen seguiu às orientações. Yeedarsh andava devagar, mas os skrets pareciam ter desaparecido feito morcegos ao amanhecer.

— Aonde todos os skrets foram parar? — perguntou Imogen, olhando por cima do ombro.

— Ah, eles ainda estão por aqui. Sem dúvida estão escondidos entre as chaminés. Têm medo da minha Medveditze. — O velho deu uma risada seca.

— Skrets têm medo de ursos?

— É a única criatura que eles respeitam.

Imogen observou a marcha pesada de Medveditze. Suas patas tocavam o chão em completo silêncio. De tempos em tempos, a ursa se virava para Yeedarsh, talvez para conferir se ele estava acompanhando.

— Onde você conseguiu ela? — perguntou Imogen.

— Eu a resgatei — informou o homem, incapaz de disfarçar o orgulho. — Sua mãe foi morta quando ela era um filhotinho.

— Que triste...

— Não é triste. É como funciona com os ursos. Eles valem uma boa grana.

— Bem, por que você não mandou empalhar Medveditze, então, se só se importa com dinheiro?

— Eu não disse que só me importo com dinheiro.

Eles caminharam em silêncio por alguns minutos, mas Imogen não conseguia ficar quieta por muito tempo. Sua cabeça estava lotada de perguntas.

— Medveditze é grande para uma ursa? — perguntou.

— Uma das maiores.

— De que tamanho os ursos ficam?

A mariposa das sombras

— Não tão grandes quanto antigamente.

— Por quê?

— Conforme Yaroslav cresceu, os ursos encolheram.

— Posso tocar nela?

— Chega de perguntas! Ela não é um brinquedo.

— Vou parar de falar, prometo.

Yeedarsh fez uma pausa.

— Se ela rosnar, tira a mão e desvia o olhar.

Imogen esticou o braço e roçou os dedos na ponta dos pelos da ursa. Era mais áspero do que ela esperava. Ela a acariciou com a palma da mão. A ursa não reagiu. Ela afundou a mão no pelo, e seu braço desapareceu até o cotovelo. Medveditze olhou para ela.

— Desculpa — disse Imogen, afastando a mão.

A ursa fungou, o que poderia significar *Sem problemas* ou *Vou desmembrar você inteira.*

Conforme se aproximavam do castelo, Imogen começou a imaginar seu reencontro com Marie. A irmã ficaria tão impressionada por ela ter lutado contra os skrets. Imogen estava determinada a não pedir desculpas. Talvez eles nem precisassem falar sobre a discussão. Quem sabe pudessem agir como se ela nunca tivesse ido a lugar algum.

Yeedarsh tateou em busca das chaves.

— Yeedarsh? — disse Imogen.

— Humm.

— Sabe o lugar onde você me encontrou... o pátio?

Ele a guiou para dentro.

— Sim, sei. Fale baixo.

— Desculpa... — Ela reduziu a voz a um sussurro. — Você sabe que tem uma estátua de um skret lá?

— Vá logo ao ponto.

— Ela estava segurando uma mariposa.

O relógio de estrelas

— E daí?

— É só que eu já vi uma mariposa igual àquela.

Ele começou a prestar atenção.

— Continue.

— Eu fiquei curiosa... Por que a mariposa estava com o skret? Que tipo de mariposa é aquela?

A maneira como ele a encarou a deixou desconfortável.

— A curiosidade matou o gato selvagem.

— O ditado não é assim. É...

— Não é um ditado, criança estúpida. É um fato.

— Ok. Eu... eu acho que vou pra cama agora. Obrigada por me resgatar.

— Ah, não vai, não. — Yeedarsh a segurou pela nuca. — Você vem comigo.

— Mas estou cansada!

— Eu também, menina camponesa, mas se você viu a mariposa que acha que viu, pode ser importante. Então, por mais que eu esteja cansado, nós vamos à biblioteca.

CAPÍTULO 36

A coleção do rei ficava espalhada por todo o castelo, e a biblioteca não era exceção. Globos mapeavam terras desconhecidas. Mesas estavam repletas de cabeças de cobra e amuletos.

Esses objetos eram a estrela do show. As estantes de livros que cobriam as paredes do chão ao teto eram apenas um cenário. O rei Drakomor não colecionava histórias.

Yeedarsh resmungou ao passar pelos tabuleiros de xadrez. Peças pretas e brancas estavam esparramadas pelo chão, do mesmo jeito como Imogen e Miro haviam deixado. Yeedarsh se abaixou para pegar o rei preto. Seus joelhos rangeram.

— É sempre assim — disse ele, colocando o rei no meio do tabuleiro.

Medveditze ficou parada à porta feito um guarda-costas peludo. Imogen esperou.

— Você cata as peças de xadrez — falou Yeedarsh. — Vou acender as tochas.

Imogen obedeceu. Depois que o velho terminou de acender todas as tochas do cômodo, apontou para o teto.

— Você sabe ler? — perguntou ele.

— É claro.

— Que bom. Suba lá e pegue aquele livro preto chamado *O livro das coisas aladas* para mim.

O relógio de estrelas

— O quê?

— Ou vou providenciar que você e sua amiguinha sejam expulsas. Miroslav só tem permissão para ficar com vocês enquanto o rei deixar, e adivinha só quem tem ligação direta com o ouvido do rei... — Ele deu batidinhas na própria orelha. Havia cabelos despontando para fora.

— Tá bom, tá bom.

Yeedarsh deu um nó em um pedaço de tecido e o entregou a Imogen.

— Use isso para carregar o livro — orientou ele.

Imogen pendurou a bolsa improvisada no ombro e depois ergueu os olhos para a estante. O teto ficava bem longe, e seus pés estavam doendo de correr dos skrets.

— Vamos lá, não temos a noite toda — disse Yeedarsh.

Imogen queria responder que tinham, sim, mas se segurou.

Ela escalou lentamente, buscando espaços onde os livros não eram tão grandes ou não estavam muito aglomerados, espaços onde pudesse encaixar uma das mãos ou um dos pés. Uma teia de aranha se partiu no seu cocuruto. A criadora da teia correu para longe.

Quando estava a meio caminho, ela parou para tomar fôlego. Era difícil enxergar ali em cima, longe das tochas, mas seus olhos estavam se ajustando. Os livros diante do seu nariz tinham nomes estranhos: *A bruxa das Florestas Kolsaney*, *Uma miríade de cogumelos*, *Sangue azul de Yaroslav*.

— Em que prateleira o livro está? — perguntou para baixo.

— A de cima.

Seu pé esquerdo esbarrou em alguma coisa, e ela tateou em busca de apoio. Um ornamento caiu, se estilhaçando perto do velho. Ele xingou e se arrastou para longe do vidro quebrado.

— Qual é o nome do livro mesmo? — perguntou Imogen.

— *O livro das coisas aladas*.

A voz dele soava distante. Ela não ousou olhar para baixo.

A mariposa das sombras

Então ela o viu. Um livro preto e lustroso como um sapo venenoso. O título estava gravado em verde na lombada.

Imogen hesitou apenas o bastante para desejar que estivesse em casa. Ela desejava seu quarto familiar. Desejava pãezinhos e tarefas e o cheiro do perfume da mãe. Desejava não estar tão longe do chão.

Ela colocou o livro na bolsa de pano improvisada e começou o caminho de volta. O livro batia em seus joelhos enquanto ela descia. Alguns minutos depois, ela alcançou o chão e entregou a Yeedarsh seu prêmio.

— O que é isso? — perguntou.

— Uma enciclopédia de mariposas. Cada uma dessas espécies nojentas.

Imogen se aproximou. Não se parecia com nenhuma enciclopédia que ela já tivesse visto. Não tinha muitas palavras, só algumas frases por página, rabiscadas em uma letra torta que se apertava nas beiras das páginas. A maior parte do espaço era ocupada por ilustrações detalhadas de mariposas. Mas, apesar dos detalhes, elas pareciam sem vida. A princípio, Imogen culpou o sombreado. O artista não havia colorido nos lugares certos para fazer os insetos parecerem tridimensionais. Uma mariposa de um roxo vívido tinha o tamanho de uma unha. Outra azul-escura tinha antenas grandes demais. A página fora aumentada para mostrar seu comprimento total.

Então Imogen se deu conta de que não se tratava de ilustrações. Eram mariposas de verdade que tinham sido achatadas e costuradas ao livro. Algumas até mesmo pareciam ter sido mortas *pelo* livro, como se o autor houvesse fechado o exemplar com força sobre elas enquanto voavam, pressionando-as como flores.

Gotículas de sangue e manchas brilhantes de pó de asa confirmaram que ela estava certa. Deve ter levado um longo tempo para coletar todas.

— Ahá! — exclamou Yeedarsh, triunfante. Ele apontou para a página com uma das unhas amareladas. — Foi ESSA mariposa que você viu?

O corpo da mariposa era coberto de pelos finos. Ela tinha longas antenas e asas acinzentadas que reluziam se você olhasse pelo ângulo certo. Imogen a reconheceu imediatamente.

— Sim, essa é a minha mariposa!

Era horrível vê-la daquele jeito: um espécime em um livro. Ao seu lado havia duas palavras escritas em uma letra que lembrava as pernas de uma aranha:

Mezi Mŭra

— O que isso significa? — perguntou Imogen.

— Problema — disse Yeedarsh. — Mezi Mŭras são um mau agouro. Não achei que ainda existisse alguma...

— O que é um agouro?

— Seus pais não ensinaram nada para você? Imagino que nem saiba distinguir shneks de slimarks?

Imogen o encarou sem expressão.

O velho revirou os olhos.

— Skrets têm afinidade com mariposas — explicou ele. — Mariposas gostam do escuro. Skrets gostam do escuro. Mariposas caminham se arrastando. Os skrets também.

— As mariposas são amigas deles?

— Se monstros podem ter amigos, sim. A Mezi Mŭra é a espécie preferida dos skrets. Elas trazem azar às pessoas. — Yeedarsh torceu o nariz. — A favorita dos monstros... Você já ouviu algo tão nojento?

Imogen relanceou para Medveditze, pensando que parecia que ela era a favorita do velho.

— Elas podem não parecer grande coisa — continuou Yeedarsh —, mas as Mezi Mŭras são espertas. Sempre fazendo planos. Sempre com más intenções.

— E quanto às outras mariposas? — perguntou Imogen. — Não é possível que *todas* tragam azar.

A mariposa das sombras

— Não — respondeu Yeedarsh. — A maioria é burra demais para causar qualquer mal. Antigamente, elas carregavam mensagens. Hoje não passam de uma peste com asas. — Ele fechou o livro com força. — Mas... é possível que sua mariposa tenha sido enviada por um motivo. O fato de ela ser uma Mezi Mŭra é realmente preocupante. Então, da próxima vez que a vir, certifique-se de esmagá-la.

Ele colocou o livro em uma prateleira baixa e arrastou os pés até a porta. Medveditze estava coçando as costas em uma escultura gigante de uma mulher nua. Imogen não se mexeu. Sua mariposa. Será que ela a enganou tempo todo? Será que, na verdade, queria que ela virasse comida de skret?

— Vem, camponesa — chamou Yeedarsh. — Está na hora de dormir.

CAPÍTULO 37

Estava quase amanhecendo quando Imogen abriu a porta no topo da segunda torre mais alta. Ela estava exausta. Planejava se enfiar embaixo da coberta e dormir por algumas horas antes que os outros acordassem. Imaginava a surpresa de Miro e Marie quando a vissem ali.

Mas Marie não estava dormindo. Ela estava sentada ao lado da lareira, com o cabelo arrepiado para tudo quanto é lado e olhos vermelhos fixados na irmã.

— Ah — disse Imogen. — Você está acordada.

— Shhh!

Marie olhou para uma pilha de lençóis ao pé da cama. Os lençóis roncaram suavemente.

Imogen não esperava ser recebida daquela forma.

— Por que você está acordada? — perguntou ela, sussurrando dessa vez.

— Por que acha? — respondeu Marie.

Imogen pensou em ir embora; sair de novo pela porta, descer a escada, se afastar daquele rosto severo. Mas estava tão cansada.

Ela desabou na cadeira do outro lado da lareira e colocou os pés para cima. Esperava parecer indiferente.

— Então, o que houve? — disse. — Teve um pesadelo?

— Não.

— Miro puxou todas as cobertas?

A mariposa das sombras

— Você sabe por que estou acordada, Imogen. Você e seu temperamento idiota. Sair batendo o pé só porque não conseguiu o que queria. Poderia ter morrido!

— Até parece que você se importa — retrucou Imogen. — Claramente prefere Miro a mim. Aposto que nem quer voltar para casa. Aposto que nem lembra o que é casa!

— É claro que quero voltar, mas não adianta nada se você for morta por um skret. Mamãe não quer que a gente seja comida por monstros. Foi o que você disse assim que a gente chegou! Lembra?

Imogen não conseguia suportar. Quem Marie pensava que era?

— Bem, eu *estou* viva, não estou? — disse ela. — Não graças a você.

— Ah, claro. E quem você acha que mandou Yeedarsh?

Imogen encarou intensamente as velas sobre a cornija.

— Você acha que ele queria ir lá fora à noite? — continuou Marie. — Acha que ele se importava se você estava bem? Porque eu garanto: ele não se importava.

— Eu estava bem — retrucou Imogen, ficando com as bochechas vermelhas.

Houve uma longa pausa.

— Você mandou Yeedarsh para me resgatar?

— Convenci Miro a mandar. Eu estava preocupada com você.

Imogen brincou com um fio solto em sua túnica.

— Acho que foi... Acho que eu... Obrigada. — Ela arrancou o fio. — E desculpa.

Os cantos da boca de Marie se contorceram.

— Tudo bem.

Os sinos da manhã soaram, e as meninas olharam o relógio. Um planeta em miniatura voou no sentido anti-horário, girando em volta de todas as cinco mãos do relógio. Quando a portinha se abriu, um esqueleto de madeira saiu, fez uma dancinha trêmula e deslizou de volta para dentro. Imogen pensou no homem de um olho só que ela conhecera, aquele que dissera que fazia relógios. Será que fizera *esse* relógio?

— Eu preferia quando ele mostrava o caçador — disse Marie, quebrando a linha de pensamento de Imogen. — Então, o que você fez lá fora?

— Ah, sabe como é, lutei contra alguns skrets. Mostrei quem manda. — Imogen tateou em busca da adaga. Não encontrou.

— Você lutou contra skrets? — disse Marie.

— Aham.

— Caramba. O que mais?

— Achei isso.

Imogen se levantou e entregou a caixinha preta a Marie.

— Tem ouro aqui dentro — observou Marie.

— Eu sei.

— De quem é?

Imogen deu de ombros.

— Um dos Guardas Reais deixou cair, mas tem outra coisa...

Ela esperou até Marie terminar de inspecionar os anéis. Queria a atenção total da irmã.

— Sabe quando você me seguiu pela porta na árvore?

Marie assentiu.

— Bem, eu também estava seguindo alguém — contou Imogen.

— Eu não vi ninguém.

— Você não conseguiria. Era uma mariposa.

— Uma mariposa?

— Sim. Mas não era igual às outras mariposas. Ela estava voando em plena luz do dia... na chuva. E parecia que me conhecia, que queria me mostrar alguma coisa. Acho que pensei que era minha amiga.

— Você pensou que um inseto era seu amigo?

— Deixa eu terminar. Ontem à noite, vi a mariposa de novo, e agora não tenho tanta certeza de que ela é amiga. Ela me levou a uma estátua de um skret, e Yeedarsh me fez pesquisar na biblioteca. Ele disse que a minha mariposa é a favorita dos skrets e que vê-la é um mau agouro. Isso significa azar.

— A favorita dos skrets... — repetiu Marie. — Então, o que vamos fazer?

— Eu vou dormir. — Imogen tirou as botas com um chute.

— E depois?

— Café da manhã.

— Imogen! — exclamou Marie. — Você não percebe? Se a mariposa foi enviada pelos skrets e guiou você até aqui, então os skrets devem saber sobre a porta na árvore. Eles devem saber como podemos voltar para casa.

Marie olhou para a irmã como se esperasse a ficha cair.

Imogen semicerrou os olhos.

— É, tem razão — disse ela, enfim.

— A gente tem que falar com um skret — argumentou Marie.

— Mas como? A gente teria que encontrar um deles. A gente teria que encontrar *o* skret que enviou a mariposa.

— Eles não têm algum tipo de chefe?

— Ele se chama Maudree Král — anunciou uma voz vinda de debaixo dos lençóis.

— Onde ele mora? — perguntou Marie.

— Em uma caverna no topo da Montanha Klenot — informou Miro.

— Podemos nos encontrar com ele?

— Impossível.

— Uma porta em uma árvore é impossível — disse Imogen —, e nós *precisamos* nos encontrar com o rei dos skrets.

— E você tem que nos ajudar — completou Marie. — Porque você é nosso amigo.

Miro suspirou embaixo das cobertas.

CAPÍTULO 38

Na última manhã de sua visita, Anneshka estava no escritório do rei. Ela encontrara um lugar no canto do cômodo onde a luz da tocha era boa o bastante para bordar.

Drakomor inspecionava sua coleção de moedas antigas. Estava sentado à sua escrivaninha, empilhando as moedas em torres.

O casal mal conversava, confortáveis na companhia um do outro. Uma batida na porta perturbou sua paz.

— Quem é? — perguntou o rei em voz alta.

— Petr e Jan Voyák da Guarda Real, Sua Alteza.

— Podem entrar.

Os dois homens apareceram à porta. Eles passaram por entre os itens da coleção do rei com toda a delicadeza de um par de hipopótamos bailarinos. Quando chegaram à frente da escrivaninha de Drakomor, fizeram uma reverência. Não notaram Anneshka sentada no canto entre um pilar de mármore e uma escultura gigante de uma mão. Ela ficou silenciosa como um felino caçando.

Reconheceu o homem da barriga redonda. Foi quem entregou o convite na casa dos seus pais. Não conhecia o mais magro com o cabelo oleoso partido de lado.

Drakomor tirou o monóculo.

— Petr e Jan — disse ele —, imagino que estejam voltando do joa-

A mariposa das sombras

lheiro com as alianças... Estou muito ansioso para vê-las polidas e brilhantes como novas.

Mesmo do seu esconderijo, Anneshka percebeu que algo estava errado. O homem magro tinha um olho roxo, e os dois pareciam desconfortáveis.

— Não enrolem — prosseguiu o rei. — Já esperei o bastante.

— Sua Alteza, nós temos uma má notícia — anunciou o guarda gordo.

— Que tipo de má notícia?

— É sobre as alianças...

— O que tem elas? — O sorriso sumiu dos lábios de Drakomor. Ele se virou para o homem magro. — Vamos lá, Petr. Você é o chefe da Guarda Real. Não se esconda atrás do seu irmão.

Petr engoliu em seco. Nenhum dos guardas falou.

— O que está havendo? — perguntou o rei com rispidez. — O gato comeu sua língua?

— Me desculpe, Sua Alteza. Não, Sua Alteza — respondeu Petr. — Os anéis foram roubados.

Drakomor se recostou na cadeira e passou os dedos pelo bigode, deixando o silêncio se prolongar.

O guarda gordo, Jan, cedeu primeiro.

— Nós fomos encurralados! — exclamou. — Não tinha nada que pudéssemos fazer. Estávamos prendendo uma lesni por caçar quando pularam em cima de nós sem aviso.

— Quantos? — o rei exigiu saber.

Petr alisou o penteado com ambas as mãos como se essa fosse a verdadeira causa do seu nervosismo e respondeu:

— Um, Sua Alteza.

— Um?

O rei parou de acariciar o bigode. Anneshka reprimiu um sorriso.

O relógio de estrelas

— Mas ela foi muito rápida — falou Jan de repente. — Nunca vi ninguém correr por um beco tão depressa.

— Ela?

O rei esmurrou a escrivaninha, fazendo as pilhas de moedas tremerem.

— Nós pegamos a mulher, Sua Alteza. Não precisa se preocupar sobre isso.

— Então vocês *estão* com os anéis?

Os guardas se olharam antes de dizer:

— Não.

— Bem, quem está com eles então?

A voz de Petr saiu tão baixa que mais pareceu um sussurro:

— Uma menininha.

O rei bateu com o punho nas pilhas de moedas. O dinheiro voou em todas as direções.

— Vocês estão me dizendo — vociferou ele — que meus melhores soldados foram enganados por uma criança?

O rei apontou para as moedas.

— Catem-nas.

Os homens se ajoelharam.

— E como era essa menininha incrível? Essa criança com a força de mil homens? Vocês a reconheceriam se a vissem na rua?

— Ah, sim, Sua Alteza. — Jan assentiu furiosamente. — Ela estava vestida como um menino, de cabelo curto e calças. Devia ser algum tipo de disfarce.

— E a mulher que vocês capturaram? O que sabem sobre ela?

— É uma lesni larápia, Sua Alteza — respondeu Jan. — Foi pega caçando coelhos.

— Quero torná-la um exemplo — disse o rei. — Mas, antes disso, a criança precisa ser encontrada. Não me importa se tiverem que reunir todas as meninas de Yaroslav e queimar todas as casas. Vocês podem dizer que a criança será poupada. Oferecer uma recompensa. Isso com certeza soltará as línguas.

— A garota não será punida? — perguntou Petr, erguendo os olhos com surpresa.

— Não foi o que eu disse.

— Muito bem, Sua Alteza.

— E se não encontrarem a criança... se as alianças do meu irmão e da sua esposa não aparecerem... podem ter certeza de que vou responsabilizá-los, seus idiotas.

Os guardas colocaram as moedas na mesa e se levantaram, fazendo saudações descompassadas.

— Por que ainda estão aqui? — perguntou o rei, exigente. — Quero que espalhem a notícia sobre a recompensa e também uma descrição da menina. Não há tempo a perder.

— Tem outra coisa, Sua Alteza. — Jan enfiou a mão no bolso. — Ela deixou isso para trás.

Ele tirou uma tira de tecido e a entregou para Drakomor.

Quando os guardas saíram do escritório, Anneshka se aproximou da mesa do rei. Ele parecia ter esquecido que ela estava ali. Seu rosto mudou ao lembrar.

— Desculpe-me por obrigá-la a presenciar isso.

— Não precisa se desculpar. Na verdade, eu gostei bastante — disse Anneshka. — Você foi muito... régio.

Ela tirou o pedaço de tecido do seu amado. Era azul-escuro, com estrelas bordadas.

— Um tecido de qualidade — comentou ela, sentindo o veludo.

— Da mais alta qualidade — concordou o rei. — Na verdade, parece familiar. Acho que Miroslav tem algo parecido...

Anneshka aproveitou a oportunidade.

O relógio de estrelas

— Isso me lembra — comentou ela. — Venho pensando sobre o príncipe.

O rei pareceu desconfortável, mas Anneshka decidiu prosseguir. Vai saber quando ficariam a sós de novo?

— Que talvez alguma coisa precise acontecer... — concluiu ela.

— Acontecer?

— ... com ele.

CAPÍTULO 39

Pela forma como Anneshka o olhava pelos cantos dos olhos violeta, Yeedarsh sabia que ela o desprezava. Mas isso não era um problema. Ele também não a adorava. Cada passo que dava era gracioso demais. Cada olhar, repleto de significado. A ponta dos seus dedos era coberta por ferozes unhas afiadas, e seu rosto, anguloso como o de um gato. Yeedarsh às vezes imaginava sua cauda oscilando, a ponta aparecendo por baixo das saias.

O rei não contara muito sobre Anneshka a Yeedarsh. Não anunciara que planejava se casar com ela. Nem mesmo disse que cogitava isso, mas não precisava. Yeedarsh podia ver que Drakomor se apaixonara pela mulher. O criado também via a beleza da jovem, mas ele era tradicionalista de coração. E a tradição sempre mandara que o príncipe de Yaroslav se casasse com uma princesa. Anneshka não era uma princesa. Nem perto disso.

Portanto, durante a refeição do meio do dia, enquanto Anneshka fazia a mala para voltar à casa dos pais, o velho criado expressou suas preocupações em relação à ancestralidade da moça. Ele o faz com a maior delicadeza possível.

— Não sei por que está se preocupando — disse o rei, tirando pedaços de clara de ovo do bigode. — Por acaso anunciei o casamento?

— Não, Sua Alteza, não anunciou, mas, por favor, me escute. Sabe que sempre servi sua família bem. Desde que você era um menino...

O relógio de estrelas

— Sim, Yeedarsh. Me passe o sal.

Yeedarsh obedeceu.

— Só digo isso porque é meu dever. Por lealdade...

— Eu entendo — respondeu o rei —, mas, de verdade, não precisa se preocupar.

Yeedarsh hesitou por um momento antes de dizer:

— Tem outra coisa que eu gostaria de mencionar. Uma Mezi Mŭra foi avistada. Temo que seja um mau agouro.

— Que besteira — desdenhou o rei. — A Mezi Mŭra é uma borboleta rara, não uma bruxa cavalgando em um bode de ré. Eu não aprovo tais superstições.

— Com todo respeito, Sua Alteza, a Mezi Mŭra é uma mariposa. Uma mariposa muito esperta.

— Não me trate com condescendência.

— Ela traz azar.

— Yeedarsh, essa cidade é cheia de mariposas. Elas comeriam minha coleção de peles se eu as deixasse entrar, mas isso é outra história...

— Ouvi dizer que as alianças sumiram — disse o velho. — Aquelas usadas pelo rei Vadik e pela rainha Sofia.

— Quem lhe contou isso? — perguntou o rei com rispidez.

— As notícias correm depressa pelas cozinhas.

— Bem, talvez seja melhor você voltar para lá.

Yeedarsh assentiu, recolheu o café da manhã do rei e caminhou lentamente até a porta. Equilibrar bandejas não era tão fácil quanto antigamente.

Se ele tivesse sido um pouco mais rápido, teria aberto a porta mais cedo. Se tivesse aberto a porta mais cedo, talvez visse um par de pés delicados em chinelos adornados por pedras preciosas no corredor. Mas não foi assim que aconteceu, e os chinelos adornados por pedras preciosas desapareceram despercebidos na curva do corredor.

CAPÍTULO 40

A notícia sobre a morte de Yeedarsh se espalhou depressa. A criada que encontrou seu corpo gritou até que três guardas aparecessem.

— O que está havendo?

— Ei, olha, é o velho Yeedarsh.

— Olha quanto sangue.

— Você não deveria estar patrulhando esta ala?

— Achei que você estivesse.

— Eu não estava. Essa é a Ala Oeste. Eu nunca cuido da Ala Oeste.

O guarda mais novo se abaixou e segurou um dos pés do morto.

— Podemos levá-lo lá para fora. Dizer que o encontramos lá.

O pé saiu na sua mão. A criada desmaiou.

No fim das contas, nenhum dos membros de Yeedarsh estava preso onde deveria estar. Os guardas concluíram que foi um ataque de skret. Os skrets gostavam de cortar as pessoas em pedaços. O que os homens não conseguiam entender era como os monstros tinham conseguido invadir o castelo. Nunca acontecera antes.

Os guardas sabiam que se encrencariam com o rei se ele descobrisse o que acontecera sob sua vigilância, por isso pegaram Yeedarsh — um pedaço por vez — e reconstruíram seu corpo em uma rua paralela ao castelo. Então limparam o sangue do chão do palácio. Foi decidido que

O relógio de estrelas

o guarda mais novo deveria dar a notícia ao rei. Todos concordaram, menos o próprio.

A única coisa que eles não levaram em consideração ao criarem o plano era a criada desmaiada. Quando voltou a si, ela correu até a cozinheira-chefe e contou tudo para ela enquanto tomava um copo de leite morno com conhaque.

— Skret assassinando criados dentro das paredes deste castelo? — falou a cozinheira, com o queixo tremendo de indignação.

A criada assentiu.

— Bem, se *nós* não estamos seguros — concluiu a cozinheira —, ninguém está...

A chefe dos cozinheiros era casada com o ferreiro do rei. O ferreiro do rei contou a novidade a todos que trabalhavam com ele. Esses, por sua vez, contaram às suas famílias e, em questão de poucas horas, a cidade inteira estava tomada por sussurros de que a segurança do castelo fora violada.

Em certo momento, a notícia chegou ao rei. Ele fez com que o jovem guarda que lhe dera a notícia falsa fosse mandado embora, para além das montanhas.

CAPÍTULO 41

Miro preparou o quarto no topo da segunda torre mais alta para receber seu visitante. O fogo foi aceso. Biscoitos de gengibre foram trazidos da cozinha, e uma panela de vinho de mel laranja, chamado medovina, era mantida aquecida acima das chamas.

Imogen ajudou o melhor que pôde, mas sua cabeça estava em outro lugar. Ela não conseguia parar de pensar no rei dos skrets. Será que o monstro realmente sabia como elas podiam voltar para casa? Será que eles chegariam ao topo da montanha, às cavernas onde ele morava? Ela nunca escalara uma montanha...

Quando o relógio bateu meio-dia, a porta da torre se abriu de repente. Blazen Bilbetz entrou, arfando, bufando e secando suor da testa.

— Meu príncipe! — esbravejou ele, se curvando para a frente em uma falsa reverência.

— Sente-se — disse Miro.

Imogen se perguntou se ele notou o tom sarcástico do caçador.

Os ombros de Blazen não cabiam no encosto da poltrona, então ele se equilibrou na beirada no assento.

— Aquela escadaria é uma subida do inferno — comentou ele, de olho na panela sobre o fogo. — Espero que não tenha me chamado aqui em cima para tomar um chá herbal... Isso são chifres de buvol? —

Blazen pegou um copo de chifre. — Matei um monte deles quando era jovem... São criaturas assustadoras.

Miro se sentou ao lado do caçador.

— Essa é Imogen, que você já conheceu — disse ele. — E essa é Marie, que você ainda não conhecia.

— Ora, essa é ruiva feito uma raposa — comentou o gigante, com risadinhas.

As bochechas de Marie ficaram instantaneamente vermelhas. As três crianças ficaram em silêncio, esperando o homem parar de rir.

Imogen ofereceu medovina a Blazen. Ele esfregou as mãos.

— Não é minha bebida de costume, mas acho que posso provar.

Imogen serviu uma concha do líquido laranja em um chifre e o entregou a Blazen. Ele bebeu em um só gole.

— Então, o que vocês procuram? — perguntou o gigante. — Um novo tapete de lobo? Galhadas para a lareira?

— Nenhum dos dois — respondeu Miro.

— Eu não vou sair à procura daquela porta de novo. Sou caçador de monstros e criaturas belas, não pedaços de madeira.

— Não vamos pedir que procure a porta. — tranquilizou Miro.

O gigante se serviu de biscoitos, pegando quatro de uma vez.

— Imogen e Marie estão planejando uma viagem à Montanha Klenot — continuou o príncipe. — Elas pretendem se encontrar com o rei dos skrets, o Maudree Král.

Blazen cuspiu os biscoitos.

— Elas querem fazer *o quê*?

— E precisam de um guia.

O caçador fingiu olhar por cima do ombro.

— Bem, não sei por que estão olhando para mim. Eu não vou subir aquela montanha. Vocês viram como fiquei depois de subir a escada. — Ele deu uma risadinha e bateu na barriga redonda.

A mariposa das sombras

— Estou falando sério — disse Miro.

— Eu também! Não tem a menor chance de eu fazer uma viagem dessa. Ficar na floresta já é perigoso o bastante... Caso não tenha notado, menino, os skrets estão caçando pessoas como se fossem coelhos. Se os coelhinhos forem burros a ponto de entrar no covil das feras, eles vão ser estripados como os outros.

— Mas você matou cem ursos — argumentou Miro, assumindo um tom ligeiramente suplicante. — Você baniu a bruxa da montanha, libertou seus prisioneiros e se casou com a filha dela antes mesmo da hora do almoço.

— Isso aí não deu muito certo — murmurou o caçador para dentro da própria barba.

— É claro que Blazen Bilbetz, o guerreiro mais corajoso que Yaroslav já conheceu, não tem medo de alguns skrets... ou tem?

— Serão mais do que alguns. — Blazen se remexeu na cadeira, fazendo-a ranger. — E basta um para matar você. Olha o que fizeram com Yeedarsh!

— Eu sei — respondeu Miro, e começou a brincar com seus anéis. — Fiquei sabendo de Yeedarsh. Meu tio os fará pagar. Pode contar com isso.

— Aposto que Yeedarsh nem *viu* o bicho chegando — disse Blazen, inflando as bochechas e balançando a cabeça enorme. — Aposto que nem teve tempo de gritar.

Miro voltou a olhar para o gigante.

— Mas você não é Yeedarsh.

— Não sou tão jovem quanto antigamente. Um homem não tem direito a sossegar na velhice?

— Sossegar?

— Sabe, colocar os pés para cima. Aproveitar as glórias passadas do conforto do Hounyarch.

O relógio de estrelas

— Glórias passadas? — Miro parecia um balão esvaziando. — Achei que você fosse topar. Achei...

— Bem, as pessoas nem sempre correspondem à sua expectativa — respondeu o homem. — Veja você, por exemplo. Quando nos conhecemos, achei que você fosse só um menino rico, mas não o menino rico *número-um*, não o príncipe de Yaroslav! Todo mundo está enganando alguém. Quanto antes aprender isso, melhor.

Houve um silêncio desconfortável. Blazen se recusava a fazer contato visual. Em vez disso, encarou resolutamente a janela. Imogen seguiu seu olhar. Dava para ver o topo da montanha mais alta do lado de fora.

— Não é o melhor momento para ir — afirmou Blazen. — Vocês sabem disso, não sabem?

— Como assim? — perguntou Marie.

— Estamos no outono... não muito longe do inverno.

— Não podemos esperar até o próximo verão para voltar para casa — comentou Imogen.

O gigante alisou a barba, catando as migalhas de biscoito.

— Deixem-me contar uma história — falou ele, e não esperou ter permissão para começar. — No inverno passado, um homem apareceu nos campos em frente a Yaroslav. À noite, ele não estava lá. De manhã, ele estava. Sua carroça pingava gelo derretido. O cavalo era um daqueles peludos, do tipo que às vezes vem do outro lado das montanhas. Ele estava simplesmente parado ali, comendo grama, como fazem os cavalos, enquanto o homem estava encolhido na traseira da carroça. Ele era velho e tinha queimaduras de frio. Estava morto havia horas.

— O que aconteceu? — perguntou Imogen.

— Ele tentou atravessar as montanhas na hora errada. Deve ter sido pego por uma nevasca. Morreu congelado. Provavelmente já tinha feito aquele percurso uma centena de vezes, porque o cavalo sabia

A mariposa das sombras

o caminho e puxou a carroça montanha abaixo, através das florestas e dos campos até o muro de Yaroslav. Nada mal para um coelho superdesenvolvido.

— Eu me lembro desse homem — falou Miro. — Meu tio me contou sobre ele. Disse que era um mercador.

— Sim, isso mesmo.

— Meu tio disse que ele pagou pela por sua burrice.

— Seu tio está certo — concordou o gigante. — Há vários outros iguais a ele pelos caminhos da montanha congelada.

Blazen semicerrou os olhos suínos para as crianças.

— E aí... ainda querem ir?

Imogen e Marie assentiram.

— E você? — perguntou Blazen, se virando para Miro. — É burro também?

— Eu já disse para elas não irem — declarou Miro, pegando uma manta do encosto da poltrona e as envolvendo nos ombros. Só de falar sobre as montanhas parecia lhe deixar com frio. — Eu disse que é mais provável que o Maudree Král as mate do que as ajude.

— Isso não responde à minha pergunta — disse Blazen. — Você vai com elas?

Miro hesitou. Imogen queria falar que ele não fora convidado, mas se segurou.

— Eu pertenço a este lugar — afirmou o príncipe.

— Quer dizer que sentiria falta dos seus criados e da sua cama confortável? — falou o gigante. — Não te culpo.

— Eu sei encontrar comida e dormir a céu aberto — exclamou Miro.

Blazen riu e bateu nas coxas como se tivesse ouvido a melhor piada do mundo.

— Não sabe nada! Você está tão pronto para a vida selvagem quanto um donut recheado de geleia.

— Isso nem faz sentido. — Miro apertou a manta ao redor dos ombros.

— Eu me lembro do que você disse quando estávamos procurando aquela porta maldita — disse Blazen, ainda rindo. — Disse que nunca tinha ido tão longe de Yaroslav. E isso foi quando nós estávamos na parte mais externa da floresta. Você precisaria ir bem mais fundo e mais alto do que aquilo para encontrar o Maudree Král...

— Tenho outros deveres a cumprir — argumentou Miro. — Não se pode virar as costas e ir embora quando se é herdeiro do trono. Meu tio nunca permitiria.

— Tudo bem, tudo bem — disse Blazen, secando lágrimas de riso. — Você não vai. Já entendi.

— Nem você — retrucou Miro.

— Não. Nem eu — concordou o gigante.

— Eu falei que o caçador é um covarde — falou Imogen. — Precisamos apenas encontrar outra pessoa que não seja.

Blazen a olhou de cima a baixo. Sua expressão mudando de alegre para maliciosa em um piscar de olhos.

— É melhor tomar cuidado — falou ele. — Eu não esqueci o que você fez com meu zpevnakrava.

— O que é um zpevnakrava? — perguntou Marie.

— *Era* o melhor instrumento musical dessas terras — explicou Blazen —, até essa garotinha enfiar uma faca nele.

— Bem, *eu* não me esqueci de como você fracassou em encontrar a porta na árvore — retrucou Imogen, estreitando os olhos. — Todas aquelas voltas pela floresta para nem chegar perto de voltar para casa.

— Vou te falar uma coisa, garotinha... — O gigante se inclinou para a frente, fazendo a poltrona guinchar por misericórdia. — Você é bem parecida com a descrição que os Guardas Reais estão divulgando por aí.

A mariposa das sombras

— Que descrição?

— A descrição da criança que roubou as alianças do rei Vadik e da rainha Sofia. Os Guardas Reais disseram que ela era mais ou menos do seu tamanho. Mesmo cabelo curto. Mesmo rosto sardento. Mesma roupinha idiota com as estrelinhas idiotas.

— Não sei do que você está falando — retrucou Imogen.

— Que engraçado, porque você parece saber. Estão oferecendo uma generosa recompensa por sua cabeça. Não seria nada mal botar as garras em um pouco daquele ouro.

Imogen encarou o gigante com raiva. Ele nem piscou.

— Mais biscoitos? — perguntou Marie com sua voz mais animada.

— Ah, tudo bem — falou Miro. — Eu compro seu silêncio.

Blazen se virou para o príncipe.

— De quanto estamos falando? Estão oferecendo trezentas coroas por informação sobre ela. — Ele apontou para Imogen com um biscoito.

Miro andou até o baú ao lado da cama e revirou seu conteúdo.

— Duas bolsas — disse ele. — É tudo o que me sobrou.

— Vai servir.

Blazen estendeu seu copo de chifre, pedindo mais medovina. Marie o encheu.

— Essa é a segunda vez que preciso subornar você — constatou Miro, deixando as bolsas de ouro aos pés do caçador. — Posso supor que é a última? Ninguém deve saber para onde Imogen e Marie vão. Não quero que elas sejam perseguidas por Guardas Reais enquanto sobem a Montanha Klenot.

O gigante assentiu, guardando o ouro nos bolsos.

— E se você não vai levar as minhas *amigas* — Miro pronunciou a palavra com cuidado — para o topo da montanha, conhece alguém que possa fazer isso?

Blazen pensou por um momento.

— Tem uma pessoa...

— Ah, é?

— Não estou dizendo que ela é mais corajosa do que eu, mas é mais jovem e conhece bem a floresta.

— Quem?

— O nome dela é Lofkinye Lolo. A gente costumava caçar junto... nos velhos tempos.

— Onde ela está agora? — perguntou o príncipe.

— Sob nossos pés, é claro. — Blazen pisou forte no chão.

— Morta?

— Não! — respondeu ele. — Nas suas malditas masmorras. Mas a garotinha já deve conhecê-la! É a mulher que estava sendo atacada quando ela roubou os anéis.

CAPÍTULO 42

O funeral de Yeedarsh terminou com sinos da catedral. Annesh-ka observou o padre enquanto ele se despedia dos enlutados e agradecia pela presença de todos. Os Guardas Reais saíram primeiro, seguidos pelos amigos do rei, então um pequeno grupo de criados e, finalmente, o príncipe.

O padre deu tapinhas na cabeça de Miroslav e disse algumas palavras de consolo. O menino assentiu e se afastou em direção ao Castelo Yaroslav.

— A criança conhecia Yeedarsh desde bebê — explicou o padre, recolhendo as mãos para dentro das mangas da veste. — É difícil para ele ver o homem partir desse jeito. Especialmente depois de perder os pais. Muito difícil de fato.

— Quem eram aquelas pessoas que foram mandadas embora antes da cerimônia? — perguntou Anneshka.

— Só alguns aldeãos curiosos — disse o padre.

— Eles estavam gritando. Pareciam mais do que apenas curiosos.

O padre balançou a cabeça.

— Querem vingança, suponho. Querem que os skrets sejam punidos pelo que fizeram.

— Mas Yeedarsh não foi o primeiro homem a ser morto pelos skrets — observou Anneshka.

O relógio de estrelas

— Foi o primeiro a ser morto dentro das paredes do castelo. Parece que os skrets estão vencendo... E nós, não.

— Entendo... — Anneshka relanceou para o altar, onde o rei se encontrava ao lado do caixão de Yeedarsh. — Padre, o senhor se incomodaria em nos dar um minuto? Preciso trocar uma palavra com o rei.

— Nem um pouco.

Anneshka fechou a porta da catedral atrás do padre e se virou para Drakomor. Os dois estavam sozinhos.

Sua saia beijou o chão enquanto ela caminhava até o altar.

— Sua alma pode estar nas estrelas — disse Drakomor com a voz emocionada —, mas é apropriado que seu corpo descanse aqui. Meus ancestrais foram enterrados na catedral desde o início dos tempos, e Yeedarsh serviu nossa família por quase todo esse período.

— Ouvi dizer que você mandou o guarda embora — comentou Anneshka. — O que encontrou Yeedarsh. O que deveria estar vigiando a Ala Oeste.

— O que tem?

— Eu teria mandado executá-lo. Alguém precisa pagar.

— Você estava na casa dos seus pais — comentou o rei, visivelmente surpreso.

— Será muito mais fácil quando eu estiver o tempo todo com você.

Seus olhos se encontraram por cima do caixão, e Anneshka sustentou o olhar do rei.

— Sabe que as pessoas estão culpando você, não sabe? Estão dizendo que nem consegue proteger sua própria casa.

— Talvez eu não consiga mesmo. Os skrets estão ficando cada vez mais ousados. Veja só o que fizeram a Yeedarsh... É tão *monstruoso*. Como puderam fazer isso com um velho inofensivo?

— "Inofensivo" não é a primeira palavra que me vem à mente — murmurou Anneshka.

A mariposa das sombras

— O quê?

— Estamos em guerra, Drakomor. O que espera que seus inimigos façam? Eles nos matam. Nós os matamos.

— Você não estava escutando quando contei o que eles fizeram ao meu irmão? Não são inimigos comuns. Estamos lutando contra monstros.

— Láska, sei que está chateado — disse Anneshka —, mas precisa entender os skrets se quiser derrotá-los. Eles são mais parecidos conosco do que pensa. Comem e dormem, assim como nós.

— Eles dormem durante o dia.

— Eles sentem tristeza, medo, raiva... até idolatram.

Drakomor a olhou como se ela estivesse louca.

— Idolatram?

— A Sertze Hora... a pedra que você mantém na torre... é preciosa para eles de uma forma que ultrapassa a razão.

— Como assim? — perguntou o rei.

— Vamos lá... Você já deve ter entendido a essa altura.

— Entendido o quê?

— Por que os skrets vêm aqui toda noite. Você me contou que isso começou há cinco anos, mais ou menos na mesma época em que seu irmão foi morto e próximo à ocasião em que você pegou o coração da montanha e o escondeu no alto daquela torre. Não parece muita coincidência para você?

— Os skrets não estavam fazendo nada com a Sertze Hora — retrucou Drakomor com rispidez. — Ela estava simplesmente caída ali.

— Eu sei, eu sei — disse ela, tranquilizadora. — Mas talvez eles ainda pensem que a pedra pertence a eles, e é por isso que se voltaram contra Yaroslav. Por isso que vêm toda noite. Eles a querem de volta. Com certeza isso já lhe passou pela cabeça, não?

— Eles não podem tê-la de volta.

Anneshka fez uma pausa respeitosa. Das paredes da catedral, anjos os observavam com sorrisos pintados e olhos sábios. Parecia que apenas fingiam tocar seus instrumentos.

O rei se sentou em um dos bancos.

— Não sei o que fazer — disse ele.

Anneshka se sentou ao seu lado e pegou sua mão.

— Yaroslav precisa de uma boa notícia para variar — sugeriu ela. — Um motivo para celebrar.

— Mas o quê?

— Um casamento.

— Acha que é o momento? Ainda nem temos as alianças...

— Elas vão aparecer. Ainda mais com a recompensa que você ofereceu. Vamos fazer o anúncio. Vamos fazer o anúncio do nosso casamento. Podemos nos preparar em dez dias. Talvez apenas uma semana. Será a distração perfeita para toda essa história dos skrets. Você também pode enviar a notícia para o topo da montanha. Dizer ao Maudree Král que estamos começando do zero... que queremos reconstruir os antigos laços entre o povo de Yaroslav e os skrets da Montanha Klenot...

— Não vou receber skret nenhum no nosso casamento.

— Não é isso que estou sugerindo, láska.

— O quê, então?

— Sim, os skrets receberão um convite. Sim, eles virão celebrar. Mas não provarão nem uma gota do nosso vinho. Nem mesmo sentirão o cheiro da sopa.

O rei se levantou e começou a andar de um lado para o outro na frente do caixão.

— Essa, sim, é uma ideia... Podemos montar uma armadilha... e as pessoas verão.

— Exatamente! Há maneira melhor de mostrar como você é bom

em proteger Yaroslav dos skrets? Há maneira melhor de provar que está no comando e dar o troco pela morte de seu irmão?

— Não consigo acreditar — disse Drakomor. — Eu não só tenho a noiva mais bela de Yaroslav, como também a mais inteligente.

Anneshka abriu um sorriso mais doce do que uma bala de açúcar.

CAPITULO 43

Depois do funeral de Yeedarsh, Anneshka foi para o quarto no topo da casa de seus pais. Havia trocado seu vestido de luto por outro, e sua mãe estava escovando o cabelo dela.

— Aconteceu exatamente como Ochi previu — disse a mulher mais velha. — Eu sabia que valeria a pena pagar para aquela bruxa ler as estrelas para você... Agora lembre-se, o rei não vai querer uma esposa que fale demais e que acorde muito tarde. Ou que acorde muito cedo e fale de menos. — Ela cutucou as costelas de Anneshka. — Você tem comido direito? O rei não vai querer uma esposa ossuda feito um passarinho.

A escova puxou um nó, e Anneshka se encolheu.

— Não faça drama — disse a mãe, puxando o cabelo de Anneshka até ela achar que o arrancaria. — O rei não vai querer uma esposa que se sobressalte toda vez que ele erguer a voz.

— Eu sei perfeitamente bem o que o rei quer e não quer — retrucou Anneshka com rispidez, segurando o próprio cabelo e puxando-o das mãos da mãe. — Não preciso mais de você, sua jararaca velha.

A mãe de Anneshka tremeu de raiva.

— Criança ingrata! — gritou ela. — As coisas que fiz para prepará-la para seu destino! Os sacrifícios que fiz!

Ela avançou, mas Anneshka deu um passo para trás, e a mão de sua mãe estapeou o ar.

A mariposa das sombras

Anneshka sorriu. Não precisava mais aguentar aquilo. Saiu da casa com o cabelo balançando às costas como se fosse ouro líquido.

Quando chegou ao castelo, os sinos da noite batiam. A casa de seus pais ficava a quase dois quilômetros de distância, mas Anneshka imaginava ainda ouvir as lamúrias da mãe.

— Meu nome é Anneshka Mazanar — disse ela ao guarda na entrada —, e essa é a minha casa.

CAPÍTULO 44

Naquela noite, Imogen teve outro sonho.

Tinha voltado para casa. Uma risada saía do quarto da mãe. Quando abriu a porta, encontrou ela e Marie construindo uma cabana. Havia travesseiros e edredons extras na cama, além de cobertores pendurados entre a cabeceira e o varão da cortina, como velas de um navio.

A mãe ligou o cordão de luzinhas, lançando um brilho rosado no quarto.

— Vem, Imogen — disse ela —, tem espaço para mais um.

Imogen subiu na cama, e Marie abriu um espaço para ela no meio do ninho de edredom. Era gostoso. Como estar dentro de um casulo.

— Eu terminei com Gavin — contou mamãe, deixando uma pilha de livros na mesa de cabeceira e acomodando-se ao lado das meninas.

Imogen observou o rosto da mãe em busca de lágrimas, mas não viu nenhuma.

— Gavin, o banqueiro? — perguntou Marie.

Mamãe riu.

— Sim. Gavin, o banqueiro. Há um limite de quanto uma mulher aguenta ouvir sobre taxas de juros...

Imogen escutava a chuva caindo lá fora e sentia o calor da mãe através do edredom. Ela se aconchegou mais perto.

A mariposa das sombras

— Acho que deveríamos comemorar com uma história — disse mamãe. — Qual vocês querem?

— Aquela sobre a princesa na torre — respondeu Marie.

— Não! Aquela sobre as coisas mortas que não continuam mortas — pediu Imogen.

— Imogen, você sabe que essa assusta a sua irmã.

— Ela pode sair se quiser.

— Ei! — choramingou Marie, puxando o edredom. — Não é justo! Mamãe estendeu a mão e acariciou o cabelo de Marie.

— Eu tenho uma história que vai agradar às duas. É sobre uma jornada muito longa.

— Uma jornada para onde? — perguntaram as meninas em uníssono.

— Bem, se me deixarem contar, descobrirão.

A mãe leu pelo que pareceram horas, e Marie caiu no sono, mas Imogen não queria dormir. Queria escutar o que aconteceria a seguir. Realmente conseguia visualizar o herói partindo em sua jornada.

Ela imaginou que o cobertor era uma paisagem vasta e arborizada, com topos de montanha nevados. O herói andava ao longo do cume. Entre duas dobras da coberta, Imogen imaginou um vale. No fundo do vale, havia uma cidade cercada por um muro, e no coração da cidade, um castelo com torres. Imogen não estava mais concentrada na história. Ela se inclinou para a frente, tentando enxergar melhor.

— Que lugar é esse? — perguntou ela.

A mãe espiou por cima do livro.

— Que lugar?

— A cidade.

— Querida, você estava cochilando? Não tem cidade nenhuma nessa história.

A segunda torre mais alta estava iluminada.

O relógio de estrelas

— Mas está bem ali... no edredom.

Mamãe tocou na testa de Imogen.

— Está se sentindo bem?

Imogen olhou para as montanhas ao redor da cidade. A maior tinha rochas irregulares no cume. Era a Montanha Klenot. Era aquela que elas precisavam escalar. Ela sentiu muito frio de repente.

— Vem cá — disse mamãe, puxando Imogen para mais perto e enrolando o edredom ao redor do seu pescoço. — Você deve ter pegado alguma coisa. Que bom que já estamos na cama.

Quando Imogen acordou, tinha a impressão de ainda sentir o calor dos braços de sua mãe.

Abriu os olhos. Era manhã, e Miro estava sentado perto da lareira, segurando a caixinha preta. Marie dormia. Havia virado de cabeça para baixo durante a noite.

Imogen sentiu um soluço se erguer no peito. Ela o abafou e se enroscou em si mesma. Sua mãe não estava ali. Sua mãe talvez nunca mais estivesse ali. Tinha sido tudo um sonho... Mas também uma lembrança. A mãe realmente havia namorado um banqueiro chamado Gavin e realmente não parecera triste quando terminou com ele. Imogen também não ficara triste.

Fazia muito tempo que ela não pensava naquele dia. Elas tinham feito uma cabana na cama de casal da mãe e passado a tarde lá. Imogen se lembra de perguntar: "É isso? Cansou de namorados agora? Seremos só nós três?"

Ao que sua mãe respondera: "Sempre seremos nós três, Imogen. Não importa o que aconteça."

Bem, não havia mais três agora, havia?

Imogen se sentou e puxou o cobertor por cima das pernas. Ficar deitada na cama não a ajudaria a voltar para casa. Ela precisava subir aque-

A mariposa das sombras

la montanha. *Se* o rei dos skrets fosse amigo da mariposa das sombras e *se* ele soubesse da porta na árvore, então talvez houvesse esperança.

— Bom dia, Miro — disse ela, caminhando a longos passos até a poltrona dele. — Hoje nós vamos pedir a Lofkinye Lolo para ser nossa guia!

Miro não respondeu. Ele tirara os anéis da caixinha e os girava repetidamente.

— O que está fazendo? — perguntou Imogen, irritada.

— Vou devolver as alianças ao meu tio — declarou Miro.

— Mas Blazen prometeu ficar de boa fechada. Ninguém nunca saberá que elas estão com a gente.

— Não é certo. Tio Drakomor está procurando por elas.

Imogen queria responder, mas foi interrompida pelo badalar do relógio. Estrelas mecânicas giraram no mostrador. A portinha abriu, e uma figura de madeira deu um passo para fora. Era uma mulher em um vestido bufante. Ela flutuou para a frente e soprou um beijo.

— É uma princesa! — exclamou Marie, acordando subitamente.

— Não, é apenas uma mulher vestida de noiva — corrigiu Imogen.

A figura deslizou de volta para o interior do relógio.

Imogen se virou para Miro.

— Você nunca ouviu falar de "achado não é roubado"? — perguntou ela. — Significa que, se você perde alguma coisa, ela não é mais sua e, se alguém encontrá-la, pode ficar com ela.

— Mas o meu tio não perdeu os anéis — disse Miro. — *Você* os roubou.

Marie inclinou a cabeça.

— Acho que é verdade.

Imogen não tinha tanta certeza.

— Você não disse que eram as alianças dos seus pais? Tem tanto direito a elas quanto ele.

— Meu tio cuida delas por nós dois.

— Tá bom — disse Imogen com uma voz que não parecia nada boa. — Vai lá, então.

Miro se levantou para sair.

— Nós vamos conversar com a mulher que Blazen indicou quando eu voltar — falou ele. — Quando tiver a ajuda dela, não vai mais precisar de mim. Vai poder voltar para casa. — Ele olhou para Marie. — Vocês duas.

— Que bom — disse Imogen. — Mal posso esperar.

CAPÍTULO 45

Miro foi até o escritório do tio. Depois que seus pais morreram, ele costumava se sentar ali com o tio Drakomor e organizar as coisas do seu pai, examinando minuciosamente cartas e objetos de recordação.

Às vezes, Drakomor abria a caixinha preta e erguia as alianças de modo que elas brilhassem à luz do fogo. Ele contava histórias sobre o pai de Miro. Elas sempre começavam do mesmo jeito: "Há muito anos, quando as estrelas eram velhas e a lua jovem..." Ele contava as histórias repetidas vezes, polindo-as até que também brilhassem à luz do fogo e o menino imaginasse figuras familiares tremeluzindo em meio às chamas. Ele amava essas noites.

Mas, nos últimos anos, Miro se tornara receoso sobre o escritório do tio. Era para lá que ele era chamado se tivesse feito algo errado. Miro não conseguia deixar de sentir que seu tio se importava cada vez mais com sua coleção e menos com ele.

Quando Miro foi pego roubando da cozinha, o tio demitiu seu cozinheiro preferido. Quando danificou uma chaleira de valor inestimável, passou um mês sozinho em sua torre. Quando não conseguiu progredir em álgebra, seu tutor foi enviado para além das montanhas e nunca mais foi visto. Esse era o estilo de seu tio: morte por isolamento.

O relógio de estrelas

Havia dois guardas em frente ao escritório do rei. Como sempre, eles guiaram Miro para dentro. Como sempre, o príncipe precisou passar espremido por entre os tesouros do rei. Mas então as coisas ficaram menos usuais. Tio Drakomor tinha companhia. Parada atrás dele, que estava sentado à escrivaninha, havia uma mulher. Uma mulher que Miro nunca vira.

As visitas do tio normalmente eram aristocratas velhos e antiquados com bigodes murchos, e nem mesmo *eles* podiam entrar no escritório. Era um lugar particular. A mulher arqueou uma sobrancelha como se dissesse: *E quem é você?*

— Acho que vocês não foram propriamente apresentados — disse o rei. — Miroslav, essa é Anneshka Mazanar. — A mulher curvou a cabeça. — Anneshka, esse é o filho do meu falecido irmão.

A mulher era loira e tinha olhos amendoados. Miro a achou bonita. Ele se perguntou se o tio achava o mesmo.

O menino devia estar encarando, porque o tio falou:

— Vamos lá, faça uma reverência para a dama.

— Por que ela está no seu escritório?

As palavras saíram da boca do menino antes que ele conseguisse contê-las.

— Miroslav! — exclamou o tio.

— Está tudo bem — disse a mulher. — Nós dois vamos nos ver com muito mais frequência daqui para a frente.

Ela deu a volta na mesa com um passo lento e deliberado, e se aproximou de Miro. Abaixou-se de modo a nivelar seu rosto com o dele. Os olhos dela eram de um azul fantástico, quase roxos. Miro não conseguia parar de encará-los, mas eles não olhavam para o seu rosto. Olhavam sua túnica, que era feita do mesmo tecido de muitas de suas roupas: um veludo escuro bordado com estrelas douradas.

— Que coisa adorável — ronronou a mulher, tocando a beira de sua manga.

O relógio de estrelas

Miro não sabia se deveria agradecer. Ela não parecia estar falando com ele.

— O que foi? — perguntou Drakomor.

— Eu disse que a roupa do seu sobrinho é adorável. Não acha?

— Ah, sim, muito bonita.

Ela voltou para o outro lado da mesa, e Miro notou que estivera prendendo a respiração. Ela sussurrou alguma coisa no ouvido do rei, e agora *ele* também estava olhando para a túnica de Miro.

— Posso voltar outra hora... — disse o menino.

— Não, não, Miroslav — retrucou o rei. — Diga o que veio dizer.

— Certo. — Miro respirou fundo e contou depressa sua história: — Eu estava andando na Ala Leste outra noite... sabe, o corredor com a tapeçaria grande e o...

— Sim, eu sei, menino. E daí?

— Bem, encontrei isso lá e acho que pode ser o que você está procurando...

Ele enfiou a mão no bolso e tirou a caixinha preta.

— O que é isso? — perguntou Drakomor com rispidez. Miro colocou a caixinha na mesa para que seu tio pudesse ver. — As alianças!

— Eram essas que tinham sumido? — perguntou Miro, tentando ao máximo soar inocente.

A mulher esticou o pescoço por cima do ombro do rei para olhar melhor. Ele passou a caixinha para ela, que colocou o anel menor no dedo. Miro sentiu vontade de impedi-la.

— O que acha? — perguntou ela, esticando a mão.

— Combina com você! — exclamou Drakomor. — Coube perfeitamente. — O rei voltou a olhar para o sobrinho. — Qual é o seu problema, menino? Por que sequer precisa perguntar? Não se lembra das alianças dos próprios pais?

A mariposa das sombras

Miro fechou as mãos em punhos. Queria que a mulher tirasse a aliança da sua mãe.

— Seu tio lhe fez uma pergunta — falou a mulher.

Miro balançou a cabeça. O rei revirou os olhos.

— Já que está aqui, é melhor eu contar logo uma coisa — falou Drakomor.

A mulher colocou uma das mãos no ombro dele e apertou. O anel brilhou no dedo dela.

— Anneshka e eu planejamos nos casar.

Houve uma pausa enquanto os adultos esperavam Miro se pronunciar.

— Acredito que a resposta costumeira seja "parabéns" — continuou o rei.

Miro abriu a boca. Tentou dizer a palavra, realmente tentou, mas ela entalou em sua garganta como se fosse um grande osso de peixe.

— Vamos contar aos criados em breve, mas pensei que você deveria ser o primeiro a saber.

— Não será ótimo? — afirmou a mulher. — Você terá uma mãe de novo.

Drakomor pegou o outro anel e ergueu-o à luz das velas. Miro fechou as mãos com tanta força que enterrou as unhas nas palmas.

— Vou me retirar agora — avisou ele.

Mas os adultos estavam sussurrando com empolgação um para o outro. Não pareciam mais notar a presença dele. Miro escapou silenciosamente, desaparecendo entre a enorme pedra e uma cabeça de troll fossilizada.

CAPÍTULO 46

Imogen e Marie passaram horas esperando Miro voltar do escritório do tio. Elas leram livros. Comeram bolo. Até arrumaram a cama. Mas em certo momento começaram a se perguntar o que estava acontecendo.

— Achei que ele já fosse ter voltado a essa hora — disse Imogen.

— Ele disse que iríamos para às masmorras — completou Marie. — Disse que pediríamos a Lofkinye Lolo para ser nossa guia.

— Talvez ele tenha amarelado. As masmorras parecem mesmo meio assustadoras.

— Isso seria ruim. Seria realmente... Qual é o oposto de corajoso?

— Covarde — respondeu Imogen. — É o que ele é! Você já viu Miro se colocar em risco alguma vez?

— Ele resgatou a gente — afirmou Marie —, quando chegamos aqui fugindo dos skrets.

— Ele nos deixou entrar no castelo. Não sei bem se eu chamaria isso de um *grande* resgate.

— Ele cortou o dedão e fez um pacto. Aquilo foi corajoso. Teve sangue e tudo!

— Aquilo foi estranho, isso sim.

Marie contraiu os lábios, pensando.

— Ele não salvou você de Blazen Bilbetz quando você furou a gaita de fole dele?

A mariposa das sombras

— Aquilo? — Imogen bufou com desdém. — O único trabalho de Miro foi pagar. Não é preciso ser corajoso para pagar. Só é preciso ser um príncipe. Vamos às masmorras sem ele.

— Acha que vão nos deixar entrar?

— Não — respondeu a irmã mais velha, chutando a cadeira mais próxima. — Isso é *tão* irritante.

— Vamos ter que procurá-lo.

— Ah, tudo bem. — Imogen esfregou o dedão e fez uma cara feia. — Acho que não temos outra opção.

As irmãs desceram da segunda torre mais alta e seguiram em direções diferentes. Imogen começou pela Ala Oeste e mandou Marie para a Norte.

Os corredores pareciam não ter fim, ligando cômodos e mais cômodos feito uma toca de coelho gigantesca. Imogen abriu todas as portas e olhou embaixo de todas as mesas. Alguns lugares eram familiares, outros inexplorados. Em nenhum estava o príncipe.

As meninas se reencontraram na biblioteca.

— Nada? — perguntou Imogen.

— Nada — confirmou Marie. — Havia vozes vindo do escritório do rei, mas os guardas disseram que Miro saiu de lá já faz tempo.

As meninas procuraram pela Ala Sul juntas. O príncipe não lhes mostrara essa parte do castelo. Elas correram de cômodo em cômodo, chamando o nome de Miro. Em certo momento, chegaram a uma escadaria flanqueada por bandeiras.

— Ora, isso parece grandioso — murmurou Imogen.

Ela se sentou no primeiro degrau, e Marie se acomodou ao seu lado. Quando a respiração das duas se estabilizou, Imogen escutou um barulho. Parecia alguém fungando. Estava vindo de algum lugar acima de suas cabeças.

— Miro — chamou Marie, se levantando em um salto. — Miro, é você?

193

O barulho parou. Marie subiu a escada correndo, e Imogen a seguiu. Mais ou menos no meio do caminho, a escada se bifurcava em duas curvas que se juntavam no andar de cima.

O príncipe estava sentado no degrau mais alto, com o queixo sobre os joelhos. Seus olhos muito separados estavam inchados, e suas bochechas pareciam massas de pão.

— O que vocês querem? — perguntou ele, afundando o rosto nos braços.

Marie se aproximou lentamente.

— Estávamos procurando você — disse ela.

— Bem, não sei por quê. Todo mundo parece ficar muito bem sem mim. — Sua voz estava embargada por lágrimas e catarro.

— A gente não fica bem sem você — discordou Marie. — É por isso que estávamos à sua procura.

— E se eu não quisesse ser encontrado? Já pensaram nessa possibilidade?

Imogen se manteve afastada. Ficava sem jeito ao ver Miro naquele estado. Notou uma porta aberta atrás dele e se perguntou se poderia esperar do outro lado enquanto ele se recompunha. Miro deve ter visto que ela se inclinava hesitantemente para lá.

— Fique longe desse quarto — disse ele com rispidez, encarando-a com olhos lacrimosos. — Você não pode entrar.

Imogen não atravessou o batente, mas pôde ver o interior do cômodo. Era um quarto com móveis rebuscados e uma janela com vista para a floresta. Mas, apesar da decoração extravagante, parecia estranhamente vazio.

Então ela entendeu. Era o primeiro quarto que ela via sem nenhum item da coleção do rei. O local tinha apenas coisas normais de um quarto, tudo coberto por uma grossa camada de poeira. Havia uma camisa dobrada por cima do braço de uma cadeira. Uma escova de lado com

A mariposa das sombras

longos fios de cabelo. Um bichinho de pelúcia sentado a poucos metros de Imogen. Ele tinha juba azul e rosto laranja, com um sorriso bobo e botões no lugar dos olhos.

— Que lugar é esse? — perguntou ela.

— Não é da sua conta — retrucou o príncipe.

Marie se sentou no degrau ao lado de Miro e falou:

— Não sei o que aconteceu, mas não pode ser tão ruim.

— Não? — respondeu Miro, levantando um pouco a cabeça.

— O seu tio ficou bravo por causa dos anéis? Foi isso? Tenho certeza de que Imogen não se importaria em explicar. Ela pode dizer que não foi culpa sua. Não é mesmo, Imogen?

— Não é sobre os anéis — explicou Miro. — É sobre a visita do meu tio: Anneshka Mazanar. Ela disse que vai ser minha mãe. *Ele* vai fazer com que ela seja a minha mãe.

— O quê? Como?

— Eles vão se casar.

Miro voltou a chorar, e Marie passou o braço ao redor dos seus ombros, mas não conseguiu alcançar o outro lado. Imogen observou a cena do batente.

— Pronto, pronto — disse Marie, do mesmo jeito que mamãe costumava fazer quando uma das duas estava chateada.

— Eu não gostei nem um pouco de Anneshka — continuou Miro. — E acho que ela também não gostou de mim. Ela não vai querer que eu fique por perto. Vou ser banido para minha torre para sempre.

— Tenho certeza de que ela não vai fazer isso — falou Marie. — Tenho certeza de que seu tio a escolheu porque ela é legal.

— Ela não pareceu nada legal...

Imogen se lembrou da história de Andel e do que Drakomor fizera com seu olho. Talvez o tio de Miro tivesse um conceito diferente de "legal". Mas não parecia o momento de mencionar isso...

O relógio de estrelas

— Acho que é normal não gostar da sua madrasta de primeira — declarou Marie —, mas as pessoas parecem mudar de ideia... sabe, depois de passar um tempo juntas.

Imogen lembrou de Mark, o novo namorado da mãe, e pensou que Marie estava errada. Muitas vezes você sabia se gostava de alguém logo de cara. E muitas vezes você não mudava de ideia. Imogen sabia que odiaria Mark assim que ouviu aqueles sapatos barulhentos idiotas.

— O que é uma madrasta? — perguntou o príncipe.

— Uma mãe postiça — explicou Marie. — Sarah, da escola, me disse que não suportava sua madrasta. Que fugiria com o circo. Então a madrasta a levou para ver o Cirque du Soleil, com acrobatas e tudo. A madrasta também tinha medo dos palhaços. Depois disso, elas passaram a se entender.

Miro assoou o nariz em um lenço.

— Eu não sabia que isso acontecia com outras pessoas.

— Ah, sim — disse Marie. — O tempo todo. — Ela pensou um pouco. — Mas outras pessoas não são príncipes de um reino inteiro. Essa é a única diferença.

Miro deu um sorrisinho.

— Sim, eu sou o único desses.

— Nossa mãe também tem um namorado, lembra? — disse Imogen. — É praticamente a mesma coisa.

— Porque um namorado é um homem com quem você talvez se case, certo? — perguntou Miro.

— Sim, mas não é exatamente a mesma coisa — argumentou Marie, pensativa. — Os namorados da mamãe nunca ficam.

Imogen se perguntou se sua mãe já tinha se separado de Mark. Ele podia ser irritante, mas pensar na mãe totalmente sozinha fazia Imogen sentir ainda mais saudade de casa. As palavras da mãe flutuaram em sua mente: *Sempre seremos nós três, Imogen. Não importa o que aconteça.*

A mariposa das sombras

— Então por que está escondido aqui? — perguntou Marie. — Por que nesta escada?

— Não é por causa da escada — respondeu Miro. — É por causa do quarto. Esse é o quarto dos meus pais. Meus pais *de verdade*.

— Esse gato de pelúcia no chão é seu? — perguntou Imogen. — Por que o deixou ali?

— Ele é um leão, e sou grande demais para brinquedos... Além disso, mesmo que eu quisesse pegá-lo, não posso. Ninguém pode entrar nesse quarto. Estamos mantendo tudo exatamente do jeito que estava quando meus pais morreram.

Imogen não sabia bem o que dizer. Miro secou o rosto na manga.

— Imagino que vocês estejam ansiosas para ir — disse ele. — Precisamos perguntar a Lofkinye Lolo se ela aceita levá-las ao topo da Montanha Klenot.

— Bem — respondeu Marie —, quando você estiver disposto...

— Foi o que pensei. Vamos acabar logo com isso.

Miro se levantou e ofereceu a mão a Marie. Ela aceitou.

— Sabe, Miro — disse ela —, você pode vir com a gente.

A ideia pairou ali por um momento, suspensa em algum ponto acima da cabeça do menino.

— Com vocês?

— Suba até o topo da Montanha Klenot e depois volte — explicou Marie. — Vai ser uma aventura...

— Eu não vou ajudar muito nas montanhas. Não gosto de frio.

— Não estou convidando você para ajudar.

— Por que está me convidando? — perguntou o príncipe.

— Porque você é nosso amigo, é claro.

Miro olhou para o chão e arrastou os pés no suporte do corrimão.

— Você está me convidando... só porque...

— Sim.

O relógio de estrelas

— Não quer fazer um novo pacto?

— Não.

Suas últimas lágrimas cintilaram nos cílios.

— Tudo bem — disse ele. — Eu adoraria.

CAPÍTULO 47

De volta ao escritório do rei, a conversa dos dois adultos passara de bobagens melosas sussurradas a outro assunto bem mais sério.

— Não há dúvidas — sibilou Anneshka.

Ela segurava um pedaço de tecido. Era o retalho que os Guardas Reais haviam entregado junto com a notícia de que as alianças tinham sido roubadas.

— Não é simplesmente *parecido*. É *idêntico* ao que o menino estava usando!

— Deve haver outras crianças em Yaroslav usando túnicas feitas desse tecido — argumentou o rei.

— E o menino por acaso tropeçou nas alianças roubadas! — comentou Anneshka. — Você acredita mesmo nisso?

O rei abaixou a cabeça.

— Por que importa?

— Está falando sério? — Ela segurou o rosto dele entre as mãos. — Olhe para mim, Drakomor! Você está me dizendo que não entende o que isso significa? Esse menino é um risco! Agora ele é pequeno, mas não permanecerá assim por muito tempo. Hoje está fazendo pegadinhas infantis e se unindo aos lesnis para roubar nossos bens preciosos...

— Nós não sabemos o que aconteceu...

O relógio de estrelas

— Espere alguns anos e será muito pior. Como ele vai reagir em relação as *nossas* crianças? *Nossos* filhos? Só Deus sabe o que fará quando tiver idade para usar a coroa. Vai me mandar para longe... Pode ter certeza! Ele mandará a mim, você e qualquer família que criarmos para definhar do outro lado das montanhas!

Agora Drakomor a olhava com horror, ainda mais pálido do que o normal.

— Estou falando — concluiu ela —, é ele ou eu.

O rei tirou a aliança e a colocou de volta na caixinha.

— Você tem bons argumentos.

Ele estendeu a mão para a aliança que ela estava usando.

— Quer dizer que vai fazer isso? — perguntou ela. — Vai se livrar do menino?

— Vou ordenar que o mandem para longe.

Anneshka deu um gritinho de felicidade e pulou nos braços de Drakomor.

— Mas apenas vou mandá-lo para longe — insistiu o rei. — Não vou machucá-lo.

— É claro, láska.

Ela se afastou, tirou o anel e o entregou ao amado.

— E não vou mandá-lo desacompanhado. Quero que seja levado a algum lugar seguro. Se for para além das montanhas, ele precisará de um guarda armado e provisões especiais.

— Sim, sim.

O rei fechou a tampa da caixinha preta.

— Entendo totalmente — disse Anneshka. — Deixe comigo.

— E quanto aos preparativos do casamento? — perguntou Drakomor. — Ainda não decidimos como vamos nos livrar do Maudree Král. Devo mandar os Guardas Reais cortarem sua garganta depois da cerimônia?

A mariposa das sombras

— Não — disse Anneshka —, precisa ser mais espetacular do que isso. Algo que as pessoas comentarão por séculos a fio.

— Acha que deveríamos usar algum tipo de arma?

— Talvez... Teria que ser poderosa o suficiente para destruir o Maudree Král e qualquer skret que ele traga consigo. Também precisa ser bonita, de modo que eles não suspeitem do seu verdadeiro propósito. E precisa ser construída depressa.

— Parece um belo desafio — comentou Drakomor, alisando o bigode. — Uma vez conheci um lesni que era tão bom artesão que diziam que operava milagres. Ele fez um relógio... alegava que sabia ler as estrelas.

— Parece perfeito! — exclamou Anneshka.

— Só tem um problema. — Drakomor fez uma expressão envergonhada. — Ele se recusou a trabalhar para mim... há anos... então arranquei um olho dele.

— Bem, isso é fácil de resolver — respondeu ela. — Diga a ele que, se recusar de novo, você arranca o outro.

CAPÍTULO 48

Os prisioneiros de Yaroslav eram mantidos no subsolo. Ali não havia diferença entre dia e noite. Miro usava uma tocha para iluminar o caminho, e Imogen e Marie o seguiam pelos degraus de pedra.

— Acha que Blazen estava dizendo a verdade? — perguntou Imogen. — Acha que Lofkinye é realmente a mesma mulher que vi sendo atacada pelos Guardas Reais? Acho que eu a vi alimentando os velecours também.

— Não faço a menor ideia — disse Miro. — Desde que ela esteja disposta a nos levar para o topo da montanha, acho que não importa.

As crianças desciam para as fundações do castelo. As paredes eram feitas de pedra e o ar cheirava como se estivesse ali havia séculos.

— A gente vai descer até onde? — perguntou Marie.

— Até o fundo — respondeu Miro. — É onde os piores prisioneiros ficam... nos Fossos Hladomorna.

— Fossos o quê?

— Hladomorna. Lá tem um buraco por prisioneiro para impedi-los de trocar ideias perigosas — explicou Miro, soando orgulhoso como se fosse o inventor daquilo.

Os degraus levaram as crianças a um guarda adormecido. Ele roncava suavemente. Elas passaram por cima das pernas deles para chegar a outra escada que os levaria ainda mais para baixo.

A mariposa das sombras

— Talvez seja melhor se eu conduzir a conversa — sugeriu Miro. — Tipo, quando chegarmos lá.

— Por quê? — perguntou Imogen.

— Lesnis são desobedientes. Não será fácil convencê-la a nos ajudar, mas talvez ela ouça seu príncipe.

— Quem são os lesnis? — questionou ela.

— O povo que morava nas florestas antigamente.

— Por que eles não moram mais lá? — perguntou Marie.

— Ninguém mora mais lá. Por causa dos skrets.

— Mas por que o povo lesni não têm permissão para caçar coelhos? — perguntou Imogen. — Eu também seria desobediente se as leis fossem injustas.

Miro pareceu confuso, depois irritado. Balançou a cabeça depressa como se tentasse se livrar dos pensamentos.

— Não sei. Meu tio que faz as regras. As coisas são como são.

A escada os levou a uma caverninha onde dois guardas jogavam dados. Quando viram Miro, eles esconderam o jogo, se levantaram apressadamente e fizeram uma reverência.

— Desculpe, Sua Alteza. Não sabia que estava planejando uma visita hoje.

— Estou procurando uma mulher chamada Lofkinye Lolo — disse o príncipe. — Pode me informar em que fosso ela está?

— Descendo aqueles degraus. Quarto à direita.

— Obrigado — falou Miro.

— Deseja minha assistência, Sua Alteza? Ela tem uma língua meio afiada.

— Não será necessário.

Imogen não conseguia se decidir se ficava mais irritada com o tom pomposo de Miro ou impressionada com sua habilidade de dar ordens a adultos.

O relógio de estrelas

Eles desceram a terceira escada. Era mais estreita do que as outras, e as paredes estavam cobertas de limo verde. Na base, eles contaram três portas à direita e entraram na quarta. Havia um buraco aberto no chão.

— Isso — anunciou Miro — é um Fosso Hladomorna. As barras impedem os visitantes de cair e os prisioneiros de escalar para fora.

As crianças se agacharam e espiaram o interior. Imogen reconheceu a prisioneira na hora, com o cabelo torcido em dois coques e olhar determinado. Mas o fogo de artifício humano perdera seu brilho. Suas roupas pareciam mais desbotadas, seu cabelo estava bagunçado, e sua pele marrom apresentava hematomas.

Imogen não conseguia entender. Tudo isso por caçar um coelho?

Miro pigarreou.

— Meu nome é príncipe Miroslav Yaromeer Drahomeer Krishnov, lorde de...

— Pode pular a introdução — disse a mulher.

— Err... Você é Lofkinye Lolo, lesni caçadora e amiga de Blazen Bilbetz?

— Eu não sou amiga daquele cérebro de abóbora.

— Certo. — Miro hesitou. — Mas você é todas as outras coisas?

O príncipe aproximou a tocha das barras, e Lofkinye desviou o olhar.

— Trouxemos uma coisa para você, caso esteja com fome — disse ele.

— Não preciso de caridade — respondeu Lofkinye.

— Não estamos oferecendo caridade — falou Imogen. — Na verdade é o contrário. Precisamos da sua ajuda.

A silhueta de Lofkinye se mexeu na escuridão.

— Como posso ajudar alguém se estou presa aqui embaixo?

— Essa é a questão — disse Miro. — Vamos ajudá-la a fugir.

Lofkinye riu. A risada se transformou em uma tosse.

A mariposa das sombras

— Então, essa é a minha equipe de resgate? — falou ela. — Um príncipe pré-adolescente e duas criadas pirralhas?

Imogen e Marie trocaram olhares. *Criadas?* Essa era nova.

— Queremos que você seja nossa guia — explicou Miro. — Precisamos sair de Yaroslav. Com urgência.

— Ah, então você está fugindo.

— Não! Meu tio é o rei. Por que eu fugiria? Temos que falar com o Maudree Král. Precisamos que nos leve até o topo da Montanha Klenot.

— *O quê?*

— Minhas amigas estão procurando uma porta que leva a outro mundo, e nós achamos que os skrets sabem onde ela fica.

— Já ouvi falar de algo assim — disse Lofkinye. — Portas entre árvores.

— Sério? Que ótimo! — exclamou Imogen.

— Mas nunca vi uma pessoalmente.

— Ah.

— Que comida você trouxe?

— Bolo — respondeu Miro.

— Você trouxe bolo para uma mulher faminta?

— Por que não?

— Deixa para lá. Passa para cá.

Imogen enfiou um embrulho por entre as barras. Lofkinye se levantou e esticou os braços para o alto, e conseguiu alcançar por pouco. Ela comeu o bolo, então olhou diretamente para Imogen.

— Eu conheço você?

— Eu estava lá quando você foi presa — disse Imogen.

A caçadora semicerrou os olhos e voltou a abri-los.

— Ah, sim! Você é a garota que pegou a adaga. Não achei que você fosse conseguir escapar...

O relógio de estrelas

Lofkinye se afastou da abertura do buraco para que as crianças não pudessem ver seu rosto.

— Essa expedição da qual estão falando — disse ela baixinho. — O que eu ganho com isso?

— Sua liberdade — respondeu Miro.

— Imagino que isso seja essencial se eu devo servir de guia.

— Sim — concordou Imogen, fazendo uma careta para Miro. — Vamos ajudá-la a sair daqui de qualquer maneira.

— Mas não tenho mais dinheiro — afirmou o príncipe, o tom de irritação evidente em sua voz.

— Ouvi dizer que o rei é um colecionador e tanto — falou a mulher.

— Suponho que eu possa conseguir a Coleção de Joias Pustiny em miniatura do meu tio — falou Miro. — Seria bem fácil de contrabandear para fora do castelo.

— Quanto vale?

— Não sei... milhares de coroas. É a única em Yaroslav.

— Tudo bem — concordou Lofkinye. — Fechado.

Ela voltou a se esticar para cima e estendeu a mão.

Miro se virou para Imogen e sussurrou:

— A palavra de um lesni vale menos do que o peido de um cachorro. Era o que Yeedarsh costumava dizer.

— Não seja tão horrível! — sibilou Imogen. — Ela me parece digna de confiança. Fecha logo esse acordo antes que ela mude de ideia.

Miro estendeu o braço para baixo e apertou a mão de Lofkinye.

— E o que você vai fazer se encontrar essa porta? — perguntou a prisioneira.

— Passar por ela — contou Marie. — Ir para casa.

— Você está me dizendo que é de...? — Lofkinye se interrompeu.

— Bem, vocês são mesmo as pessoas mais malucas que já conheci, isso é um fato. Parece uma expedição interessante. Estou dentro.

— Obrigada! — exclamou Marie.

— Sim, valeu, Lofkinye — disse Imogen.

— Viremos buscá-la amanhã — prometeu Miro.

— Não tenho mais para onde ir — respondeu a nova guia. — Vocês sabem o que levar?

— Eu estava pensando nisso — murmurou o príncipe. — Tem chocolate na cozinha. Acho que são para o casamento, mas, se eu pegar alguns e reorganizar os que sobraram, o cozinheiro não vai notar.

— Se estupidez flutuasse, você estaria lá em cima igual a um patinho.

— Hein?

— Não vamos levar chocolate — disse a mulher. — Escute com atenção. Vou dizer o que levar.

CAPÍTULO 49

Naquela tarde, Petr Voyák, o homem que perdeu as alianças do rei e Chefe da Guarda Real, chegou em seus aposentos. Ele tirou as botas e soltou um suspiro de alívio.

Desde que aquela garota maldita escapara com os anéis, todas as horas do dia de Petr foram gastas procurando por ela. Não havia uma porta na cidade em que ele não houvesse batido. Ele ameaçara, subornara, implorara. Depois do anoitecer, quando era perigoso demais para sair, ele se ocupava escrevendo cartazes de "Procura-se".

Mas não naquela noite. Naquela noite, Petr estava determinado a se dar um descanso. Serviu uma taça de vinho tinto e checou o olho roxo no espelho. Estava sarando bem. A mulher que o causara estava nos Fossos Hladomorna. O lugar daria um jeito no espírito brigão dela.

Petr estava aplicando um pouco de creme de margarida no hematoma quando ouviu uma batida na porta. Ela se abriu antes que ele tivesse tempo de dizer "pode entrar", revelando Anneshka Mazanar.

— Espero que eu não esteja incomodando — disse ela em uma voz doce feito mel.

Seus olhos violeta dispararam do vinho intacto ao seu olho roxo envolto por creme.

— Não, nem um pouco, milady. Eu só estava... só estava limpando minha espada. — Ele tentou ao máximo assumir uma pose natural.

— É "Sua Alteza" agora, Voyák. Vou me casar com o rei. Não ficou sabendo?

— Certo, milady. Quero dizer, sim, Sua Alteza.

— Posso me sentar?

Petr se atrapalhou para liberar um espaço para a mulher.

— O que posso fazer pela senhora? — perguntou ele, sentando-se de frente para ela e desejando não ter passado tanto creme no rosto.

— Não é uma questão do que você pode fazer por mim — respondeu ela. — Estou aqui em nome do rei Drakomor.

— Como sabe, sou o servo mais leal do rei — afirmou o guarda.

— É exatamente por isso que estou falando com você.

Petr ajeitou a postura.

— Veja bem — continuou Anneshka —, a tarefa em questão é deveras delicada. Precisa ser feita por alguém da confiança do rei. Alguém que possa realizar o trabalho e mantê-lo em sigilo depois.

— Ah, sim, milady. Minha boca será uma tumba. Seja lá o que for, a senhora pode confiar em mim para ser discreto. Eu serei o...

— É claro — cortou ela — que o rei continua chateado por causa das alianças.

— Não voltará a acontecer — prometeu Petr. — Pode contar comigo.

Anneshka relanceou para a porta entreaberta.

— Muito bem — disse ela. — Vou lhe dizer o que deve fazer.

Petr assentiu.

— O rei deseja que Miroslav seja descartado.

Petr parou de assentir.

— Descartado?

— Sim.

— Mandado embora?

— Não.

— Quer dizer...

O relógio de estrelas

Petr colocou as mãos ao redor do próprio pescoço.

— Ele quer o menino morto — afirmou Anneshka. — Pode cuidar disso?

— Ele quer o menino morto?

— Não foi o que acabei de falar?

— Sim, milady.

Agora era a vez de Petr olhar para a porta. Ele se levantou, espiou ao redor, então a fechou. Voltou a olhar para sua visitante.

— Mas... ele é apenas uma criança... Eu o conheço desde que era bebê.

— Não vejo o que isso tem a ver com a sua tarefa.

— Por que o rei iria querer o próprio sobrinho morto?

— Você é pago para fazer perguntas, Voyák?

— Não, milady.

— Então, por que está fazendo?

— Eu... eu não trabalho matando crianças. Só soldados inimigos, skrets e coisas do tipo. É isso o que sou treinado para matar.

— Achei que você pudesse dizer isso — desdenhou Anneshka, se levantando para ir embora. — Pelo que ouvi, você permitiu que uma criança fugisse com nossas alianças sem nem mesmo persegui-la.

— Jan ficou preso em um beco e...

— Devo dizer que não fazia ideia de que você era frouxo desse jeito com crianças. Com que mais você é frouxo assim?

— É só...

— Foi uma pergunta retórica, Voyák. Não é para responder.

A garganta dele estava seca.

— Sinto muito, milady.

— Sentirá mesmo. Se é tão frouxo assim, não tenho certeza se será o homem certo para liderar a *minha* Guarda Real. Talvez você deva renunciar. Talvez deva fazer uma viagem para além das montanhas.

Anneshka se aproximou da porta, mas Petr pulou na frente dela.

A mariposa das sombras

— Por favor — falou ele. — Não me mande para longe. — Seu buço estava suando. Por que seu buço estava sempre suando? — Cumprirei a tarefa. Farei qualquer coisa que o rei ordene.

— Que bom — respondeu ela. — Precisa ser feito amanhã à noite.

— Sim, milady. Mas precisarei de ajuda.

— Você tem alguém de confiança?

— Meu irmão, Jan... Ele também não vai gostar, mas lhe direi que pode ser o segundo em comando se ajudar.

— Deixarei essa decisão a seu cargo. Só não conte para mais ninguém.

— Muito bem, milady... Além disso, o que devemos fazer com o... Como devemos nos desfazer do...

— Do corpo? O rei não se importa muito com o que você vai fazer com o corpo. O principal é enterrá-lo fundo. Vamos falar que o menino foi mandado para longe. Direi que ele está do outro lado das montanhas, com os parentes da mãe.

— Certo. Suponho que queira algum tipo de prova.

Anneshka pensou por um momento.

— Tipo o coração do menino em uma caixa?

Petr sentiu o sangue se esvair do rosto. Certamente ela não pediria que ele...

— Não, não preciso de nada do tipo — completou ela. — Como eu saberia se realmente pertencia ao menino? Poderia ser de um porco!

Ela deu uma risada, mas Petr não conseguiu rir com ela.

— Além disso, tenho minhas próprias maneiras de saber se as pessoas estão contando a verdade — sussurrou Anneshka, franzindo seu belo narizinho. — Se chegar perto o suficiente, posso quase sentir o cheiro.

Petr engoliu em seco.

— E Voyák...

— Sim, milady?

— É "Sua Alteza".

CAPÍTULO 50

Na noite antes de partirem para as montanhas, as crianças não dormiram bem.

Toda vez que Imogen estava quase caindo no sono, coisas se mexiam nos cantos de sua mente: seus monstrinhos da preocupação não sossegavam. Ela fechava os olhos, e eles se agitavam por trás das cortinas e chacoalhavam as gavetas. *Me deixe sair, me deixe sair*, sussurravam mil vozinhas. *Você não pode ir para as montanhas. Vai ser assassinada e fatiada. Vai se perder. Vai ser devorada. Nunca vai conseguir voltar para casa.*

Sem controle, os monstrinhos da preocupação se libertavam. Apertavam sua barriga com dedos ossudos até deixá-la enjoada. Sentavam-se em seu peito para que ela tivesse dificuldade de respirar. Espremiam os seus corpinhos feios ao redor do coração dela até...

Imogen se imaginou pegando aqueles monstrinhos pelo pescoço e enfiando-os de volta no lugar em que pertenciam. Fechando as gavetas com força. Puxando as cortinas. Dando-lhes uns bons chutes.

Tentou pensar em outra coisa. Algo alegre. Tentou se imaginar na cama com a mãe, livros e cordões de luzinhas rosadas. Os monstrinhos da preocupação ficaram quietos por um minuto — no máximo dois —, então voltaram a se remexer e sussurrar, e começaram tudo de novo.

Os monstrinhos de Miro eram diferentes. Eles se escondiam dele. Deixavam-no de fora. Eram adultos fechando portas na cara dele. Eram

A mariposa das sombras

sombras de garotinhas correndo por entre as árvores. Um sapato desaparecendo atrás de um baú. Um eco de risada. Miro se virava na mesma hora e exclamava "Espere!", mas os fantasmas não esperavam, e logo só sobrava ele e uma lua que ocupava metade do céu.

Do lado de fora, os skrets uivavam.

Finalmente, a manhã chegou e o relógio bateu sete horas. Um par de planetas adornado com joias voaram em círculos ao redor do nove antes que a portinha se abrisse.

— O que será dessa vez? — perguntou Miro, sentando-se no pé da cama.

Uma minúscula escultura de um menino trotou para fora da portinha do relógio usando uma mini coroa.

— Ah, olha, é um príncipe igual a mim!

O principezinho começou a correr no mesmo lugar. Seus braços e pernas balançavam nas dobradiças. De repente, o movimento cessou. A miniatura voltou para dentro da portinha, mas era como se ele estivesse sendo arrastado, puxado contra sua vontade. Suas mãos minúsculas se seguraram nas beiradas da porta aberta, lutando contra uma força invisível. Ele as soltou. O alçapão se fechou com força. O príncipe estava preso dentro do relógio.

— Que estranho — disse Marie. — Nenhum dos outros fez isso.

Imogen olhou para Miro. Ele estava pálido.

— Está tudo bem? — perguntou ela.

— Precisamos fazer as malas — respondeu o príncipe.

Lofkinye lhes dera um longa lista de coisas para levar.

— Vou separar as roupas — anunciou Imogen. — Marie, você busca a comida. A cozinheira te ama. Ela vai dar tudo o que você pedir.

— E Miro? — perguntou Marie. — O que ele vai pegar?

— Armas — afirmou Miro. — Eu pegarei as armas.

CAPÍTULO 51

Imogen foi a primeira a voltar para o quarto da segunda torre mais alta. Ela levara peles de animais para deitar em cima na hora de dormir e para vestir. Marie chegou em seguida, arrastando uma sacola, que jogou em cima da cama.

— Toma, experimenta esse — disse Imogen, jogando um casaco para a irmã.

Marie o vestiu. O capuz caiu sobre seu rosto, as mangas cobriram seus dedos e a barra batia em seus tornozelos. Imogen sufocou uma risada.

— Está muito grande! — exclamou Marie.

— Foi o menor que encontrei.

— E tem um cheiro esquisito.

— É feito de um animal morto. O que esperava?

— Eca! — Marie jogou o casaco para o lado. — Que nojo.

— O que você conseguiu? — perguntou Imogen, abrindo a sacola de Marie.

— Vou te mostrar. — Marie puxou um saco de coisas que pareciam orelhas encolhidas. — Maçãs desidratadas e cogumelos. — Ela jogou o saco para um lado e pegou outro. — Bolinhos de aveia com mel. Aposto que são gostosos. — Ela abriu uma terceira sacola. — Tortas de carne de veado. Cheira elas. Hummm, delícia. Ah, sim, e uma fornada de pão seco.

A mariposa das sombras

— Pão seco? Não parece muito bom — comentou Imogen.

— Foi assado duas vezes, como Lofkinye queria. A cozinheira ficou fazendo um monte de perguntas.

— O que você disse?

— Que estávamos preparando um jantar especial para Miro.

— Ela acreditou? — quis saber Imogen.

— Não tenho certeza. Ela disse que ele nunca gostou de cogumelos. Miro entrou de repente no quarto com um olhar maníaco.

— Adivinhem só! — exclamou ele. — Assaltei o depósito de armas! Ele se ajoelhou no chão e desenrolou um longo pedaço de couro. No interior havia lâminas de todos os formatos e tamanhos.

— Meu tio ficaria uma fera se descobrisse...

— Gostei disso — falou Imogen, apontando para uma espada curta com cabo incrustado de pedras preciosas.

— Eu quero a pequena — informou Marie.

Miro deu às meninas as lâminas que elas pediram.

— Elas não são do tamanho de uma espada, mas são afiadas — avisou ele.

— E quanto ao arco para Lofkinye? — perguntou Imogen.

— Peguei também.

Miro terminou de desenrolar o tecido, relevando um arco sem corda, um estojo e uma aljava cheia de flechas.

— Muito bem — falou Imogen. — O que sobrou na lista?

— Corda, velas e um kit para fazer fogo — disse Marie.

— Você não precisa pegar o pagamento de Lofkinye? — perguntou Imogen. — Ela queria alguma coisa da coleção do rei.

— Ela só vai receber depois da expedição — respondeu Miro.

— Não sei se ela vai ficar muito feliz com isso.

— Bem, vai ter que ficar — retrucou o príncipe. — Eu não confio nela. Ela precisa de um incentivo para não nos largar na encosta da

O relógio de estrelas

montanha. Além disso, seria mais um peso para carregar.

— Vou deixar que você explique isso para ela — disse Imogen, estreitando os olhos. — Mas, se quer minha opinião, não acho que deveríamos chatear nossa guia antes de sairmos do castelo. Temos desafios maiores pela frente do que seus *problemas de confiança*.

Imogen passou os dedos pelas pedras no punho da espada. Estar armada era bom. As pedras eram suaves ao toque. A lâmina, o oposto.

Ela tinha a sensação de que precisaria daquilo.

CAPÍTULO 52

Petr escolheu uma igrejinha em um canto silencioso de Yaroslav. A terra do cemitério estava repleta de humanos mortos, mas as paredes da igreja estavam cobertas de pilhas de crânios de skrets.

Como Petr previra, seu irmão não ficou feliz com a ordem de Anneshka de matar o menino, mas Jan não deixaria Petr cumprir a tarefa sozinho. Ele era um bom irmão. Além disso, Jan gostava do título *Vice-capitão Jan Voyák*. Disse que soava bem aos seus ouvidos.

Petr jogou uma pá para Jan.

— Toma — disse ele. — O padre falou que poderíamos colocá-lo embaixo dessa árvore velha desde que tomemos cuidado para não acertar a raiz.

— O que você falou para o padre? — perguntou Jan.

— Que um garotinho está muito doente — respondeu Petr — e provavelmente morrerá esta tarde, e seus pais não têm dinheiro para pagar um funeral.

— Ele não perguntou por que a gente cavaria o buraco?

— Não é *tão* incomum que os homens do rei deem uma mãozinha para os pobres.

Jan soltou uma risada pelo nariz.

— Se você diz.

O relógio de estrelas

Pouquíssimos enlutados visitaram o cemitério naquela tarde, e os que o fizeram não prestaram muita atenção aos Guardas Reais. Estavam muito preocupados pensando nos mortos para se preocupar com os vivos.

Quando a cova já estava quase terminada, o padre se aproximou e ofereceu uma dose de slivovitsa aos irmãos para "recompensá-los pelo ato de caridade".

Os guardas viraram a água ardente.

— Obrigado — disse Petr, sem olhar nos olhos do padre.

O sol estava se pondo quando os irmãos largaram as pás.

— Acha que está fundo o bastante? — perguntou Jan, dando um passo para trás a fim de inspecionar o trabalho.

— Acho que sim — respondeu Petr, pulando dentro do buraco. A grama ficou na altura da sua testa. — Sim, vai servir. Me dê a mão.

Jan puxou o irmão para fora da cova.

Eles entraram na igreja e rezaram brevemente. Jan entregou uma moeda ao padre.

— Poderia incluir o nome do menino na missa?

— É claro — falou o padre. — Como a criança se chama?

— Miroslav — informou Jan.

— Sobrenome? — perguntou o padre.

— Só Miroslav — disse Petr, lançando um olhar penetrante para o irmão.

PARTE 3

CAPÍTULO 53

— Ah, vai, você deve ter mochilas — disse Imogen. — São bolsas com bolsos e zíperes.

— Qual é o problema com essas malas? — perguntou Miro, apontando para quatro estruturas de madeira com tiras de couro que ele largara no chão. — São fáceis de usar. — Ele enrolou um casaco de pele. — É só amarrar as coisas.

— É fácil para você falar — retrucou Imogen. — Eu não sou escoteira. Nunca ganhei nenhum distintivo por saber dar nós.

— O que é um distintivo? — disse Miro.

— Esquece.

Uma hora mais tarde, tudo estava preso nas malas. A comida estava atulhada em sacos de tecido encerados. Cantis de água tinham sido selados e amarrados nas laterais.

— Precisamos ficar com as armas à mão — afirmou Miro.

Imogen afivelou um cinto ao redor da cintura e guardou a espada no lugar. Colocou a mala menor nos ombros de Marie, que quase caiu para trás.

— Parece que estou carregando um hipopótamo!

— Você vai se acostumar — prometeu Imogen, pendurando uma mala em si mesma.

As irmãs se encararam.

O relógio de estrelas

— Parece que estamos partindo em uma jornada bem longa — comentou Marie.

— E estamos — respondeu Imogen. — Estamos indo para casa.

— Para casa... sim. Vamos ver a mamãe!

— E a vovó. Não se esqueça dela.

Marie contraiu os lábios.

— Imogen, vai ficar tudo bem... não vai? A gente vai encontrar a porta na árvore?

— É claro — respondeu Imogen, parecendo ter mais certeza do que de fato tinha.

Ela estava tensa... como se os monstrinhos da preocupação segurassem suas entranhas e torcessem feito um pano de prato.

— Nenhum skret vai nos matar? — perguntou Marie.

— Não — afirmou Imogen —, não vai.

Marie pareceu reconfortada. Imogen desejava que alguém *a* reconfortasse.

Marie acenou um adeus ao quarto do topo da segunda torre mais alta e começou a descer a escadaria em espiral. Miro continuava afofando as almofadas da cama de dossel.

— Vamos, Miro — disse Imogen. — Está na hora de ir.

— Quero que esteja bonito quando eu voltar — explicou o príncipe.

— Já está bonito.

— Essa almofada sempre fica meio...

— Tá ótimo.

— Espero que alguém traga fogo para a lareira.

— Miro!

— Ah, tá bom. Estou pronto.

Miro e Imogen deram uma última olhada no quarto. O sol estava se pondo, e eles tinham acendido as velas para que os adultos pensassem que eles estavam lá dentro depois que escurecesse.

A mariposa das sombras

O relógio era a única coisa estragando a cena. Havia algo implacável na maneira como ele tiquetaqueava. Um pouco alto demais. Um pouco rápido demais.

Tique-taque, tique-taque, não pare, tique-taque.

Marie exclamou de algum ponto abaixo na escada:

— Imogen! Miro! O que vocês estão fazendo?

— Já vamos — disseram eles, e fecharam a porta ao sair.

Imogen ainda conseguia ouvir o relógio tiquetaqueando enquanto descia a escada.

CAPÍTULO 54

Petr inspecionou as armas do depósito do castelo. Havia tacos com espetos, marretas, lanças e mais.

— Algumas das espadas menores não estão aqui — avisou Jan.

— Devem estar com os novos alistados — disse Petr. — Então... o que será que pegamos?

— Não sei. O que se usa para matar um menino de doze anos?

— Alguma coisa rápida e silenciosa. Nada muito chique.

— Então será a Vrach — afirmou Jan, tirando uma espada de dois gumes da prateleira.

Petr também pegou uma arma, e os irmãos começaram a afiar as lâminas em silêncio.

Quando terminaram, começaram a caminhada pelo castelo até a torre do príncipe. Eles pegaram uma rota sinuosa, evitando os lugares ocupados por outros Guardas Reais. Petr não estava com um pingo de vontade de responder às perguntas dos seus homens sobre o que estava fazendo armado até os dentes e fora de serviço.

Os irmãos atravessaram um pátio de onde dava para ver as luzes da segunda torre mais alta.

— Está vendo aquilo? — perguntou Petr.

— As velas estão acesas — disse Jan. — O menino deve estar em casa.

A mariposa das sombras

Alguma coisa pousou na careca de Petr.

— O que foi isso? — exclamou ele, batendo na cabeça.

Na palma da sua mão havia uma mariposa de asas verde-claras esmagada.

Quando chegaram à base da escada do príncipe, os homens pararam. Petr sacou a espada e se surpreendeu ao ver que a mão que a empunhava tremia. Ele respirou fundo.

— Está tudo bem — sussurrou Jan. — O menino deve estar dormindo. Nem vai saber o que está havendo até que seja tarde demais.

— E se ele gritar? — perguntou o outro.

— O quarto fica bem no alto... uma almofada no rosto e ninguém vai ouvir.

Petr fez uma careta.

— Vamos acabar logo com isso.

CAPÍTULO 55

Imogen e Miro deixaram Marie no topo dos degraus que levavam aos Fossos Hladomorna. Ela era a responsável pelas malas. Eles eram responsáveis por resgatar sua guia, Lofkinye Lolo.

O primeiro guarda estava dormindo de novo. Miro tirou as chaves do bolso do homem com extrema habilidade.

— Você já fez isso antes? — sibilou Imogen, tentando não parecer tão impressionada.

— Ir a lugares proibidos é um dos melhores jogos para se jogar sozinho — respondeu Miro.

Eles desceram na ponta dos pés, mas o guarda seguinte estava acordado.

— O que posso fazer por você, Sua Alteza? — perguntou ele, levantando-se.

— Ah, Vlado — disse Miro. — Minha hóspede está curiosa sobre os Fossos Hladomorna. Gostaríamos de um tour.

— É claro — respondeu o guarda sem hesitar.

Era óbvio que ele já recebera pedidos mais estranhos.

As crianças seguiram o guarda pela escada cujas paredes eram cobertas de lodo verde.

— Estamos bem cheios no momento — comentou o homem com a voz alegre. — O rei quer a cidade limpa antes do casamento, e para onde vocês acham que toda essa sujeira vai?

A mariposa das sombras

— Para os Fossos Hladomorna — respondeu Imogen, querendo que ele continuasse a falar.

— Acertou em cheio, senhorita.

O guarda entrou na primeira cela à esquerda, e Miro bateu a porta com força às costas dele.

— Imogen, a barra! — exclamou o príncipe.

Ela pegou uma tábua de madeira e a prendeu na frente da porta, fechando-a de forma que o homem não pudesse sair.

O guarda nem resistiu.

— Está tudo bem, Sua Alteza? — perguntou ele de dentro da cela. Miro não respondeu.

Ele e Imogen dispararam pelo corredor até a cela de Lofkinye. Eles se agacharam na beira do Fosso.

— Lofkinye — chamou Imogen. — Está pronta?

O rosto do fogo de artifício humano apareceu na escuridão.

— Como sempre — respondeu ela.

Miro se atrapalhou com o cadeado que trancava as barras acima do Fosso. Tentou todas as chaves, até que uma delas funcionou e o cadeado se abriu. Foi preciso que as duas crianças puxassem as barras. Imogen amarrou uma extremidade da corda na porta e baixou a outra para dentro do buraco.

— Pode vir! — exclamou ela.

Lofkinye escalou a corda com facilidade.

— Vocês estavam falando sério, então — disse ela. — Eu tinha minhas dúvidas.

— Eu sempre cumpro minhas promessas — respondeu Miro, enrolando a corda ao redor do ombro.

Barulhos de batidas e gritos ecoavam pelo corredor.

— O que é isso? — perguntou a caçadora.

— Não se preocupe — respondeu Miro. — Os outros guardas vão encontrá-lo pela manhã.

O relógio de estrelas

— Você trancou o guarda — disse Lofkinye, entendendo de repente. — Ele viu o seu rosto?

— Sim...

— Você está ferrado.

— Meu tio vai superar... em algumas semanas.

— Você tem uma opinião mais positiva sobre o rei do que a maioria.

— Vem — disse Imogen. — Vamos sair daqui.

Eles correram pela escada lodosa e verde acima, passaram na ponta dos pés pelo guarda adormecido e subiram o último lance de degraus.

— Vocês conseguiram! — exclamou Marie. — Vocês libertaram Lofkinye!

— Conseguimos — afirmou Imogen. — E agora?

As meninas olharam para Miro. Miro olhou para Lofkinye.

— Não sei por que estão olhando para mim — defendeu-se ela. — Eu falei que guiaria vocês até o topo da Montanha Klenot, não para fora da sua própria casa.

— Quer dizer que você não tem um plano? — perguntou Miro.

— Como eu poderia criar um plano do fundo de um Fosso Hlado-morna?

— Você teve bastante tempo para pensar.

— Pensar? Pensar! Planos de fuga são mais do que simples imagi-nação.

— Podemos pegar alguns cavalos emprestados? — perguntou Imo-gen.

— O tratador do estábulo nos flagraria — disse Miro. — Mas a gente não pode atravessar a cidade a pé a essa hora da noite. Vai estar lotada de skrets.

— Eu não gosto de cavalos — comentou Marie.

— Eu não gosto de skrets — retrucou Miro.

A mariposa das sombras

— Precisaremos criar asas — disse Imogen, fazendo um movimento de galinha com os braços.

Lofkinye ergueu a mão pedindo silêncio.

— É exatamente isso o que faremos — disse ela.

— Hein?

— Vamos pegar os pássaros gigantes.

— Não entendi — disse Marie. — Que pássaros gigantes?

— O rei os mantém no jardim dele — respondeu Lofkinye. — Com certeza, já ouviu falar dos velecours, não?

— Ah, *eles* — falou Marie. — Sim. Às vezes a gente aposta corrida neles. São velozes. É assustador.

— Perfeito — comentou Lofkinye. — E quando foi a última entrega de velecour?

— Não sei — respondeu Miro. — Provavelmente há alguns dias.

— Pode ser tarde demais... — disse a caçadora.

— Tarde demais para quê? — perguntou Miro.

— As asas deles já foram cortadas?

— Duvido. Está todo mundo tão ocupado com os preparativos do casamento...

— Perfeito. Mostre-nos o caminho, principezinho. Esta noite partiremos a velecour.

CAPÍTULO 56

As crianças e Lofkinye atravessaram o castelo em direção aos estábulos dos velecours. Eles cruzaram um corredor onde o rei mantinha sua coleção de estátuas, passando por entre esculturas de cavaleiros de pedra, amantes e deuses de outras pessoas.

— Esse é o meu pai — disse Miro, apontando para a estátua de um homem de aparência severa, com olhos muito separados e rosto angular.

— Você tem os olhos dele — comentou Marie.

— É o que o meu tio diz! — respondeu ele.

— Muito legal — falou Lofkinye. — Continuem andando.

Imogen enfiou os dedões embaixo da alça da sua mala. Ela se perguntou se os velecours seriam rápidos o bastante para superar os skrets. Os skrets podiam ser pequenos, mas ela já vira como sabiam escalar casas e desaparecer sobre telhados.

Ela queria perguntar isso à sua guia recém-adquirida, mas tinha medo de parecer burra, então ficou de boca fechada. Miro não teve tais preocupações.

— Velecours não são iguais a pôneis — disse ele. — Não dá para controlar para onde eles vão. Você sabe disso, não sabe?

— Shiii. — Lofkinye segurou o ombro de Miro. — Ouviu isso?

— O quê?

A mariposa das sombras

Eram vozes. Vozes de adultos. Imogen se virou e viu dois homens adentrarem o corredor. Um era gordo, e o outro, magro, com um olho roxo e pouquíssimo cabelo. Eles estavam vestidos como Guardas Reais, mas não usavam capacetes e suas espadas estavam guardadas.

Havia dezenas de estátuas entre os guardas e as crianças.

— Sua Alteza — disse o gordo. — Estávamos lhe procurando.

Imogen já vira aquele rosto vermelho antes: ele estava todo franzido e preso em um beco. Aqueles eram os guardas que tinha atacado Lofkinye.

— Eles são maus — sussurrou Imogen para Miro.

— Não são nada — respondeu ele no mesmo tom. — Eu conheço os dois. Chamam-se Jan e Petr. Trabalham para o meu tio.

Miro se virou para os guardas.

— O que vocês querem? — perguntou ele. — Estou ocupado.

Foi uma resposta absurda.

— Nós queremos você — disse o guarda gordo.

Ele deu alguns passos na direção das crianças.

— Fique onde está! — gritou Lofkinye.

— Essa lesni larápia é uma mulher procurada — falou o mesmo guarda. — Seu tio sabe que está com ela?

Miro olhou para Imogen. Ela assentiu.

— Sim — respondeu Miro. — Sim, ele sabe.

— Tem certeza?

Os guardas se aproximaram mais um passo.

— Eu disse para ficar onde está! — exclamou Lofkinye.

— Foi o seu tio que nos mandou — disse o guarda do olho roxo.

— Não temos como lutar contra os dois — murmurou Lofkinye, espiando os homens por entre as estátuas. — Estão fortemente armados. Eu ainda nem coloquei a corda no meu arco.

— Meu tio os mandou — sussurrou Miro. — Ele quer me ver.

O homem magro com o olho roxo baixou a espada e estendeu a mão.

O relógio de estrelas

— Venha conosco, Miroslav.

— Mas o seu tio nunca quer ver você — sussurrou Imogen. — Por que agora? O que ele quer?

O príncipe se voltou para os guardas.

— O que meu tio quer?

— Ele quer falar com você — afirmou o guarda gordo. — De homem para homem.

Miro hesitou. Os guardas também hesitaram. Por um momento, todos eram estátuas.

O príncipe abriu a boca, mas foi interrompido pela primeira badalada dos sinos da noite.

O feitiço se quebrou. Os homens se lançaram à frente. Lofkinye correu para trás. As meninas seguiram, puxando Miro consigo.

As crianças e a caçadora dispararam para fora do corredor cheio de estátuas e desceram por outro, menor, com as malas sacudindo.

— Precisamos chegar a esses velecours! — exclamou Lofkinye. — Por qual direção devemos seguir?

— Esquerda — respondeu Miro. — Vire à esquerda!

Eles entraram à esquerda, avançando por um labirinto de passagens. Atrás, os homens gritavam para que parassem.

— Aqui dentro! — exclamou Miro, fazendo uma curva fechada à direita.

Ele abriu uma porta para um quarto escuro, e as meninas e sua guia correram para dentro. Miro as seguiu e empurrou a porta com força, fechando-os na escuridão.

O cômodo cheirava a palha, e Imogen ouviu Marie arfando ao seu lado.

— Você está bem? — sussurrou ela.

— Acho que sim.

Alguma coisa chacoalhou.

— O que foi isso? — perguntou Imogen.

A mariposa das sombras

— Eu — disse Miro. — Estou tentando abrir o ferrolho da porta que dá para o jardim.

Alguma coisa macia roçou na mão de Imogen.

— Marie, isso foi você?

— Eu o quê?

— Tem alguma coisa aqui dentro.

— Os velecours — explicou Miro. — É aqui que eles ficam assim que chegam das florestas, antes de serem adestrados e terem as asas cortadas. Pode me dar uma mãozinha com esses ferrolhos?

Imogen seguiu o som da sua voz e tateou até encontrar as portas para o jardim.

Os guardas conversavam no corredor.

— Aonde aqueles pestinhas foram agora?

— Não podem ter ido muito longe.

— Está tudo bem — sussurrou Miro. — Eu tranquei a porta. Eles não vão conseguir entrar.

Imogen encontrou os ferrolhos na base das portas do jardim. Tentou puxá-los sem fazer barulho. Ao redor, os velecours começaram a se agitar.

— Que estranho — disse um dos guardas. — Essa porta não está abrindo.

— Calma, deixa eu tentar — falou o outro.

Os velecours estavam ficando nervosos. Lofkinye fez barulhos com a língua e pareceu acalmá-los... até que um baque alto os levou à loucura. Os pássaros gritaram, e um deles esbarrou em Imogen, quase a derrubando.

— Temos que abrir esses ferrolhos — declarou Miro. — É nossa única saída.

Mas o ferrolho que Imogen tentava abrir não cedia.

Houve outro baque, e Marie choramingou. Os guardas tentavam derrubar a porta com chutes.

CAPÍTULO 57

O ferrolho de Imogen deslizou para cima e abriu. Miro também soltou o dele, e as portas se escancararam. O luar entrou. Os velecours debandaram. Imogen ficou em um canto para não ser pisoteada.

Quando o último velecour saiu do estábulo, Imogen olhou ao redor em busca de Marie. Encontrou-a deitada de barriga para cima, coberta de palha.

— Não consigo levantar! — exclamou Marie. — Minha mala está muito pesada!

Imogen ajudou a irmã.

— Marie, você precisa segurar um pássaro e montar nele. Consegue fazer isso?

A menina parecia insegura.

— Pode *tentar*? — implorou Imogen.

Marie assentiu.

— Ok. Já é o suficiente.

As irmãs correram para o jardim iluminado pela lua. Às suas costas, a porta entre os estábulos e o castelo estava prestes a ceder. *Pou, pou, pou.* Os guardas passariam à força.

À frente, os velecours corriam pelos canteiros de flores, grasnando alegremente. Um deles passou por dentro dos arbustos ornamentais. Mais dois desapareceram dentro do jardim das rosas.

A mariposa das sombras

Lofkinye segurou um pássaro alto pelo pescoço, deu impulso e subiu em suas costas. Imogen encurralou um menor perto da fonte. Ele estava bebendo água, mas, quando viu a menina se aproximar, soltou um cacarejo e inflou as penas como se estivesse se preparando para brigar. Ela avançou na direção do pássaro o mais rápido que pôde com sua mala pesada, mas errou. Tentou de novo. Dessa vez, agarrou um tufo de penas com as mãos e subiu, sem jeito, nas costas do animal, evitando por pouco uma bicada na cabeça. Segurando-se em seu pescoço, ela enfiou as pernas atrás das asas, assim como fizera quando apostou corrida com a irmã.

O pássaro guinchou e correu em círculo, dando a Imogen uma visão completa do jardim. Ela não viu Miro, mas avistou Marie próxima ao castelo tentando montar no menor dos pássaros. Os guardas corriam em sua direção com as espadas reluzindo.

— Marie! — berrou Imogen com a voz esganiçada.

O pássaro de Imogen desviou para a direita. Ela tentou fazer com que ele voltasse, mas não conseguiu. O animal correu como se desenhasse um oito trêmulo no chão e, quando se virou de novo para o castelo, Imogen viu Lofkinye saltar do seu velecour e levantar Marie. Com certeza os guardas a pegariam. Não daria tempo, mas Imogen não podia fazer nada para ajudar.

Seu pássaro apertou as asas contra o corpo, como se estivesse tentando esmagar as pernas da menina, e começou a correr... na direção da cerca. Ele abriu as asas e as bateu. A cerca estava muito perto. Imogen sentiu os músculos do pássaro trabalhando para se elevar no ar. Bem quando ela pensou que era tarde demais, bem quando pensou que iriam colidir, Imogen foi erguida. Seu estômago revirou. O topo da cerca roçou na sola das suas botas. Ela estava voando.

Lofkinye, Miro e Marie também voavam. Imogen se inclinou para a frente e segurou no pescoço do velecour. Abaixo, ela conseguiu ver ao longe as silhuetas dos guardas enquanto eles golpeavam o ar com as espadas. Os pássaros estavam fora do alcance. Os homens uivaram de raiva.

Os velecours ergueram as crianças e a caçadora mais alto. Imogen olhou para baixo de novo e viu o contorno do castelo desaparecendo. O mundo inteiro estava afundando enquanto ela se elevava, planando em correntes de ar.

— Obrigada — sussurrou ela no buraco que servia como ouvido do velecour.

O ar noturno estava frio, mas o corpo do pássaro era quente e as penas lustrosas, extremamente macias. Imogen ficou surpresa ao descobrir que voar não era tão assustador depois que você se acostumava. Ela soltou do pescoço do velecour e se reclinou para trás. Ele grasnou com satisfação. Movia as asas lentamente e com confiança, e não parecia mais se incomodar em carregar um passageiro.

Que incrível pensar como uma criatura tão frenética e desajeitada no chão poderia ser tão tranquila no céu.

Em pouco tempo, eles estavam voando ao lado da lua. Os pássaros formaram um V, com a ave de Lofkinye na liderança. Imogen olhou para a direita. Marie estava pálida e com os olhos arregalados.

— Está tudo bem? — gritou Imogen.

Marie assentiu de um jeito mecânico.

Miro voava atrás das meninas, seguido por uns dois pássaros sem cavaleiros. Ele estava mais do que pálido. Estava verde. Imogen não perguntou se ele estava bem. *Se ele resolveu se juntar à nossa aventura,* pensou ela, *é bom que saiba cuidar de si mesmo.*

— Aonde estamos indo? — exclamou Miro.

— Aonde os pássaros quiserem — respondeu Lofkinye. — Eles sabem o que fazem. A floresta é seu lar, e criaturas livres sempre voltam para casa.

Miro gritou alguma coisa incoerente acima do estrondo do vento. Talvez não gostasse do fato de o pássaro estar no controle. Talvez, pensou Imogen, fosse porque estava deixando sua casa para trás. Por um brevíssimo momento, sentiu pena dele.

Algumas estrelas estavam tão empolgadas em ver as crianças escaparem que se lançaram pelo céu, deixando arcos cintilantes pelo caminho. Os rastros reluziam intensamente sobre as montanhas de picos nevados.

— Olha — exclamou Imogen —, estrelas cadentes!

— Não vou olhar nada! — berrou Miro. — Até pousarmos, vou manter os olhos fechados!

— Mas você está perdendo tanta coisa! — falou Imogen.

— Por mim, tudo bem... — respondeu o príncipe.

CAPÍTULO 58

Os velecours continuaram a voar, carregando seus passageiros em direção às Florestas Kolsaney. Imogen ficou com as mãos e os pés dormentes. Queria ter vestido o casaco de pele, em vez de amarrá-lo na mala. Miro gritava reclamações sobre o vento, o frio e a altura em que voavam.

— Achei que estivesse com os olhos fechados! — disse Imogen.

— Estou tentando — respondeu ele. — Mas também é assustador *não* ver.

Marie estava de boca fechada, mas tremia.

— Quanto falta? — perguntou Imogen.

— Pergunte aos velecours — disse Lofkinye, sem se virar.

Abaixo, os prados viraram floresta. Daquela altura, o topo das árvores parecia macio, como se as copas fossem acolchoadas. Imogen sabia que não era verdade. Sabia que, se escorregasse pela lateral do pássaro, cairia para a morte. Ela acariciou as penas do animal como se essa fosse a única forma necessária de tranquilização.

— *Imogeeeeen!* — exclamou Marie quando seu pássaro voltou a recolher as asas e acelerou em direção à floresta.

Imogen não teve tempo de responder antes de seu pássaro fazer o mesmo. O topo das árvores se aproximou, e Imogen apertou o pássaro com os joelhos. Seu cabelo esvoaçava com força para trás enquanto ela se pressionava contra o velecour o máximo que podia.

O relógio de estrelas

Em algum lugar às suas costas, Miro gritava sem nenhuma vergonha.

O topo da floresta se dividiu em árvores individuais que passavam zunindo. Se quisesse, Imogen poderia ter tocado a ponta dos galhos mais altos com as botas. Seu velecour abriu as asas, e sua descida desacelerou como se um paraquedas tivesse sido ativado. O pássaro desceu em círculos até uma clareira, soltando cacarejos enquanto pousava.

Imogen desmontou com as pernas trêmulas e deu tapinhas na lateral do pássaro. A alguns metros, Lofkinye saltou do seu pássaro e se ajoelhou, erguendo o rosto para o céu.

— Está tudo bem? — perguntou Imogen.

— Está mais do que bem — respondeu a caçadora. — Estou em casa.

Miro deslizou para fora do velecour como um marinheiro nauseado e desabou no chão.

— Não me sinto bem — choramingou ele.

— Essa foi a parte divertida — comentou Lofkinye.

— Vou vomitar — disse o príncipe.

Imogen também estava meio enjoada. Marie deu um sorriso hesitante quando a irmã a ajudou a descer do pássaro. Imogen ficou surpresa, achava que a irmã estaria mais abalada.

Miro teve ânsia, mas nada saiu.

— Eu não me dou bem com viagens — comentou ele.

— Não me diga — falou Lofkinye, ajudando-o a se levantar.

Marie e Imogen trocaram um olhar.

Os velecours já se dispersavam por entre as árvores. Eles se camuflavam surpreendentemente bem, considerando sua plumagem colorida, e seus grandes pés não emitiam qualquer som no solo da floresta coberto de musgo. Imogen observou o último desaparecer na escuridão.

— Vocês trouxeram tudo o que eu pedi? — perguntou Lofkinye, revirando o conteúdo da mala.

A mariposa das sombras

— Acho que sim — respondeu Marie.

Lofkinye vestiu seu casaco de pele, e as crianças fizeram o mesmo. Então a caçadora colocou a corda no arco.

— Nunca se sabe o que espreita entre as árvores à noite — comentou ela.

Quando todos estavam prontos, Lofkinye marchou floresta adentro, seguida pelas crianças.

— Aonde estamos indo? — perguntou Miro.

— Para um lugar seguro — disse a guia.

Estava mais escuro sob a copa das árvores do que estivera na clareira. Pouquíssimo luar passava por entre os galhos, que eram entrelaçados como uma colcha mal tricotada.

De tempos em tempos, Imogen tinha um vislumbre de um movimento ou sentia olhos a observando e levava a mão à espada. Meio que esperava ver sua mariposa ou encontrar um skret, mas os "olhos" no breu sempre acabavam se revelando nada mais do que um pedaço de tronco estranho, e o movimento, apenas folhas caindo.

Estavam andando havia uma hora quando Marie soltou um gritinho.

— O que foi? — perguntou Imogen.

— Eu pisei em alguma coisa!

Todos se juntaram em volta de Marie para ver o minúsculo esqueleto aos pés dela. Lofkinye o pegou.

— O que é isso? — perguntou Marie com a voz cheia de medo.

— *Era* um passarinho — respondeu Lofkinye.

— Por que está aqui? Por que está morto?

— É difícil afirmar com certeza — disse a guia, jogando o esqueleto por cima do ombro —, mas esse não será o último esqueleto que vamos achar. As florestas estão mais cheias de coisas mortas do que de vivas. A situação está piorando por aqui.

— Como assim? — perguntou Imogen.

— O Žal. Tudo foi afetado. Até mesmo as árvores.

Imogen ergueu os olhos para as árvores. Elas pareciam bem.

— O Žal? Que besteira — disse Miro com um ar de grande autoridade. — É só o outono. As coisas sempre morrem no outono.

— Ah, é mesmo? — falou Lofkinye, olhando para ele com um meio-sorriso não totalmente amigável. — Bem, se o principezinho está dizendo, deve ser verdade.

Imogen queria perguntar mais sobre o Žal, mas Lofkinye se virou e voltou a andar.

— Odeio ser chamado assim — murmurou Miro às meninas.

— Assim como? — perguntou Imogen.

— Principezinho.

— Mas você é um príncipe.

— Eu não sou pequeno.

— Não tem nada de errado em ser pequeno — falou Marie.

— Acelerem! — exclamou Lofkinye. — Entre as árvores existem seres que adoram comer principezinhos com batatas.

CAPÍTULO 59

Lofkinye só parou de andar quando eles chegaram aos pés de uma árvore gigantesca. Imogen não tinha certeza se era maior do que aquela que encontrara nos Jardins Haberdash. Era difícil dizer no escuro.

— Esse é o nosso lugar seguro — anunciou Lofkinye.

As crianças olharam ao redor. Tudo o que Imogen conseguia ver era o solo coberto de folhas de samambaias e árvores intermináveis.

— O que tem de tão seguro? — perguntou Miro.

— Me passe a corda que eu mostro.

Imogen soltou uma corda da mala de Miro e a entregou para Lofkinye. A mulher deu um nó em uma ponta, balançou-a como se fosse enlaçar um boi e jogou-a para o alto.

— Vocês ficariam surpresos — disse ela — com a quantidade de gente que se esquece de olhar para cima.

— Uau — comentou Marie, erguendo o olhar. Imogen fez o mesmo.

No topo do grande tronco, encarapitada no meio da copa das árvores, havia uma casa. Era toda feita de madeira, igual a um galpão de jardim. Mas, ao contrário de um galpão de jardim, ela fora construída ao redor da árvore. O tronco passava pelo seu centro, e galhos despontavam das paredes.

Sob as tábuas do chão havia uma estrutura em formato de cone. Parecia um daqueles negócios usados para alimentar pássaros, aqueles que são feitos para não permitir a entrada de esquilos.

O relógio de estrelas

— O que é aquilo? — perguntou Imogen. — Proteção contra esquilos?

Lofkinye riu e respondeu:

— Proteção contra ursos. Os ursos da Floresta Kolsaney não são ótimos escaladores, mas uma base inclinada os impede até mesmo de tentar. Eles não conseguem se segurar.

A corda de Lofkinye se prendera em um galho logo abaixo da casa da árvore. Ela bateu palmas.

— Muito bem — disse ela —, quem vai subir primeiro?

Ninguém se voluntariou.

— Principezinho. Nos mostre como se faz. — Ela abriu aquele sorrisinho de novo. — Pode tirar sua mala.

— Você quer que eu suba nessa corda? — perguntou Miro.

— Aham.

— Até lá em cima?

— Aham.

Miro hesitou.

— Vai lá, Miro — disse Marie, com entusiasmo genuíno. — Você consegue!

Miro parecia em dúvida.

— Eu não demoraria muito — falou Lofkinye. — Quanto mais cedo chegarmos lá em cima, melhor.

Miro tirou a mala e deu um puxão na corda para checar se aguentaria seu peso. Então a segurou com ambas as mãos e começou a escalar. Ele avançou mais ou menos um metro antes de escorregar de volta para baixo.

— Ai! Meus dedos!

Ele tentou de novo, movendo as mãos mais lentamente. Suas pernas balançavam perto do rosto das meninas quando seus braços começaram a tremer.

A mariposa das sombras

— Não consigo! — exclamou ele enquanto deslizava de volta para o chão. — É impossível.

As meninas olharam para Lofkinye com preocupação.

— Ele não está fazendo do jeito certo — declarou a caçadora.

— Não estou fazendo do jeito certo? — repetiu Miro, exasperado. — Não tem outra maneira! Eu estava segurando *assim* e me puxando para cima *assim*. É assim que se sobe em uma corda. É assim que todo mundo sobe em cordas.

— Continue falando — disse Lofkinye. — Pode ser que uma ideia melhor surja em algum momento.

Miro fez uma cara feia. Lofkinye olhou para Marie.

— Você... a pequena. Tire sua mala.

Imogen não sabia o que achava do fato de Lofkinye dar ordens à irmã, mas Marie não pareceu se incomodar.

— Agora, com as mãos acima da cabeça, segure a corda.

Quando Marie obedeceu, Lofkinye pegou a ponta da corda e passou-a entre as pernas de Marie, enlaçando-a sob um pé e sobre o outro.

— Muito bem — disse a mulher. — Você fez uma trava.

— Fiz?

— Agora puxe os joelhos para cima... isso, assim mesmo... e empurre a corda com força com esse pé.

Lofkinye deu um passo para trás. Marie repetiu a ação.

Imogen assistiu com as mãos estendidas, para o caso de a irmã cair. Mas Marie não caiu. Ela subiu acima de suas cabeças em questão de segundos.

— Não se esqueça de deixar os pés bem juntinhos — orientou Lofkinye. — Você precisa manter a corda entre eles. E, se ficar com medo, basta respirar fundo três vezes. Não podemos fazer nada sem respirar.

— Está dando certo! — exclamou Marie.

— Muito bem. Continue. Você precisa chegar àquele galho lá em cima.

O relógio de estrelas

Imogen achou irresponsável da parte de Lofkinye mandar a menor e mais fraca primeiro. Era só uma questão de tempo até Marie começar a surtar. E aí o que eles fariam?

— Está tudo bem? — gritou Imogen. — Não precisa ir até o final se não quiser. Pode descer de volta.

— Cheguei no topo — anunciou Marie, surpreendendo Imogen pela segunda vez desde que elas saíram do castelo. — E agora?

— Sobe no galho — orientou Lofkinye. — Você deve conseguir engatinhar por cima dele e entrar na casa.

Marie teve um pouco de dificuldade, fazendo a corda balançar, mas conseguiu se segurar na árvore. Quando Imogen olhou para cima de novo, a irmã estava sentada no galho.

— Consegui! — exclamou Marie.

Lofkinye bateu palmas. Imogen e Miro ficaram olhando, em silêncio.

— Muito bem — disse a caçadora. — Quem é o próximo?

Imogen se virou para Miro, mas ele estava olhando para o chão.

— Eu, pelo visto — falou ela.

CAPÍTULO 60

A casa na árvore era uma casa completa, com fogão, beliches e uma fileira de estantes cheias de livros. Havia tapetes de crochê espalhados pelo chão e quadros nas paredes.

Imogen analisou melhor a pintura pendurada perto do fogão. Era de uma mulher com um vestido verde-folha. Ela estava abraçada com um menino de pele dourada.

— Quem são esses? — perguntou Imogen.

— As pessoas que moravam aqui — respondeu Lofkinye.

— Eles não vão se incomodar por estarmos na casa deles?

— Não, desde que sejamos cuidadosos.

— Eles foram embora por causa dos skrets? — perguntou Marie.

Lofkinye estava vasculhando as malas.

— Sim, mas essa é uma história para outro dia — disse ela. — Vem me ajudar a encontrar os acendedores.

Ela ligou o forno, e o calor dominou a casa na árvore, fazendo a madeira ranger. Imogen pegou uma colcha de retalhos do beliche e se enroscou nela, sentando-se perto das chamas. Ela deixou Marie se aconchegar embaixo da coberta também.

— Os skrets não vão ver a fumaça? — perguntou Marie.

Lofkinye fez que não com a cabeça.

— Acho que ficaremos bem aqui em cima. Eles não vão conseguir

O relógio de estrelas

ver do chão, e estamos longe o bastante da Montanha Klenot para passar despercebido.

— Os camponeses de Yaroslav nunca acendem suas lareiras à noite — comentou Miro. — Dizem que atraem monstros.

— Confia em mim, principezinho — falou Lofkinye. — Eu sei o que estou fazendo.

Eles comeram torta no jantar. Marie devorou rapidamente a sua, como se temesse que fosse criar pernas e fugir.

— O que tem de sobremesa? — perguntou Miro ao terminar.

— Sobremesa? — Imogen deu um sorrisinho sarcástico. — Você já percebeu que a gente não está mais no castelo?

— E está na hora de dormir — completou Lofkinye.

— Eu não consigo dormir ainda — disse Marie. — Nunca durmo sem uma história.

Normalmente, Imogen teria mandado a irmã parar de falar besteira, mas também adoraria uma história. Olhou para a caçadora, esperando que ela fosse dizer que "não estava ali para isso", mas acabou que Lofkinye era uma ótima contadora de histórias.

— Os skrets não são as únicas criaturas perigosas na Floresta Kolsaney — falou Lofkinye. — Aqui também tem ursas. Esteja você olhando para as estrelas, caçando ou dormindo na sua árvore, as ursas continuam cuidando da própria vida. A cabeça peluda delas se vira ao menor movimento. Suas grandes patas se movem vagarosa e deliberadamente.

"Elas não se importam com a sua origem, sua linhagem ou se você é considerado alguém importante. Todos têm gosto de toucinho para ela."

— Calma aí — disse Miro. — Ursas não comem pessoas.

— Pois é — concordou Imogen. — Eu conheci a ursa de Yeedarsh, e ela era bem amigável.

Lofkinye soltou um muxoxo de desdém.

A mariposa das sombras

— Uma ursa domada e uma livre não são a mesma coisa. É verdade que humanos não são a comida preferida delas. A maioria preferiria comer mel, peixe ou frutinhas. Mas, se você surpreender uma ursa quando ela acha que está sozinha, ela vai acabar com você rapidinho.

"Uma vez uma ursa matou uma criança. O menino era sonâmbulo, saiu da sua árvore durante a noite só com seu ursinho de pelúcia. No dia seguinte, ninguém encontrava a criança ou o brinquedo. Procuraram por todo canto. Escalaram todas as árvores e atravessaram todos os lagos. Ele nunca foi encontrado. Isso aconteceu há anos, mas, de tempos em tempos, as pessoas ainda a veem: uma grande ursa carregando um ursinho de pelúcia nas costas."

— Não acredito em você... — afirmou Miro.

— Não importa — respondeu Lofkinye. — A história continua a mesma, quer você acredite ou não.

— Então a ursa come a criança e rouba o brinquedo dela? — perguntou Marie, inclinando a cabeça. — Que história de ninar estranha... Mamãe conta alguma coisa com final feliz antes de dormir. Ela diz que é importante ter pensamentos positivos.

Lofkinye deu de ombros.

— Minha mãe nunca disse isso.

O forno continuou estalando, a casa na árvore continuou rangendo, e Marie se aconchegou perto da irmã sob a colcha de retalhos. Imogen não impediu.

CAPÍTULO 61

Na manhã seguinte à fuga das crianças, Jan e Petr se sentaram em um cantinho silencioso do Hounyarch. A atendente do bar estava lavando copos meio sem vontade e empenhada em entreouvir a conversa dos dois.

— Eu te disse que matar o príncipe era uma má ideia — disse Jan. — Imagina como a gente deve ter parecido dois tolos no jardim... perseguindo pequenas pessoas em grandes galinhas.

— Fala mais baixo — repreendeu Petr.

Ele esvaziou o copo e lançou um olhar para a atendente que dizia *cuida da sua vida*.

Ela se aproximou com uma garrafa de conhaque na mão.

— Gostariam de mais uma dose?

— Não — respondeu Petr, irritado, mas Jan estendeu o copo.

A mulher serviu o conhaque e se demorou por perto. Petr a encarou até que ela se afastasse.

— Você não foi o único enganado pelo príncipe — comentou Jan, esvaziando o copo com um gole. — Vlado estava trabalhando nos Fossos Hladomorna ontem à noite. Pelo visto, o príncipe Miroslav o trancou em uma cela antes de libertar a mulher. O coitado do Vlado ficou lá por horas até ser encontrado.

— Por que o príncipe soltaria uma lesni larápia? — perguntou Petr.

A mariposa das sombras

— Não faço a menor ideia — respondeu Jan. — O menino obviamente é mau-caráter.

— Bem, vou contar a Anneshka hoje — falou Petr em voz baixa. — E vou dizer a verdade.

— Que você nunca esteve disposto a cortar gargantas de garotinhos? — perguntou Jan.

— Não, não essa verdade. Vou contar que aquela *lesni* ajudou o menino a fugir. Foi culpa *dela* que ele tenha conseguido escapar. Não minha.

Os irmãos beberam o conhaque em silêncio. Quando Jan terminou, gesticulou para a atendente. Ela se aproximou furtivamente.

— O que está havendo aqui, hein? — perguntou ela.

— Mais uma dose — falou Jan. — Do mesmo.

A atendente serviu o conhaque.

— Estamos celebrando alguma coisa?

— Aham — respondeu Petr, sem olhar para ela. — O casamento real.

— Meio cedo para isso, não?

— Meio cedo para você ficar fazendo tantas perguntas, eu diria.

A atendente saiu, emburrada.

— À sua saúde — disse Petr, brindando com o irmão.

— Não, à sua — retrucou Jan. — Você vai precisar de toda sorte possível. Anneshka Mazanar não me parece ser do tipo misericordiosa.

— Acho que você tem razão — concordou Petr, sombrio. — Quanto mais cedo nos livrarmos disso, melhor.

CAPÍTULO 62

Imogen teve uma boa noite de sono na casa na árvore. À primeira luz do dia, ela desceu do beliche e olhou pela janela.

O teto da floresta se estendia diante dos seus olhos. As árvores tinham diferentes formatos, todas lutando por um pouco de sol. A maioria das folhas já mudara de cor para o outono, e as copas estavam amarelas e vermelhas.

À distância, além da floresta e dos prados, estava Yaroslav. As torres pontudas do castelo se erguiam bem acima dos muros da cidade.

Imogen comeu bolo de aveia de café da manhã e ajudou Lofkinye a arrumar a casa, devolvendo tudo ao lugar que estava quando eles chegaram. Em questão de minutos, o grupo partiu de novo, seguindo uma trilha estreita por entre as árvores.

— A gente já se afastou muito da borda da floresta? — perguntou Miro depois de algumas horas de caminhada.

— Não muito — respondeu Lofkinye. — Mas mais do que qualquer um dos seus caçadores mëstos.

— Falta quanto para chegarmos? — questionou o príncipe.

— Três dias se formos rápidos.

— Três *dias*? — disse Miro, parecendo horrorizado.

Imogen também ficou surpresa, mas tentou disfarçar.

— Não sei se eu consigo andar por três dias — falou Marie.

A mariposa das sombras

— Sem trabalho, não há recompensa — declarou Lofkinye.

— Como é que os skrets vão para Yaroslav toda noite se são precisos três dias para chegar até lá? — perguntou Marie.

— Eles andam em bandos — respondeu Lofkinye. — Enquanto um grupo está rondado pela cidade, outro está se preparando para a jornada e mais um está no meio do caminho. Sempre tem skrets nas florestas.

— Por que eles só aparecem à noite? — perguntou Imogen.

— A pele deles é muito sensível ao sol — explicou Lofkinye, como se fosse a coisa mais natural do mundo.

Imogen olhou para as árvores dos dois lados da trilha. Não viu nenhum skret se escondendo na mata, mas ficou nervosa mesmo assim.

Algumas árvores eram altas e retas. Outras, tão curvadas que pareciam engatinhar com os joelhos nodosos no solo. Havia partes retorcidas em seus galhos, como as juntas inchadas dos dedos da avó, e suas folhas estavam cobertas por pontos pretos.

Imogen se perguntou se era sobre aquilo que Lofkinye estava falando na noite passada.

— Lofkinye — disse ela —, aquele negócio que você mencionou ontem, a coisa que está matando as florestas, como se chama mesmo?

— O Žal.

— É isso que está deixando as folhas pintadas?

— Acho que sim — respondeu a caçadora. — O Žal é a tristeza da montanha. Ela está morrendo de melancolia, e, quando a montanha está doente, tudo ao seu redor também adoece... as árvores não crescem direito, os animais morrem.

— Não entendo — disse Marie.

— É só uma história dos lesnis — murmurou Miro de forma que só Imogen ouvisse. — Montanhas não têm coração. Elas não podem morrer de melancolia.

O relógio de estrelas

— Vocês não ouviram falar de como a montanha perdeu o coração? — perguntou Lofkinye.

— Não — disseram Imogen e Marie ao mesmo tempo.

Lofkinye ficou estranhamente séria.

— Muito bem. Vou contar hoje à noite.

Os viajantes pararam de caminhar para almoçar. Eles comeram ao lado de um pequeno riacho, onde Lofkinye jogou água nas mãos e no rosto, lavando a sujeira dos Fossos Hladomorna.

Depois do almoço, os ombros de Imogen começaram a doer. Ela ficava mudando as alças da mala de lugar, mas elas logo voltavam a incomodar.

Marie estava com dificuldade de carregar seu fardo e, conforme a tarde passava, Lofkinye carregava mais e mais das coisas de Marie. Imogen observava com os olhos semicerrados. Por que a irmã sempre tinha que ser um bebezinho?

— Odeio ficar no meio de tantas árvores — comentou Miro. — Faz com que eu me sinta enclausurado.

— As pessoas são feitas para viver nos espaços entre as árvores — disse Lofkinye.

— Os lesnis talvez, mas não eu.

— E onde você deveria estar, principezinho? No topo de uma montanha?

— No meu castelo.

— Ninguém obrigou você a vir — murmurou Imogen.

— Seu castelo — disse Lofkinye. — Não sei se vai ser fácil para você voltar para lá.

— Como assim? — perguntou Miro.

— Você foi visto ajudando uma mulher procurada a fugir. Trancou um guarda numa cela. Soltou um bando de velecours. Duvido que seu tio esteja satisfeito.

— Ah, ele vai ficar bem.

— E quanto aos homens que estavam nos seguindo?

— Os irmãos Voyák? Eu os conheço há anos.

— Por que eles estavam com as espadas desembainhadas? — perguntou Lofkinye.

— Você não entende — disse Miro, erguendo a voz. — Nenhuma de vocês entende. Meu tio e eu já nos desentendemos antes. Sempre fica tudo bem no final.

Eles seguiram em silêncio.

Lofkinye andava na frente porque conhecia o caminho. Miro ocupava o segundo lugar porque gostaria de ser o primeiro, mas não conhecia o caminho. Marie vinha em terceiro porque Imogen disse que ela era muito pequena para ir por último. Imogen fechava a fila.

Ao anoitecer, os monstrinhos da preocupação de Imogen começaram a reaparecer. Era estranho. Ela não se sentia particularmente ansiosa, mas ali estavam eles, farfalhando nas folhas alguns metros atrás. Ela fechou os olhos por um segundo, tentando imaginar as criaturas sendo varridas para longe. Não ajudou. Ela tocou o punho da espada. Um galho estalou atrás de uma árvore.

— Vão embora! — disse ela, mais alto do que pretendia.

Marie se virou.

— Não você — completou Imogen, mas então viu a expressão de Marie. Seus olhos estavam arregalados e assustados. — O que foi? Qual é o problema?

Ela se virou. Definitivamente não eram meus monstrinhos da preocupação imaginários.

Ali, na luz fraca da floresta, havia um skret.

CAPÍTULO 63

O skret tinha compleição humana, mas era menor e mais forte do que um adulto, com pele cinza-claro e olhos luminosos. O monstro estava agachado a alguns passos de Imogen. Sua coluna era coberta por uma fileira de espinhos, e todos os seus músculos estavam tensionados.

Imogen recuou, esticando o braço na frente de Marie.

— Imogen — sussurrou Marie. — Isso é o que eu estou pensando que é?

O skret rosnou, revelando seus dentes triangulares.

— Está tudo bem, Marie — disse Imogen. — Tenho certeza de que ele tem mais medo da gente... — Sua voz falhou.

O skret avançou de quatro. Uma flecha passou zunindo pelo pescoço de Imogen e aterrissou perto das garras do skret.

— Fique onde está — ordenou Lofkinye.

O monstro olhou para seu arco e flecha. Ela estava pronta para atirar de novo.

— Não quero machucar você.

O skret semicerrou os olhos. Então, para a grande surpresa de Imogen, falou:

— O *que* você quer, então? — perguntou ele.

Sua voz era uma série de rosnados, grunhidos e sibilos, combinados para formar palavras. Deixou Imogen arrepiada.

A mariposa das sombras

Lofkinye hesitou antes de responder.

— Estamos a caminho da Montanha Klenot. Precisamos de um conselho do Maudree Král. — Ela parecia calma.

O skret contraiu os lábios e guinchou, se balançando para a frente e para trás. Estava rindo.

— O Král não ajuda humanos. Não mais. Não depois do que vocês fizeram. — Ele ergueu uma das mãos com garras, que pareciam cutelos, e gesticulou para as crianças. — Ele vai drenar seu sangue e fatiar sua carne.

— O quê? — disse Marie. — Que horror!

— A menor primeiro — completou o skret, virando seus olhos de peixe para ela.

— Avise ao Král que estamos a caminho — declarou Lofkinye, ainda calma. — Diga a ele que esperamos uma recepção calorosa.

— Ele vai esvaziar vocês — falou o skret. — Vai mandar só a pele de volta para casa.

— Estou me sentindo meio esquisito — murmurou Miro.

— Se ele cooperar, vamos recompensá-lo — prometeu Lofkinye.

— O que um bando de filhotes e uma mulher solitária poderiam dar ao Král? Vocês não têm nada. Você *são* nada.

Lofkinye caminhou para a frente, mantendo o arco preparado. Não parou até que a flecha estivesse a um palmo do crânio do skret. Os olhos do monstro seguiram a ponta, ficando ligeiramente vesgos.

— Não fale comigo desse jeito — disse ela. — Meu nome é Lofkinye Lolo. Eu pertenço ao povo lesni, e nós pertencemos a esta floresta. Eu não sou "nada". — Sua voz perdera a calma.

Imogen cobriu os olhos de Marie e desviou o olhar. Não queria ver o skret morrer, mesmo que ele fosse um monstro.

Quando o skret respondeu, foi com a voz baixa e lenta, cheia de malícia:

O relógio de estrelas

— Vocês são todos traidores. Devem ser tratados como tal.

Quando Imogen voltou a olhar, o skret tinha desaparecido e a flecha de Lofkinye apontava para o ar.

Marie correu para Lofkinye e abraçou sua cintura. A mulher baixou a arma. Estava com uma expressão estranha, como se tivesse ido para outra dimensão por um segundo.

— Certo — falou ela. — Pelo menos, o Maudree Král não pode dizer que chegamos de surpresa.

— Vamos todos morrer — disse Miro com pesar.

CAPÍTULO 64

A segunda casa na árvore em que as crianças e sua guia ficaram era menor do que a primeira. A maior parte do espaço estava ocupada por uma cama de casal.

— Quem morava aqui? — perguntou Marie.

— Um lenhador e sua esposa — disse Lofkinye.

Ela pendurou as malas em ganchos perto da porta e acendeu uma vela. Na luz bruxuleante, Imogen viu que as paredes da casa eram cobertas de prateleiras. Elas acomodavam tudo, desde panelas e frigideiras a contas de vidro e machados.

As crianças se sentaram no pequeno espaço livre do chão e tiraram as botas. Imogen sentia os pés dormentes e os ombros doloridos. Naquele momento, era difícil não pensar nas coisas que deixara para trás: a comida da mãe e banhos de banheira quentinhos. Ela não admitiria, mas sentia falta dos confortos de sua casa tanto quanto Miro sentia falta do castelo.

— Lofkinye, obrigado por nos salvar do skret — disse Miro, que parecia sentir dificuldade para encontrar as palavras certas.

— Sem problemas, principezinho. Eu não seria uma guia decente se deixasse vocês serem rasgados em pedacinhos.

— Não, mas mesmo assim. Você foi rápida. Você foi... boa.

Lofkinye assentiu, aceitando o elogio.

Eles jantaram torta de carne de veado fria e maçãs desidratadas. Então, os viajantes exaustos subiram na cama e ocuparam cada cantinho dela. Imogen puxou a coberta ao redor do pescoço e sentiu o corpo cansado afundar no colchão.

O vento ficava mais forte do lado de fora, fazendo a casa na árvore gemer feito um navio em uma tempestade.

— Não se preocupem — disse Lofkinye. — Essas casas já aguentaram coisas muito piores.

Ao uivo do vento logo se juntaram os gritos dos skrets. Imogen se contorceu mais para baixo das cobertas, grata pela casa ficar tão no alto.

— Então, vocês viram o primeiro skret — falou Lofkinye. — O que acham? Ainda querem conhecer o Maudree Král?

— Na verdade, não — respondeu Marie.

Houve um longo momento de silêncio.

— Será que devemos voltar? — perguntou Miro.

— Não podemos — argumentou Imogen. — É a nossa única chance de ir para casa.

Miro olhou para Lofkinye.

— Não há mais ninguém para nos dar informações sobre a porta na árvore?

— Se eu tivesse alguma ideia melhor, já teria falado — respondeu a caçadora. — Além disso, já ouvi os skrets mencionando uma dessas portas... nos velhos tempos, quando as relações entre as pessoas e os skrets eram um pouco menos frias.

— Não consigo imaginar ser amiga desses monstros — comentou Marie. — As coisas deviam ser muito diferentes antigamente.

— Ah, sim, muito diferentes — concordou Lofkinye.

— Mas por quê? — perguntou Imogen. — O que mudou?

Lofkinye puxou a vela mais para perto, iluminando a parte inferior do rosto.

— Bem, acho que prometi contar como a montanha perdeu seu coração. Mas, para vocês entenderem essa parte, vou precisar voltar ainda mais no tempo.

Imogen sentiu o corpo de Marie ao seu lado e ficou grata por seu calor. Por um milésimo de segundo, sentiu como se estivesse de volta em casa, na grande cama da sua mãe.

— É uma história bem longa — alertou Lofkinye.

— É bem desse tipo que a gente gosta — disse Marie.

— Eu não vou ouvir — resmungou Miro, passando de grato a emburrado em um segundo. — Já conheço essa.

— Não essa versão, eu garanto — falou Lofkinye, e soprou a vela.

CAPÍTULO 65

Lofkinye desembrulhou sua história no escuro. Carregava a primeira parte dela desde criança. Às vezes, sentia seu peso no bolso, como uma pedra polida pelo toque de seus dedos. Fazia muito tempo que ninguém a pedia para tirá-la dali.

Muitos dos lesnis carregavam histórias parecidas. Algumas gerações mais velhas carregavam tantas que era quase possível ver as pedras em seus bolsos, puxando-as para baixo. Elas mantinham seus segredos. Mas as crianças tinham pedido uma história, e aquelas primeiras palavras familiares já estavam ali, bem na ponta da língua de Lofkinye...

— Há centenas de anos, os lesnis eram o único povo desta região. Nós morávamos na floresta. Os skrets moravam nas montanhas, e o vale era vazio. Nada de campos, nada de muros de pedra, nada de castelo nem městos.

— O que é město? — perguntou Imogen.

— É uma palavra lesni idiota — disse Miro. — É como eles chamam as pessoas de Yaroslav.

— Achei que você não fosse escutar — apontou Lofkinye.

— Bem, eu estou escutando, e a sua história não faz sentido.

— Shiii! — fizeram as meninas em uníssono.

Lofkinye pigarreou.

— As florestas eram o nosso mundo. Nosso lugar. Já tínhamos re-

A mariposa das sombras

cebido viajantes do outro lado das montanhas antes, e alguns ficaram e construíram casas entre as árvores. Outros chegavam e partiam. Mas os městos eram diferentes. Assim que chegaram, imaginaram que o vale e todos os seus arredores eram deles. Não faziam ideia de que os lesnis existiam.

— Que ridículo! — exclamou Miro. — Como ela sabe? Nem era viva naquela época.

— Verdade — concordou Lofkinye. — Isso aconteceu há muito tempo, mas a história foi passada de geração em geração. Os městos chegaram ao vale a cavalo. Eles vinham do outro lado das montanhas e passaram anos viajando.

— A família do meu pai sempre morou em Yaroslav! — exclamou Miro. — Nós estávamos aqui bem antes de qualquer... Ai! Quem me chutou?

— Como eu dizia — continuou Lofkinye —, os ancestrais do seu pai estavam famintos. Estavam exaustos. Estavam quase congelados e não tinham nenhum lugar para chamar de lar. Quando viram esse grande vale verde, cercado de florestas abundantes e montanhas protetoras, pensaram que tinham encontrado o paraíso. Só não perceberam que o paraíso já tinha dono.

Miro bufou e resmungou, mas manteve a boca fechada.

— Quando os lesnis ouviram os cavalos dos městos chegando, se camuflaram nas florestas, mas não foram longe. Eles se esconderam, observando as pessoas a cavalo.

"Os městos pararam na frente da primeira fileira de árvores. Não importava o quanto estreitassem os olhos para as profundezas da floresta, não conseguiam ver os lesnis encarando-os de volta.

"Os forasteiros montaram acampamento no fundo do vale, e os lesnis continuaram observando e se perguntando o que fazer. Alguns anciãos queriam lutar, mandar os městos de volta ao lugar de onde tinham

O relógio de estrelas

vindo. Eles passaram muitos dias discutindo suas alternativas. Nesse meio-tempo, os městos gananciosos continuaram cortando madeira e quebrando pedras e comendo os peixes do rio."

— Então o que o povo lesni fez? — perguntou Marie.

— Não foram os lesnis que tiveram a ideia. Foi a antiga chefe dos skret: a Maudree Král. Ela não era muito agradável aos olhos. Sua pele era coberta de verrugas, e suas presas eram amareladas pela idade, mas dizem que a Král era sábia... mais sábia do que todos os outros Králs juntos.

— O Král não é uma mulher — retrucou Miro.

— Ele pode ser homem agora — disse Lofkinye —, mas as coisas eram diferentes séculos atrás... A Král chegou à casa na árvore dos anciãos e disse a eles que, juntos, eles poderiam facilmente derrotar os forasteiros. A batalha terminaria em um dia, e os městos seriam expulsos daqui.

"Mas os skrets não tinham uso para aquela terra pantanosa na base do vale. Preferiam as cavernas das montanhas. E a Král suspeitava que os lesnis sentissem o mesmo em relação às suas casas nas copas das árvores. Não fazia sentido lutar por uma terra que não queriam. Então a Král sugeriu que, desde que os městos pagassem pela madeira e pelas pedras que precisassem, por que não deixar que ficassem? Os anciãos lesnis concordaram.

"Um comitê de boas-vindas foi falar com os recém-chegados. A princípio, os městos ficaram relutantes em fechar qualquer acordo. Afinal, vinham pegando o que queriam de graça. Mas a Maudree Král já pensara nessa possibilidade. Ela levara uma caixa de pedras preciosas consigo. Essas pedras eram bem diferentes de todas que os městos já tinham visto antes. O brilho delas era tão forte quanto o de estrelas recém-formadas. A Král deixou os městos ficarem com uma pedra como um gesto de boa fé. O restante precisaria ser comprado.

A mariposa das sombras

"Foi assim que os městos conseguiram sua casa, e é aqui que a antiga lenda termina. Mas tenho meu próprio capítulo para adicionar: a história de como a montanha perdeu seu coração."

Miro grunhiu. Lofkinye o ignorou.

— Por gerações, houve paz. Assim como antes, mercadores e viajantes continuaram a chegar do outro lado das montanhas. Eles chegavam todo verão. Alguns ficavam na cidade, com os městos, e outros nas florestas, com os lesnis. Mas a maioria seguia viagem depois de descansar as pernas e vender seus produtos.

"Os městos trocavam lã e vegetais. Os lesnis trocavam madeira e artigos que produziam com ela. Os skrets trocavam pedras, mas havia uma pedra que eles nunca venderiam. Vocês já devem ter ouvido falar dela: a Sertze Hora."

— Esse negócio não existe — disse Miro.

— A Sertze Hora é uma bela pedra — prosseguiu Lofkinye —, mas é mais do que apenas um objeto bonito. Há milhões de anos, ela caiu do céu. Foi um presente das estrelas, e as montanhas se ergueram para protegê-la.

— A Sertze Hora é um mito — comentou Miro.

— Quando o coração da montanha está em seu lugar — continuou Lofkinye —, tudo ao redor floresce. As florestas se tornam repletas de vida, os rios, repletos de peixes, e o céu repleto de pássaros. Quando não... bem, acontece o Žal. E onde vocês acham que fica o coração da Montanha Klenot?

— Na montanha? — sugeriu Marie.

— Exatamente — confirmou Lofkinye. — E é lá que ele sempre esteve. Então, imagine minha surpresa quando, séculos depois dos meus ancestrais decidirem deixar os městos ficarem aqui, eu vi um ladrão se esgueirando pela floresta com a Sertze Hora apertada contra o peito.

O relógio de estrelas

— Quem era? — exclamou Imogen. — Quem pegou o coração da montanha?

— O rei Drakomor — respondeu Lofkinye. — O rei Drakomor pegou o coração da montanha. Ele o enrolou em sua capa, mas é impossível disfarçar um pacote desse. Foi um baque na floresta. Fazia as casas nas árvores tremerem. Não deveria estar ali.

— O que você está dizendo é traição — falou Miro.

— Não — retrucou Lofkinye. — O que o *seu tio* fez foi traição. Ele traiu a todos: městos, lesnis e skrets. Desde que ele tirou o coração da montanha, as coisas vêm morrendo. O Žal é culpa dele.

— Mentira! — gritou Miro, se contorcendo na cama. — Meu tio diz que os lesnis só sabem mentir!

— Miro! — exclamou Imogen. — Lofkinye está nos ajudando, e você nem a pagou como prometeu. *Você* é a única pessoa nesta cama que está mentindo. E pare de se mexer. Está bagunçando todas as cobertas.

— Ela chama meu tio de ladrão enquanto rouba coelhos? — berrou o príncipe. — Essa floresta não pertence a ela, nem os animais que vivem aqui! Tudo pertence a mim!

Marie arquejou. Imogen não conseguia acreditar no que ouvia.

— Me chame de mentirosa ou de ladra mais uma vez e você vai passar a noite lá fora — ameaçou Lofkinye.

— Eu já ia dormir mesmo — respondeu Miro com raiva.

Elas esperaram o príncipe parar de se contorcer e sua respiração desacelerar.

— Mas os skrets não conseguiram pegar o coração da montanha de volta? — sussurrou Marie.

— Por que você acha que eles atacam Yaroslav toda noite? — disse Lofkinye. — Esse é o grande problema. Foi por isso que eu perdi minha casa também.

266

A mariposa das sombras

"O Maudree Král atual parece pensar que todos os humanos são iguais: lesnis e městos. Assim que descobriu que a Sertze Hora tinha desaparecido, ele mandou os skrets para as florestas a fim de saquear nossas casas e matar nossas crianças. Os lesnis foram forçados a ir embora e buscar o abrigo dos muros de Yaroslav.

"As pessoas do outro lado das montanhas também pararam de visitar. Antigamente era perigoso fazer a travessia no inverno. Agora, com os skrets do jeito que estão, é perigoso o ano inteiro."

— E tudo por causa do rei Drakomor? — perguntou Marie.

— Sim — respondeu Lofkinye.

Imogen lembrou de Andel, o relojoeiro. Tanta coisa acontecera depois daquela conversa que ela quase se esquecera de sua história.

— Roubar não é a única coisa que Drakomor fez de errado — declarou a menina. — Eu conheci um homem que disse que os Guardas Reais arrancaram um olho dele.

— Nada disso é verdade! — exclamou Miro.

— Você falou que ia dormir — retrucou Imogen com rispidez.

— Eu ordeno que essa história pare.

— Você está com sorte, principezinho — disse Lofkinye. — Ela já acabou.

— É uma história horrível! — exclamou Miro. — Eu odiei. E odeio você.

— Pode odiar à vontade, mas isso não muda os fatos — respondeu a caçadora.

— Vou te falar os fatos. — Miro voltou a se contorcer para se sentar. — Não *existe* Sertze Hora nenhuma. Os lesnis se mudaram para Yaroslav porque eram preguiçosos demais para construir coisas com as árvores e não tinham mais nada para trocar. Vocês não passavam de pedintes. Meu tio diz que fez uma grande bondade ao permitir que entrassem na nossa cidade.

O relógio de estrelas

— É mesmo? — disse Lofkinye. Sua voz tinha um tom perigoso. Mas Miro não estava escutando.

— Os skrets atacam Yaroslav toda noite porque eles são monstros, e é isso o que monstros fazem. Os lesnis contam histórias porque são uns mentirosos, e se você disser mais uma palavra sobre o meu tio vou mandar todas vocês para os Fossos Hladomorna. — A voz dele vacilava.

Fez-se silêncio na cama. Imogen se perguntou se Lofkinye colocaria o príncipe para fora da casa.

Se ela segurar as pernas dele, pensou a menina, *eu seguro os braços*.

Mas Lofkinye não tocou em Miro. Quando finalmente falou, ela o fez lenta e cuidadosamente, como se cada palavra estivesse coberta por arame farpado:

— Você fala dos lesnis como se fôssemos uma espécie diferente. E que seja. Não preciso da aceitação de pessoas intolerantes como você.

Miro fungou. Ele estava chorando?

— Você passou tempo de mais naquele castelo, principezinho — continuou a caçadora. — Seus pensamentos são tão cruéis e sombrios quanto os Fossos dos quais gosta tanto. Tome cuidado ou seu ódio o engolirá por inteiro... Mas, apesar disso tudo, vou lhe fazer uma nova oferta. Você já concordou em pagar pelos meus serviços. Já jurou me dar alguma coisa da coleção do seu tio.

— E daí? — choramingou Miro.

— E daí que eu não quero as Joias Pustiny. Quero a Sertze Hora em vez disso.

— Ha! Pode ficar. Um monte de nada.

— Se ela não existir, como você alega, então vou ficar mais do que satisfeita em aceitar um monte de nada. Mas, se a pedra for real e seu tio por acaso a possuir, você deve dá-la para mim.

— Esse é o acordo mais idiota que eu já ouvi — disse Miro.

A mariposa das sombras

Houve uma agitação de gritos de skrets na floresta abaixo. Lofkinye abaixou a voz.

— Então, temos um trato?

— Eu disse que sim, não disse?

— Você promete?

— Está duvidando da palavra de um príncipe?

— Meu cortador de unha do pé tem mais honra — murmurou Lofkinye.

Os gritos dos skrets se afastaram.

— Lofkinye — disse Marie depois de uma pequena pausa —, você acha que aquele skret de mais cedo estava falando sério? Você acha que o Maudree Král vai drenar nosso sangue e fatiar nossa carne?

— Não, não acho — respondeu ela. — Os skrets não são nem de longe tão violentos quanto gostam de fingir. São com os monstros vestidos de rei que é *realmente* preciso tomar cuidado. Não com as criaturas de garras e dentes afiados.

Enquanto isso, no castelo o relógio de Miro continuava a tiquetaquear. Mesmo que as crianças não estivessem lá para ver, a portinha se abriu e um homenzinho marchou para fora.

Ele trajava o uniforme da Guarda Real, com uma espada ao lado do corpo e um elmo de penas na cabeça. Seus braços balançavam em sincronia com o relógio.

A figura fez uma saudação e imediatamente caiu de joelhos. Então desabou completamente. O corpo foi puxado de volta para dentro do alçapão, e o relógio continuou a bater.

CAPÍTULO 66

Foi Jan quem encontrou o corpo do irmão, todo duro e branco à luz da manhã. Ele sentou no chão e soluçou feito uma criança. Se ao menos tivesse ido com Petr para contar a Anneshka sobre a fuga do príncipe... Ele não deveria ter deixado o irmão ir sozinho.

Jan não sabia quanto tempo passara chorando, quando Anneshka entrou. Ele viu seus chinelos adornados com pedras preciosas primeiro.

— Sinto muito pela sua perda — disse ela simplesmente.

Jan tensionou a mandíbula e se levantou, olhando para a mulher com puro ódio. Ele sabia o que ela fizera. Homens como Petr não morriam sem motivo. Aquilo fora uma vingança. Aquilo fora porque Petr não matara o menino.

— O que você quer? — perguntou ele, limpando as lágrimas do rosto.

— Ele vai precisar ser enterrado — falou Anneshka. — E eu acredito que você já tenha cavado a cova.

Jan levou um momento para entender o que ela quis dizer.

— Aquela cova não é grande o bastante — respondeu ele, sem se dar ao trabalho de disfarçar o desgosto. — Foi feita para uma criança.

— Então aumente-a.

Jan queria machucá-la. Queria espremer todo o ar para fora de seus pulmões, fazê-la pagar pelo que fez... Mas seria suicídio. Ela era protegida do rei. Em vez disso, o homem observou a pulsação dela batendo na lateral do pescoço. Ele focou toda sua energia ali, desejando que o movimento parasse.

— Eu sei que foi você que fez isso — disse ele. — Eu sei sobre o menino.

— Sabe o que sobre o menino? — A voz dela estava bem-humorada, como se estivessem conversando sobre o tempo.

— Sei que você o queria morto e sei que ele escapou.

Anneshka deu uma risada.

— Que maluquice, Voyák! O menino foi levado para além das montanhas. Era o que o rei havia ordenado... Por falar no rei, ele gostaria de lhe dar os parabéns.

— Pelo quê?

— Pela sua promoção a Chefe da Guarda Real.

— Eu não quero o cargo.

— Não é uma oferta. É uma ordem.

— Por que eu? Não tenho qualquer experiência em liderança.

— Porque acho que você entende melhor do que a maioria.

— Entendo o quê?

— O preço do fracasso.

E, com essa, Anneshka se retirou.

CAPÍTULO 67

Ao sair da cama, Imogen sentiu o corpo mais rígido do que estava quando deitou.

— Quando chegarmos em casa, eu nunca mais vou andar — proclamou ela.

Seu corpo todo estava tenso, como se seus músculos tivessem encolhido durante o sono.

Depois do café da manhã, Lofkinye e as crianças desceram pela corda e começaram o segundo dia de caminhada. Estava chovendo e, por mais que as árvores os protegessem do pior da intempérie, de tempos em tempos gotas despencavam das copas e encharcavam um caminhante infeliz.

Quando isso aconteceu com Miro, ele gritou e desembainhou sua espada, brandindo-a para a árvore mais próxima.

— Esse foi o primeiro som que você emitiu o dia todo — comentou Imogen.

Miro franziu a testa e guardou a arma. Ainda estava de cara fechada por causa da discussão que tivera com Lofkinye, por mais que Imogen achasse que ele escapara muito fácil das consequências.

A trilha ficou mais íngreme, tornando a caminhada, mesmo em um passo estável, difícil. Para piorar, os casacos de pele absorviam a chuva, tornando-se fedidos e pesados.

A mariposa das sombras

As crianças e a caçadora caminharam ao redor de lagos tão azuis e tão ovais que Lofkinye os chamava de "olhos". Imogen parou e observou a água. A chuva perturbava a superfície, mas aquilo era a coisa mais próxima de um espelho que ela via em dias.

Ela ficou surpresa ao se deparar com uma selvagem encarando-a de volta. Seu cabelo curto apontava para cima em tufos, e seu rosto sardento estava escuro de sujeira, fazendo seus olhos parecerem estranhamente claros. O casaco de pele molhado lhe dava uma aparência de meio animalesca, meio infantil.

Marie parou ao lado dela e perguntou:

— O que você está olhando?

Imogen riu do reflexo da irmã.

— A mamãe não reconheceria a gente — respondeu ela. — Você finalmente está parecendo um filhote de lobo. Sabe, aquele que você sempre pede para ser.

Marie olhou para cima e uivou.

Quando eles pararam para almoçar, Miro se recusou a se sentar com as meninas e a guia. Em vez disso, sentou-se à margem do lago.

— Talvez uma torta de carne de veado o anime — disse Marie.

Ela foi até lá, mas ele empurrou sua mão, fazendo a torta cair dentro do lago.

— Ei! — gritou Imogen, correndo para o lado de Marie. — Era a última!

— Não dou a mínima! — respondeu o príncipe no mesmo tom.

Imogen lhe deu um empurrão, quase fazendo-o cair dentro d'água.

— Você deveria voltar para o castelo se não sabe ser gentil — berrou ela.

Miro abriu a boca para reclamar, mas Imogen estava com os punhos erguidos, prontos para brigar. Ele relanceou para Marie. Até ela parecia irritada. Miro fechou a boca e virou o rosto.

O relógio de estrelas

A tarde seguiu praticamente igual à manhã. A chuva continuou a cair, e Miro continuou de cara feia.

— Só por curiosidade — disse Lofkinye —, de quem foi a ideia de trazer o principezinho nessa expedição?

— Ele quis vir — respondeu Imogen.

— E ele é nosso amigo — argumentou Marie. — Está nos ajudando a voltar para casa.

— Que tipo engraçado de amigo — comentou Lofkinye.

Imogen observou suas botas enquanto andava, tentando não pensar nos ombros e pernas doloridos. A floresta estava mudando. Rochas despontavam por entre o solo musgoso, como cabeças carecas. Imogen imaginou gnomos subindo à superfície para pegar ar.

Quando ergueu o olhar, notou que algumas das árvores estavam mortas e outras tinham pontos pretos nas folhas. Ela arrancou uma das folhas doentes e se certificou de que Miro estivesse longe o bastante para não escutar.

— Ei, Lofkinye — disse ela. — Você tem certeza de que o Žal está acontecendo porque o coração da montanha foi roubado?

Lofkinye assentiu.

— E tem certeza de que foi o tio de Miro que roubou?

— Eu o vi cavalgando pela floresta com meus próprios olhos — afirmou Lofkinye. — Senti a Sertze Hora com meu próprio coração.

As irmãs olharam para Miro, que avançava com dificuldade por um trecho de pedra escorregadia.

— É melhor esperar por ele? — perguntou Marie.

— De jeito nenhum — respondeu Imogen. — Ele é perfeitamente capaz de nos alcançar se quiser.

— Acho que ele está chateado por causa da história de Lofkinye.

— Bem, ele vai ter que superar.

A mariposa das sombras

— Mas, imagina — disse Marie —, se os skrets e as pessoas estivessem em guerra e os animais estivessem morrendo... tudo por causa de alguma coisa que a nossa mãe fez. Como você se sentiria?

— Eu ficaria chateada — respondeu Imogen —, mas não foi a mãe dele. Foi o tio. E a nossa mãe nunca faria isso.

— Não — concordou Marie —, acho que não.

Imogen sentiu uma pontada de saudade de casa. Sua mãe não aprovava roubos. Quando Imogen era mais nova, tinha pegado doces na loja da esquina e enfiado nas meias até deixar seus tornozelos estufados.

Mamãe a fizera devolver os doces e pedir desculpas. Então lhe dera dinheiro para comprar ovos e farinha. Elas tinham passado o resto da tarde assando um bolo.

Imogen salivou só de pensar. Aquele bolo ficara ainda melhor do que os doces da loja: melado, com um gostinho de caramelo queimado.

Sua mãe sempre sabia o que era certo e o que era errado. Imogen não conseguia imaginar não ter pais ou ter um tio igual ao rei Drakomor.

Ao fim do dia, o grupo tinha saído da floresta e caminhava por uma trilha na montanha que subia gradualmente, levando os viajantes acima da copa das árvores. A chuva tinha parado, e eles foram recompensados por uma vista espetacular. O sol apareceu no horizonte, se espalhando como uma gema de ovo mole.

— Quanto falta para a próxima casa na árvore? — perguntou Marie, se recostando em Lofkinye e usando a voz de bebê que Imogen odiava.

— Não há mais casas em árvores — explicou Lofkinye. — Estamos nas montanhas agora, então teremos que nos virar com uma caverna. Saberemos que estamos perto quando virmos uma árvore atingida por um raio.

Marie relanceou por cima do ombro.

— Não está aqui, bobinha — disse Imogen.

O relógio de estrelas

— Eu não estou procurando a árvore. Estou procurando Miro. Achei que ele já fosse ter nos alcançado a essa altura.

— Ah, ele está só enrolando — falou Imogen. — Vai chegar a qualquer minuto.

O sol terminou de se pôr e foi substituído por uma meia-lua. A floresta estava silenciosa. Nenhum grasnido ou chiado. Apenas a quietude de uma terra em declínio.

Ainda não havia sinal de Miro.

— Vamos lá — disse Lofkinye. — É melhor irmos buscá-lo.

Elas voltaram a descer a montanha.

— Aposto que isso é exatamente o que ele quer — comentou Imogen. — Aposto que está de cara amarrada na próxima curva.

Mas, quando viraram a curva, não encontraram Miro. A trilha subia e descia e fazia outra volta. Ao virarem na terceira curva, se depararam com a mala e o casaco do príncipe jogados na terra, ao lado de um pedregulho.

Miro não estava em lugar algum.

CAPÍTULO 68

Lofkinye disparou para os pertences abandonados.

— Principezinho! — arquejou ela, pegando o casaco.

— Cadê ele? — exclamou Marie, em pânico.

Lofkinye largou tudo, exceto seu arco e flecha.

— Não tem por que vocês gastarem sua energia — disse ela. — Tirem suas malas, desembainhem suas espadas e fiquem aqui. Vou descer mais para procurar.

Ela desapareceu na escuridão. As meninas pressionaram as costas uma contra a outra.

— Está vendo alguma coisa do seu lado? — perguntou Marie.

— Não — respondeu Imogen. — Só pedras. E você?

— Só árvores.

Elas esperaram em silêncio, alertas ao menor movimento e ao som mais suave.

Marie foi a primeira a quebrá-lo:

— Não entendo. Tenho certeza de que Miro não estava tão atrás assim.

— Eu entendo — retrucou a irmã. — Ele fugiu. Não aguentou.

— Ele não faria...

— Faria, sim. Passou o dia emburrado. Aposto que achou que não seria tão difícil como está sendo. Aposto que pensou que nós o carregaríamos.

277

O relógio de estrelas

— Mas por que ele deixou tudo para trás? — perguntou Marie.

— Talvez tenha achado que ficaria mais rápido assim.

— Você sempre pensa o pior de Miro. Ele não é covarde da maneira como você diz.

— Affe! — exclamou Imogen. — Você é tão ingênua!

— O que é *in-gênoa*?

— Burra.

— Ah, é? — Marie deu uma cotovelada nas costas da irmã. — Lofkinye disse que eu sou a criança mais esperta que ela já conheceu.

Imogen revidou com um empurrão.

— Não dou a mínima para o que Lofkinye diz. Estou cansada de ver você puxando o saco dela. — Imogen começou a usar uma voz afetada. — Ahh, Lofkinye, eu sou muito pequena para carregar minhas próprias coisas. Ahh, Lofkinye, olha essas frutinhas que eu colhi.

— Eu não faço isso.

— Ela não é a mamãe, sabe.

— Eu sei! — gritou Marie.

— Ou a sua irmã.

— Imogen, cala a boca! Tem alguma coisa se mexendo.

Imogen deu um giro. Folhas secas farfalharam. As meninas ergueram as espadas.

Alguma coisa correu de debaixo de uma pedra. Era um rato.

Imogen riu como não fazia há muito tempo, e Marie também. Quando pararam, estavam com lágrimas nos olhos. Elas se olharam, subitamente sem jeito.

— Você não precisa se preocupar — disse Marie.

— Sobre o quê?

— Sobre o que acabou de falar. Sobre Lofkinye. Eu sei que ela não é minha irmã.

A mariposa das sombras

— Ah, isso — respondeu Imogen, envergonhada. Não foi o que ela quis dizer. Ou pelo menos não foi o que ela pensou que queria dizer. — Eu não deveria ter falado isso. Você não é puxa-saco. Bem, você é, mas não tem problema.

— Você é minha única irmã — disse Marie. — Quer eu goste ou não.

Imogen soltou uma risada pelo nariz e desviou o olhar.

— Bem... valeu.

Como é que Marie conseguiu fazer aquilo? Ela tinha virado o jogo. Tinha feito Imogen sentir que *ela* era a caçula. Imogen tentou pensar em alguma coisa para dizer que revertesse os papéis, mas não teve tempo.

— Eu já conheci porcos de mais de cem quilos que faziam menos barulho do que vocês duas — disse Lofkinye, subindo a trilha correndo. — Dava para ouvir vocês brigando lá embaixo da montanha.

— Desculpa — falou Marie, retraída.

— Nenhum sinal de Miro? — perguntou Imogen.

Lofkinye balançou a cabeça. Ela começou a investigar o solo.

— Tem sangue aqui — anunciou ela. — É difícil de enxergar nessa luz, mas tenho quase certeza de que isso é sangue.

Imogen também se agachou. De fato, havia três gotas vermelhas não muito longe da mala abandonada.

— E ali — completou a caçadora, apontando para o chão perto dos pés de Marie. — Pegadas de skret.

— Tem certeza? — perguntou Imogen. — Não pode ser de um lobo ou um veado?

— Tenho certeza. Ele foi levado por um skret.

— Ah! — choramingou Marie. — Espero que ele esteja bem! O que vamos fazer?

— Só tem uma coisa que podemos fazer esta noite — respondeu Lofkinye. — Encontrar nossa caverna.

O relógio de estrelas

Enquanto isso, de volta ao Castelo Yaroslav, a portinha do relógio de Miro se abriu. Dessa vez, a figura que se esgueirou para fora tinha o formato de um skret.

Seus olhos redondos e dentes triangulares eram talhados com a mais perfeita precisão. Ele carregava um longo bastão sobre o ombro com um saco amarrado na ponta. O skret estava parado, mas o saco se contorcia e retorcia. Depois de alguns segundos, o monstro voltou para dentro do relógio.

CAPÍTULO 69

Miro não viu os skrets se aproximando. Eles pularam nele de um terreno elevado, empurrando seu rosto contra o chão. Rasgaram sua mala. Depois tiraram seu casaco, sacudindo-o como se descascassem uma noz. Miro tentou pegar a espada, mas ela estava muito longe.

— Me solta! — gritou ele. — Vocês não sabem quem eu sou?

Uma boca cheia de dentes afiados apareceu perto do seu rosto.

— Pare de falar ou cortaremos sua língua fora.

— Vamos cortá-lo e fatiá-lo — disse uma voz que parecia uma fogueira estalando.

— Não, esse troço poderia ser um espião. Pergunte o que está fazendo aqui primeiro.

Os skrets viraram Miro de modo que ele pudesse ver seus rostos repugnantes, cinza-claros ao luar, com sorrisos enviesados e narizes franzidos. Ele tentou se levantar, mas levou um chute na barriga, então gemeu e se enroscou.

— Ei, humano! O que está fazendo tão longe de casa?

— É — disse a voz que parecia fogo —, essa é a nossa parte da floresta.

O chute expulsara todo o ar do pulmão de Miro, que não conseguia responder.

— É pequeno demais para ser um soldado.

— Grande demais para um bebê abandonado.

O relógio de estrelas

— Quem se importa com o motivo de ele estar aqui. Vamos cortá-lo.

O skret com a voz feito fogo se abaixou e segurou o cabelo de Miro, puxando sua cabeça para trás e tocando seu pescoço exposto com as garras afiadas.

— Vamos só cortar a garganta dele e ir para casa.

De repente, Miro conseguia respirar.

— Eu sou o príncipe Miroslav — arquejou ele. — Meu tio é o rei.

Os olhos luminosos dos skrets se fixaram no rosto dele.

— O rei?

— Sim, meu tio é o rei Drakomor. Não me machuquem. — Sua voz expressava um tom de súplica.

— Seu tio não é rei nenhum aqui — falou o skret com a voz feito fogo, erguendo uma das garras para atacar.

— Calma! — falou o outro skret. — Você não ouviu? Esse troço disse que é um príncipe. Pode ser útil.

— *Se* estiver falando a verdade — retrucou a voz feito fogo.

— Eu estou falando a verdade! — exclamou Miro.

O monstro se inclinou para perto, e Miro sentiu seu hálito pútrido.

— É melhor que esteja mesmo — sibilou o skret, e talhou a bochecha de Miro com a garra.

Isso causou uma dor aguda. O garoto começou a se debater, mas o outro skret o segurou pelos tornozelos e pulsos. Eles eram tão fortes que Miro não teve qualquer chance.

O menino gritou por Imogen e Marie. Gritou pelo tio. Gritou até os skrets o amordaçarem e ele não conseguir mais gritar. Eles amarraram suas mãos e seus pés e, dentro de segundos, Miro estava tão indefeso quanto um porco pronto para a feira. Os monstros o enfiaram em um saco. Ele fechou os olhos e tentou não entrar em pânico.

O saco foi erguido. Devia estar preso a alguma coisa, porque Miro conseguia se sentir balançando para a frente e para trás. Talvez alguém

A mariposa das sombras

fosse chegar para resgatá-lo? Ele esperou, incapaz de falar, incapaz de se mexer, mas ninguém veio ao resgate.

Por que Imogen e Marie não tinham voltado quando ele gritou? Ficaram com muito medo? Ou será que não se importavam? Ele se lembrou de seus rostos olhando para trás durante a caminhada. Elas acreditaram na história sobre o tio dele. Não eram as amigas que fingiam ser.

Quanto a Lofkinye... ela era uma lesni típica. Importava-se mais com árvores do que com pessoas como ele. Ficaria satisfeita por ter se livrado dele.

O corte no rosto de Miro latejava, e ele queria que os skrets removessem a mordaça. Tentou se distrair. Pensou nos pais enquanto o sangue escorria por sua bochecha. Fechou os olhos e pôde ver as mãos da mãe e a silhueta do cabelo dela, mas as feições... as feições estavam esmaecendo. Ele fechou os olhos com mais força, desejando que sua mãe imaginária sorrisse, mas, quanto mais forçava, mais ela parecia se afastar, até se tornar apenas uma mancha no formato de uma mulher no interior de suas pálpebras. Miro abriu os olhos. Estava determinado a não chorar.

Os skrets grunhiam e arfavam ao seu redor, e o balanço do saco deixou Miro enjoado. Quando a temperatura mudou, ele achou que fosse sua imaginação. Era o que acontecia logo antes de morrer congelado: você se sentia aquecido. Um antigo tutor lhe ensinara aquilo.

Mas não fora só a temperatura que mudara. A luz também. Um brilho alaranjado penetrava pela trama aberta do saco.

Eles largaram o saco no chão e sacudiram Miro para fora.

— Seja bem-vindo à Montanha Klenot — zombou o skret com a voz feito fogo.

Miro se contorceu em suas amarras, desesperado para ter uma visão melhor dos arredores. Estava em uma caverna — isso ele sabia —, e ela era quente. Não esperara que as cavernas dos skrets fossem quentes.

283

O relógio de estrelas

Seus sequestradores o deixaram amarrado no chão, e Miro girou o corpo para olhar para cima. A caverna era grande — maior do que o salão de festas do Castelo Yaroslav —, maior do que o interior da catedral. O teto era sustentado por pilares esculpidos em formas lisas e orgânicas, como enormes caules de flores. Era lindo. Miro não esperava que as cavernas dos skrets fossem bonitas.

Alguns minutos depois, um skret voltou, tirou a mordaça e cortou as amarras de Miro. O menino se mexeu devagar, massageando pulsos e tornozelos. Seu corpo todo doía, coberto por hematomas, mas o corte no rosto era o pior. Ele tocou a bochecha. Estava grudenta por causa do sangue meio seco e ainda expelia um líquido novo. Ele se sentiu esquisito.

O skret gesticulou para que Miro o seguisse.

— Isso mesmo — disse o monstro —, bem quietinho para o Maudree Král. Ele não gosta de escandalosos. Não gosta dos que brigam demais.

Miro seguiu o skret em direção ao centro da caverna, onde uma chama gigante queimava. O fogo escurecera os pilares próximos, e o ar rugia enquanto era sugado para as chamas. O sangue de Miro rugia em seus ouvidos também.

Ele viu uma figura dentro do fogo. Ela não se movia nem parecia sentir dor. Quando os skrets o guiaram ao redor da chama, o príncipe percebeu que a figura não estava dentro do fogo, mas atrás dele, sentado em um trono. Não era nada parecido com o trono do seu tio. Era entalhado na rocha, com um fio de ouro passando pelo meio, mas era um trono mesmo assim.

Então, pensou o menino, *esse é o famoso Maudree Král*. Seu tio jamais poderia acreditar que ele fora tão longe. A certa distância, o Král não era muito diferente de qualquer outro skret: pele cinza, braços longos, garras curvadas. Mas, conforme se aproximava, Miro viu que os ga-

O relógio de estrelas

danhos do rei dos skrets tinham pontas de ouro e que ele usava uma coroa na cabeça careca. Uma gota de sangue escorreu pela mandíbula do príncipe e se pendurou em seu queixo. Ele a limpou.

O Maudree Král deu leves batidinhas no trono com as garras. Miro olhou para a esquerda. Os skrets que o capturaram estavam ligeiramente distantes. Havia mais skrets à direita. Às suas costas, o fogo continuava ardendo.

— Sou o príncipe Miroslav Yaromeer Drahomeer Krishnov, lorde da cidade de Yaroslav, supervisor dos reinos da montanha e guardião da Floresta Kolsaney.

O Maudree Král parou de bater as garras e disse:

— Curve-se.

Miro hesitou. Não era assim que um membro da realeza deveria falar com outro.

— Eu não vim de tão longe para me curvar — respondeu.

O fogo brilhou nos olhos do Král.

— Então, você deve ter vindo de tão longe para morrer.

Ele gesticulou para um grande brutamontes de máscara, um skret um palmo mais alto do que o restante.

O monstro se aproximou lentamente, carregando um machado em cada mão. Miro deu um passo para trás e ergueu as mãos.

— Tá bom — exclamou ele. — Eu me curvo!

O Maudree Král mandou sua fera parar, e a plateia fez sons de deboche, gostando do show. Miro os odiava. Odiava todos eles. Quando seu tio descobrisse como ele fora tratado... Ele lançou um olhar furioso para o rei dos skrets e se curvou.

— Diga-me, *humano* — disse o Maudree Král, pronunciando a palavra como se fosse suja —, o que você está fazendo na minha montanha?

— Eu vim pedir sua ajuda.

— E por que eu o ajudaria?

A mariposa das sombras

— Não é para mim — explicou Miro. — É para minhas amigas.

O Maudree Král olhou ao redor com gestos exagerados.

— Que amigas?

Miro tremeu de raiva. Ou era outra coisa? Mais uma gota de sangue escorreu por seu queixo e dessa vez pingou no chão. Ele se sentia tonto.

— Elas vieram para cá de outro mundo — explicou Miro. — Vieram por uma porta em uma árvore, mas não conseguem encontrá-la e...

— A Porta Oculta não é para o seu tipo. Ela não pode ser aberta por humanos.

— Minhas amigas... — A voz de Miro falhou, e ele oscilou. Precisava se deitar. Não se sentia bem. — Meu tio pagará para que eu retorne em segurança. Qualquer coisa que quiser será sua.

— É mesmo? — falou o Král, mostrando os dentes triangulares ao sorrir. — Qualquer coisa que eu quiser?

— Sim... qualquer coisa.

Mais sangue escorreu pelo queixo do menino, e sua visão periférica ficou borrada.

— Que tal a Sertze Hora? Eu quero o coração da montanha.

— Nós não temos seu coração idiota! Meu tio é um bom homem.

— Seu tio é um ladrão e um traidor.

Miro deu alguns passos para a frente. E depois, alguns para trás. Estava muito quente. A última coisa que ele viu antes de atingir o chão foi uma parede de fogo.

CAPÍTULO 70

— Eu gostaria de ter me despedido do menino — disse o rei Drakomor, acendendo as tochas da biblioteca.

— Que bem isso traria? — perguntou Anneshka.

— Eu só não esperava que fosse acontecer tão rápido.

— Você disse para mandá-lo embora...

Drakomor passou os dedos pelas lombadas dos livros da biblioteca.

— E quanto à lesni larápia? Os guardas tiveram alguma sorte em capturá-la?

— Não tive nenhuma notícia — respondeu Anneshka.

O rei pegou um livro preto lustroso de uma prateleira baixa e começou a folheá-lo uma página por vez.

— Odeio mariposas — comentou ele, franzindo o nariz para um espécime de asas frisadas achatado e costurado à página.

— Não estou pedindo para gostar delas — disse Anneshka. — Estou pedindo para usá-las. Humano nenhum fará a jornada, e nós precisamos entregar nosso convite de casamento ao Maudree Král.

Drakomor continuou a folhear o livro.

— Como são as pessoas com quem Miro está morando?

— Não sei — respondeu Anneshka, mantendo o olhar no livro. — Eles são da sua família, não da minha.

— Eu não tenho família nenhuma.

A mariposa das sombras

— Sua família por casamento. O menino foi ficar com os parentes da mãe, muito além da montanha. Não se preocupe, eu providenciei um acompanhante.

— Entendi... Nesse caso, espero que eles concluam a travessia a tempo. Não deve faltar muito para começar a nevar.

— Ahá! — Anneshka ergueu a página. Sua unha afiada apontou para o título de letras trêmulas: *Mariposas como mensageiras.* — Aqui... está explicando como chamar uma mariposa. Qual foi a última vez que você fez isso?

— Nunca — respondeu Drakomor. — Sempre foi trabalho do meu irmão, mas não parecia muito difícil.

Drakomor e Anneshka leram as instruções, então foram para a sacada da biblioteca. Eles estavam muito alto, alinhados com o topo da catedral. O horizonte de Yaroslav reluzia ao luar com fileiras de telhados, campanários com filigranas e torres pontudas.

O rei limpou a garganta.

— Voe com coragem e velocidade e a vontade das estrelas. Temos uma mensagem que precisa ir longe.

Nada aconteceu. Anneshka estremeceu.

— Talvez você deva repetir? — sugeriu ela. — Talvez as mariposas não tenham escutado.

— Elas escutaram.

Dois skrets escalavam a catedral, rastejando ao longo de um arcobotante.

— Olha — sussurrou Anneshka, apontando para as silhuetas disformes. Ela poderia jurar que elas a olhavam de volta. Perguntou, um pouco sem ar: — Eles conseguem nos ver?

— Duvido — afirmou Drakomor. — E não têm como nos alcançar.

— Mas estão tentando, não estão? Eles sabem que a Sertze Hora está aqui.

O relógio de estrelas

Drakomor não respondeu.

— Quanto antes lidarmos com eles, melhor — completou Anneshka. Então arquejou. — O que é isso?

Uma forma escura esvoaçou em direção à janela aberta. Anneshka estendeu a mão, e a mariposa preta fez um círculo no ar antes de pousar em sua palma.

— Funcionou! — exclamou ela. — E agora?

— Agora nós dizemos nossa mensagem — respondeu Drakomor.

CAPÍTULO 71

Estava tarde quando Imogen, Marie e Lofkinye chegaram ao pé da árvore atingida pelo raio. O tronco fora partido ao meio, e os galhos restantes estavam pálidos e lisos feito ossos, mas as estrelas no céu sem nuvens circundavam a árvore como folhas fantasmagóricas.

— Olhe para isso — disse Imogen. — Olhe todas essas estrelas.

— Eu nunca vi tantas — comentou Marie.

— Elas estão se reunindo — falou Lofkinye.

— Para quê?

— Talvez queiram ver o que vai acontecer com o principezinho.

Atrás da árvore morta, na lateral da montanha, havia duas cavernas baixas escondidas por arbustos e protegidas do pior dos elementos. Lofkinye usou a espada para conferir se havia víboras. Nenhuma cobra saiu, mas uma centopeia grande e vermelha marchou para fora, balançando as antenas com ultraje.

As viajantes exaustas tiraram as malas e botas, e empurraram os objetos para dentro do buraco menor. Então, rastejaram para dentro da outra cavidade, pendurando os casacos de pele encharcados sobre a entrada, para se protegerem do vento.

O lugar não chegava aos pés das pequenas e aconchegantes casas na árvore em que elas dormiram antes, mas pelo menos estava seco.

O relógio de estrelas

Lofkinye acendeu uma vela, e elas jantaram: pão assado duas vezes e algumas frutinhas colhidas naquela manhã. Os dedos de Imogen logo ficaram manchados de suco roxo.

— Eu estava pensando — disse ela, limpando os dedos na calça. — Por que o povo lesni não tem permissão para caçar?

— Os Guardas Reais dizem que não há animais selvagens o suficiente — respondeu Lofkinye. — E eles têm razão, mas isso não faz com que essa ordem seja justa. As regras são diferentes para mim e para os mêstos. E, se eu não caçar, eu não como. É por isso que... — Ela suspirou. — Chega desse papo. Não estou a fim de contar histórias hoje.

As meninas e a caçadora estenderam peles secas de animais no solo e se enrolaram em cobertores. Elas deitaram próximas uma da outra, com Marie espremida no meio. A menina dormiu em minutos, apesar do chão duro.

Imogen estava exausta, mais do que jamais estivera, mas não conseguia adormecer. Observou a vela queimar e pensou em Miro. Ela se perguntava onde ele estaria e por que havia sangue no chão.

Apoiou-se nos cotovelos e observou o peito de Marie subir e descer. Lofkinye também observava. Seus olhos escuros brilhavam como se absorvessem a luz da vela.

— No que você está pensando? — perguntou Imogen.

— Quer mesmo saber? Estou pensando que não deveríamos ter deixado o principezinho ficar tão para trás.

Imogen engoliu em seco. Não era o que ela queria ouvir.

— Ele deveria ter pedido para irmos mais devagar — disse ela.

— Ele não deveria precisar pedir — retrucou Lofkinye, um tanto ríspida. — Nunca se deve deixar ninguém para trás nas montanhas.

Os casacos na entrada da caverna tremularam ao vento, e, por um segundo, uma estrela espiou lá dentro.

A mariposa das sombras

— Ele salvou minha vida, sabe — continuou Lofkinye. — Eles iriam me executar. Se ele não tivesse me libertado dos Fossos Hladomorna, eu estaria morta agora.

Imogen não soube o que responder. Supunha que Miro também salvara sua vida, quando ela e Marie chegaram em Yaroslav. Mas não queria dizer aquilo em voz alta. Só pioraria as coisas.

— Talvez eu não devesse ter contado sobre o tio dele — continuou a caçadora. — Ou ao menos não daquela forma. Ele é só uma criança, afinal. Uma criança órfã.

— Mas ele não é um bebê... E você só estava dizendo a verdade.

— A verdade! — Lofkinye deu uma risada. — Que bem isso faz agora? É como sempre dizem: só crianças, tolos e bêbados dizem a verdade.

Imogen nunca escutara ninguém dizer aquilo, mas tinha a impressão de que Lofkinye não estava a fim de ser contrariada.

— Se os skrets o tiverem machucado — prosseguiu a mulher, balançando a cabeça —, será nossa culpa. Deveríamos ter mantido ele por perto.

Marie murmurou alguma coisa durante o sono e se virou. Seu cabelo selvagem não era penteado havia dias. Estava começando a parecer um ninho de pássaro na parte de trás. Imogen puxou as cobertas ao redor do queixo da irmã e se deitou.

— Para onde você acha que os skrets vão levar Miro? — perguntou ela.

— Para as cavernas deles na Montanha Klenot — respondeu Lofkinye. — Isso se ele ainda estiver vivo.

— Se ele ainda estiver vivo — sussurrou Imogen.

Ela achou que Lofkinye pudesse lhe oferecer algumas palavras de conforto para afastar aquele sentimento — aquele aperto na boca do estômago —, mas a conversa só piorara o sentimento, e Imogen sabia seu nome: culpa.

CAPÍTULO 72

O monstro recebeu a mariposa preta em sua caverna no topo da montanha.

— Está trazendo notícias para Zuby?

A mariposa aterrissou no chão de pedra e começou a rastejar em ziguezague, abrindo e fechando as asas como se dançasse.

— Você traz um grafite — disse o skret, coçando a careca. — Isso não faz sentido.

A mariposa voou de volta ao ponto inicial e recomeçou. O skret ficou de quatro, deixando os grandes e redondos olhos a meros centímetros do inseto.

— Ahá! — exclamou ele. — Convite, não grafite! Você traz um convite. Continue. Estou prestando muita atenção.

A mariposa traçou um desenho elaborado no chão da caverna. Formatos rodopiantes eram seguidos por linhas retas e movimentos frenéticos de abrir e fechar com as asas.

— Do frei para o seu conhecimento... não... da lei para o seu fomento... — O skret se levantou em um pulo e exclamou: — Já sei! Você traz um convite do rei para o seu casamento! Bem, isso é *mesmo* incomum. Preciso contar ao Král agora mesmo.

CAPÍTULO 73

Enquanto isso, em Yaroslav, as preparações para o casamento real estavam à toda. Todas as criadas deveriam receber um vestido novo. Rolos de algodão e seda eram carregados para dentro do castelo, seguidos por um exército de costureiras de expressão sisuda.

A cozinheira-chefe estava preparando o maior banquete já visto no reino. Ela trabalhava dia e noite. Cortava longas fileiras de vegetais verdes e roxos e cuidava de panelas com tampas que dançavam e chacoalhavam no vapor. Ela contratou pessoas que sabiam assar pães e bolos, que sabiam estripar, que sabiam esfolar coisas e colocá-las em espetos.

Teria sopa de carpa, cisnes recheados, frutas cristalizadas e tortas de cereja em formato de coração. Uma enorme escultura de açúcar do casal feliz fora encomendada na padaria, com olhos folheados a ouro e rosto de marzipan. Seria o triunfo da mesa.

A despensa estava cheia de pães e queijos. A adega, lotada de vinhos e cerveja. Os porões transbordavam com baldes de enguias se contorcendo.

Durante as noites, a cozinheira-chefe se sentava com o mordomo e o camareiro. O objetivo dessas reuniões era que a cozinheira, que não sabia escrever, ditasse suas cartas. Ela remendava as roupas dos seus meninos enquanto os dois homens redigiam.

O relógio de estrelas

— Faça uma para o açougueiro no fim da Rua Misha — disse a cozinheira. — Vou precisar que sejam abatidos vinte bois e cinquenta porcos jovens.

— Vinte bois e cinquenta porquinhos — repetiu o mordomo.

A tesoura da cozinheira cortava o fio.

— Certifique-se de que sejam jovens — enfatizou ela. — Não quero nenhum porco grande e duro.

— Precisam ser bebezinhos...

Escreve, escreve, escreve. Corta, corta, corta.

— E aquele caçador.

— Blazen?

— Sim, escreva uma para ele também. Precisamos que ele capture faisões, perdizes, estorninhos e cegonhas.

A tocha lançava sombras em formatos esquisitos. A cozinheira puxou um fio, ergueu a tesoura e, por um momento, eles pareceram as três moiras, e não criados.

— Você ouviu o boato sobre o velho Yeedarsh? — perguntou o camareiro.

— Não. Eu não dou ouvidos a fofocas — respondeu a cozinheira, mas mesmo assim se inclinou para mais perto.

— Dizem que ele não foi morto por skrets.

— Mas ele foi cortado em pedaços — argumentou a cozinheira. — É o que skrets fazem.

— Pelo visto, Anneshka Mazanar arrumou alguém para fazer o trabalho. Queria que parecesse um ataque de skret, mas foi um humano que cortou e fatiou.

— O quê?! — exclamou a cozinheira. — Nossa nova rainha é uma assassina?

— Yeedarsh nunca achou que ela fosse boa o bastante para o rei — disse o camareiro. — Agora a ursa do velho parou de comer. Talvez seja

296

A mariposa das sombras

um sinal, um mau sinal, para o casamento. Talvez devêssemos fazer alguma coisa para instigar a fera.

— Você quer que eu cozinhe para um urso?

— A rainha Anneshka tem planos para o animal — continuou ele. — Ela disse que nenhum casamento está completo sem um urso dançante.

— Nesse caso, talvez não seja ruim se a ursa ficar com fome — interveio o mordomo. — Os ursos só dançam quando estão com fome ou medo... Acho que é mais bondoso deixá-la faminta.

— O que ursos comem? — perguntou a cozinheira.

— Larvas e lesmas e ferrões de vespas — respondeu o mordomo.

A cozinheira lhe deu um tapa atrás da cabeça.

— Estou falando sério.

— Enguias? — sugeriu o camareiro.

— Ela não vai comer minhas enguias — disse a cozinheira. — Sabe quanto paguei por elas? A ursa vai ter que se virar com o que recebe.

— Tudo bem — disse o mordomo, esfregando a cabeça. — É você quem manda.

— Pode apostar que sim.

CAPÍTULO 74

Quando Miro acordou, sua língua parecia mais uma lesma morta do que uma parte do seu corpo. Onde ele estava? Precisava beber alguma coisa.

Quando se sentou, encontrou cobertores sobre suas pernas: cobertores ásperos e com cheiro de xixi, mas, ainda assim, eram cobertores.

Por que estava em uma caverna? Então se lembrou. Falara com o Maudree Král. Estava dentro da Montanha Klenot e, se as grades na sua frente não eram um forte indicativo de seus aposentos, pelo menos era possível concluir que ele não estava no quarto de hóspedes de luxo.

Havia uma tigela de água no chão. Miro a virou na boca, bebendo avidamente até que não sobrasse nada. Então, percebeu que seu rosto doía — doía de verdade. Ele ergueu a mão até a bochecha. O sangue ao redor do corte estava gosmento e misturado com algum tipo de bálsamo.

Ele puxou os cobertores em volta do corpo. As velas que iluminavam a caverna ainda durariam mais ou menos uma hora. Ao menos não era como os Fossos Hladomorna. Eles nunca davam cobertores lá. Em comparação com aquele lugar, essa prisão dos skrets era um paraíso.

Miro não conseguia evitar pensar no tio. Perguntava-se se Drakomor sabia onde o sobrinho estava. Se a data do casamento estivesse próxima, e não poderia estar muito longe, o rei poderia estar ocupado demais para negociar a soltura de Miro.

A mariposa das sombras

Eis um pensamento desagradável: e se seu tio não o *quisesse* de volta? Miro tinha bastante certeza de que Anneshka não o queria por perto e que, quando eles estivessem casados, provavelmente o tio fosse se sentir da mesma forma. Eles teriam seus próprios filhos. Era o que acontecia depois de casamentos. Um menininho e uma menininha perfeitos. Drakomor não precisaria das sobras de outro casal. Miro sentiu uma dor no coração.

Enquanto as velas terminavam de queimar, ele enroscou mais o cobertor ao redor do corpo. Em breve estaria em total escuridão. Já deveria ter se acostumado. Passava muito tempo no alto de sua torre, acordado a noite toda e observando as velas morrerem. Mas Miro nunca gostara do escuro. Não conseguia parar de pensar nas amigas que o abandonaram e no tio que não o queria de volta. Nunca se sentira tão sozinho.

As velas se apagaram, e Miro só descobriria quanto tempo passara no escuro quando uma luz aparecesse atrás das barras da sua cela. Só o que ele sabia era que o corte em seu rosto doía mais do que nunca e que ele estava com fome.

Um skret se aproximou, carregando uma vela e um molho de chaves.

— Onde você está? — perguntou o skret com uma voz rouca e metálica.

Miro ficou muito quieto, mal ousando respirar.

O skret entrou na cela.

— Eu sei que você está aqui dentro, humano. Não faz sentido se esconder.

Miro puxou a coberta por cima da cabeça e se deitou. As garras traseiras do skret arranhavam o chão da caverna. Estava chegando mais perto.

— Aí está você!

As cobertas de Miro foram puxadas.

O relógio de estrelas

— Me deixe em paz! — exclamou ele, se debatendo.

— Eu não vim machucar você — declarou o skret, dando um passo para trás.

Ele tinha longos dentes que se projetavam para fora do seu lábio inferior, como presas de cabeça para baixo.

— O que você quer? — perguntou Miro.

— Eu vim costurar você.

— Me costurar? Eu não vou deixar!

— Esse corte no seu rosto... não vai cicatrizar direito sem pontos.

Miro tocou a beira do machucado.

— Não vai cicatrizar direito? Como assim?

— Vai demorar demais... vai infeccionar. Eu passei uma pomada, mas parece que você já tirou quase tudo.

— Eu não sabia o que era.

— Esse é o problema com vocês, humanos: não sabem muito.

O skret saiu da cela e voltou alguns minutos mais tarde trazendo mais velas, uma vasilha de água e alguns itens médicos. Ele ficava engraçado carregando aquelas coisas: o enfermeiro mais feio de Yaroslav. Miro riria se não estivesse com tanto medo.

O corte em sua bochecha parecia queimar, e ele não conseguia tirar os olhos das garras do skret. Eram do tamanho de um dedão humano. Como o monstro faria para lhe dar pontos? Não era mais provável que arrancasse seus olhos?

— Por que você está fazendo isso? — perguntou Miro.

— É o meu trabalho — respondeu o skret. — Sou responsável pelos prisioneiros e pelas mariposas. Antes havia alguém para cuidar dos prisioneiros, mas ele morreu, então aqui estou eu. Para ser sincero, as mariposas são companhias melhores...

— Mas por que não me deixa apodrecer? É o que fazemos nos Fossos Hladomorna.

A mariposa das sombras

O skret fungou com desdém pelas fendas que faziam as vezes de narinas.

— Não é o que eu faço. — Ele se sentou à mesa e pegou um pano. — Aproxime o rosto da vela.

Miro olhou para o monstro de presas invertidas. Não queria obedecer, mas, se o skret quisesse matá-lo, não o faria com agulha e linha. Certamente havia maneiras mais simples. Ele se ajoelhou ao lado da mesa e virou a bochecha para a luz.

O skret lavou o rosto de Miro, mergulhando o pano na água e pressionando-o ao redor do corte. Miro olhou para os dentes do monstro. Estavam mais para presas de elefantes.

Era a primeira oportunidade que ele tinha de estudar um skret de perto. Conseguia ver cada verruga e pelo na pele pálida do monstro. Conseguia ver seus olhos redondos. Conseguia até mesmo ver os anéis verdes luminosos que apareciam ao redor das íris quando se viravam para a luz. Aquilo significava que os skrets tinham uma boa visão noturna. Seu antigo tutor lhe ensinara aquilo.

Esse skret era feio, assim como os outros, mas havia alguma coisa nele. Alguma coisa que o tornava mais difícil de odiar. *Quer dizer*, pensou Miro, *partindo do princípio de que é um* "ele". Era quase impossível distinguir os gêneros. O antigo tutor de Miro também lhe ensinara isso.

Depois de alguns minutos, a água da vasilha estava vermelha e Miro reunira a coragem para fazer uma pergunta.

— Por que os seus dentes são tão diferentes dos dentes dos outros skret?

— Por que não seriam? Os humanos são todos iguais?

— Não... Mas os crânios de skret, os de Yaroslav, têm dentinhos triangulares.

O monstro franziu a testa.

— É um hábito horrível. Expor os crânios daquele jeito.

O relógio de estrelas

— É feito para assustar vocês — explicou Miro.

— Nós não nos assustamos tão facilmente — murmurou o skret, torcendo o pano.

— Mas seus dentes são bem grandes, não são?

— Sim. É por isso que me chamam de *Zuby*. Significa *dentes*. Não tem nada de diferente em você?

— Claro que sim. Eu sou um príncipe.

Miro viu seu reflexo nos olhos do skret. Estava sujo, e suas roupas haviam se transformado em trapos. Não parecia muito majestoso.

— E o que significa ser um príncipe? — perguntou Zuby.

— Significa que um dia serei rei e todo mundo terá que me obedecer. Até os lordes e as damas. Até os Guardas Reais. Até meus amigos... se eu tiver algum.

— Príncipes não têm amigos?

— Eu tinha amigas, mas elas me deixaram para trás.

Zuby passou a linha pela agulha com uma facilidade impressionante, segurando-a entre as pontas afiadas das suas garras.

— Inclina a cabeça para trás — disse ele.

— Vai doer?

— Sim.

Miro se segurou na borda da mesa. Fechou os olhos para não ver aquelas garras trabalhando tão perto do seu rosto, então sentiu a agulha entrar. Ele gritou. Não conseguiu segurar. Zuby não disse nada. A agulha entrou de novo. Miro apertou a mesa com toda sua força.

— Está doendo muito!

— Fique parado. Estou quase terminando.

Finalmente, o skret se afastou. Miro reprimiu as lágrimas. Tinha doído bem mais do que ele imaginou, mas não queria chorar na frente de Zuby. Ele voltou para seu cobertor.

— Obrigado — disse.

A mariposa das sombras

Quando o skret estava do outro lado das barras, ele se virou e olhou para o prisioneiro.

— Tem uma coisa que eu quero saber — falou ele. — Por que vocês simplesmente não devolvem?

— Devolvem o quê?

— A Sertze Hora.

Miro jogou as mãos para o alto em desespero.

— Porque nós não estamos com o seu coração de montanha idiota! Por que todo mundo fica insistindo nisso?

— Porque nós estamos morrendo.

Miro hesitou. Não era a resposta que ele esperava.

— Todo mundo morre... um dia.

— Não, você não entendeu. Até os skříteks. Até os pequenos estão morrendo por causa do Žal.

Miro puxou a coberta por cima da cabeça e fechou os olhos.

— Não sei por que você está me dizendo isso. Eu não estou com a sua pedra.

— Eu tenho enviado mariposas — explicou Zuby em sua voz rouca —, e elas dizem que vocês estão mentindo. Dizem que o coração da montanha está naquele grande castelo onde você mora... na torre mais alta.

— Até parece — disse Miro, de debaixo da coberta.

— O Král não para de mandar skrets, mas eles não conseguem entrar no castelo. É protegido demais. Muitas paredes altas, trancas e guardas.

— Meu tio nunca vai deixar vocês entrarem.

— É aí que você se engana — declarou o skret, e foi embora.

CAPÍTULO 75

Imogen não sabia que horas eram quando ela finalmente adormeceu, mas, quando acordou, a luz do dia se infiltrava pelos cantos da entrada da caverna. Ela ficou parada por um minuto, observando seu hálito condensar e pensando no que Lofkinye dissera na noite anterior. *Por favor*, pensou ela, *tomara que Miro esteja bem. Vou ser legal com ele, prometo. Por favor, que ele esteja bem.*

Marie ainda dormia profundamente, e Lofkinye já saíra. Imogen engatinhou rigidamente até os casacos, que estavam congelados.

— Isso não é bom — murmurou ela, forçando passagem.

Do lado de fora, alguns pássaros assobiavam fracamente uma canção para o amanhecer. Lá estava a árvore atingida pelo raio e Lofkinye, sentada em suas raízes. Parecia cansada. Imogen se perguntou se ela passara a noite acordada.

A menina se aproximou, sentindo todas as articulações reclamarem. Caminhadas de mais. Chão duro demais. Noite fria demais.

Lofkinye passava alguma coisa na corda do arco.

— O que é isso? — perguntou Imogen.

— Cera de abelha. Impede que a corda desfie.

— Ah, entendi. — Imogen estremeceu. — Os casacos congelaram.

— Perfeito — disse Lofkinye. — Podemos sacudi-los para tirar o gelo. Eles vão estar bem sequinhos.

A mariposa das sombras

Imogen não pensara nisso.

— Hoje vou até as cavernas dos skrets, no topo da Montanha Klenot — continuou Lofkinye. — Devo conseguir se eu mantiver um ritmo estável. É melhor você e sua irmã ficarem aqui. Posso pegar vocês no caminho de volta.

— Mas o que você vai fazer?

— Resgatar o principezinho.

— Não pode fazer isso sozinha.

Lofkinye abriu um sorrisão para Imogen.

— Tenho um plano.

Imogen hesitou. Sentiu-se mal ao dizer em voz alta:

— O plano inclui perguntar ao Maudree Král sobre a porta na árvore?

Por um milésimo de segundo, Lofkinye pareceu confusa. Claramente se esquecera dessa parte.

— Não precisamos fazer isso — continuou Imogen. — Não precisamos perguntar se for estragar seu plano. É só que... depois que Miro for resgatado, eu gostaria de encontrar o caminho para minha casa. Marie precisa da mãe dela.

Lofkinye assentiu.

— E você?

— Acho que eu também preciso.

— Ok — disse Lofkinye. — Vou perguntar ao Král sobre a sua porta. Mas o que você vai fazer nesse meio-tempo?

— Vou com você, é claro — respondeu Imogen.

— E eu também — afirmou Marie, que chegara sorrateiramente.

CAPÍTULO 76

O caminho para a Montanha Klenot era feito de pedra. Às vezes, ficava tão estreito que Imogen, Marie e Lofkinye tinham que andar de lado, avançando lentamente com a barriga contra a falésia. Em outras partes, era tão amplo quanto as estradas de sua cidade, guiando os viajantes através de planaltos ventosos.

As únicas coisas que cresciam por ali eram arbustos espinhosos. Seus caules farpados se agarravam à calça de Imogen se ela se aproximasse muito da beira da trilha. Suas folhas perfurantes cresciam por entre as costelas de um esqueleto. Lofkinye parou ao lado da criatura morta.

— O último dos gatos selvagens — suspirou ela, guiando as meninas adiante.

Às vezes, elas andavam em silêncio. Às vezes, Marie cantarolava até Imogen a fazer parar. Às vezes, conversavam. Lofkinye contou histórias sobre sua vida na floresta. Imogen e Marie, por sua vez, falaram sobre sua casa para a caçadora. Elas contaram sobre computadores, carros e as coisas que aprendiam na escola.

— Incrível — comentou Lofkinye, balançando a cabeça com admiração. — Se todas as crianças têm um tutor, seu mundo deve ser muito rico.

Elas falaram sobre como mamãe lia histórias para elas, cercadas por luzinhas, sobre como ela colocava suas músicas antigas para tocar e lhes ensinava passos de dança. Elas falaram sobre como, toda sexta, ela as

A mariposa das sombras

deixava escolher o que comer e elas podiam escolher qualquer coisa que quisessem — qualquer coisa mesmo.

Pensar na mãe deu uma nova onda de energia a Imogen. Cada passo a levava para mais perto de casa.

Quanto mais elas subiam, mais frio ficava. O sol começava a descer no céu quando elas chegaram à beira de uma vasta superfície de gelo. Era tão azul e puro que parecia brilhar.

— Caramba — disse Marie. — O que é isso?

— Geleira Klenot. É aqui que a trilha acaba — explicou Lofkinye. — Precisamos atravessar o gelo.

— É seguro?

— Claro. Desde que você não caia por uma fenda.

— Como assim?

— Uma rachadura no gelo. É melhor nos amarrarmos umas às outras, só por garantia.

Lofkinye usou uma corda para se prender a Imogen. Então, usou outra para prender Imogen a Marie.

— Vamos bem devagar — aconselhou ela. — Não estamos com as botas apropriadas para isso.

Imogen deu os primeiros passos com os braços bem abertos. Não avançara muito quando sentiu a corda puxar sua cintura. Quando se virou, Marie não tinha se mexido.

— Vem, Marie — chamou ela. — Você precisa acompanhar.

A menina parecia ter visto um fantasma.

— Qual é o problema? — gritou Lofkinye.

— Tem homens na geleira — respondeu Marie.

Imogen e Lofkinye voltaram arrastando os pés e seguiram o dedo de Marie. Como esperado, havia três corpos curvados e enclausurados no gelo. Sua pele e seu cabelo estavam perfeitamente preservados, como se eles houvessem morrido logo na noite anterior. Imogen estendeu a mão para Marie.

O relógio de estrelas

— Mercadores — disse Lofkinye.

— Como eles foram parar lá? — perguntou Marie, com uma vozinha fraca.

— Provavelmente morreram de frio. Fazendo a travessia muito no final do ano.

— Mas como eles foram parar dentro do gelo?

— A geleira está sempre em movimento — explicou Lofkinye. — É muito lento para notar, mas, em algum momento, ela engole as coisas.

— Então eles vão ficar congelados assim... para sempre?

— Sim, acho que vão.

Marie olhou para a extensão de gelo à sua frente. Depois, olhou para a irmã.

— Não tenho certeza sobre isso, Imogen. Não me parece uma boa ideia.

— Mas não tenho nenhuma outra, e Miro precisa da nossa ajuda. Ele veio até aqui por nós, e agora é nossa vez de fazer o resgate. É *sua* vez de ser o cavaleiro.

Marie engoliu em seco.

— Tipo o cavaleiro da sua peça?

— Sim, se você quiser.

— Chega de papéis de coadjuvante?

— Sim — confirmou Imogen com firmeza. — Chega de papéis de coadjuvante.

Marie colocou um dos pés na geleira.

— Muito bem — disse Lofkinye. — Me sigam.

As três viajantes avançaram arrastando os pés e deslizando. Ficar de pé exigia concentração e um ritmo estável. Imogen escorregou algumas vezes, mas nunca foi muito longe — a corda de Lofkinye garantiu isso.

Abaixo dos pés de Imogen, fitas de um azul elétrico corriam pelo meio do gelo. Lofkinye guiava o grupo ao redor de rachaduras pro-

A mariposa das sombras

fundas e buracos enormes que se abriam para a escuridão. Imogen não gostava de passar perto desses lugares. Vai saber o que espreitava ali embaixo?

Quando chegaram ao outro lado da geleira, Lofkinye desamarrou as cordas. O pico da Montanha Klenot assomava sobre elas, com suas rochas dentadas despontando da neve como a coroa de um gigante.

— É ali que o Maudree Král mora — informou Lofkinye, quase parecendo empolgada. — Vocês nunca verão cavernas como essas. Tetos altos e imponentes, paredes que brilham com pedras preciosas e uma chama estrondosa que queima durante todo o inverno.

Elas passaram tropeçando por cima de rochas, às vezes engatinhando. Imogen logo sentiu falta do caminho de pedra. Estava mais frio na sombra da montanha e, por mais que usasse luvas de inverno, a ponta de seus dedos começou a ficar dormente. Ela abriu e fechou as mãos, tentando mantê-las aquecidas.

Lofkinye parou em uma abertura na encosta da montanha.

— Esse túnel é o caminho mais rápido até as cavernas dos skrets — disse ela. O espaço era coberto por estalactites que se penduravam como dentes. — Chegamos na hora certa. Em poucas semanas, essas estalactites vão alcançar o chão e o túnel ficará inutilizável.

Ela se abaixou sob as presas de gelo, seguida pelas meninas.

Quando Lofkinye pegou uma tocha da mala e a acendeu, Imogen viu que elas estavam paradas em uma passagem gigante de paredes congeladas. Não havia como escapar do frio. Mesmo com o casaco de pele, a menina estava gelada até os ossos. Mais estalactites se penduravam do teto, ameaçadoras e belas.

Conforme elas adentravam mais a montanha, Imogen poderia jurar ouvir as estalactites cantarem. Cada um dos pingentes emitia uma nota, como quando alguém passava o dedo na borda de um copo. Imogen se perguntou se os skrets escutavam a música.

O relógio de estrelas

— Você já conheceu esse Maudree Král? — perguntou ela.

— Há anos — respondeu Lofkinye —, antes da Sertze Hora ser roubada.

— E como ele era?

— Bem, para começar, ele não costumava matar pessoas. O Maudree Král que eu conheci era justo e sábio.

— Mas os skrets matam pessoas em Yaroslav o tempo todo.

— Acho que ele mudou... Só precisamos ver quanto.

O túnel ziguezagueava montanha adentro, e as meninas seguiram Lofkinye por entre colunas de gelo agrupadas feito tubos de um órgão de igreja. Marie voltou a cantarolar, e Imogen identificou a melodia. Era um jingle irritante de um filme sobre um menino que mata um dragão. Imogen pensou em mandá-la parar, mas dessa vez decidiu não fazê-lo. Talvez isso ajudasse Marie a manter a coragem.

Quando o caminho começou a ascender, o frio e o gelo pareceram dissipar. Pouco a pouco, as paredes do túnel se revelaram. Eram feitas de pedra e, em alguns lugares, estavam cobertas de penas.

— O que são essas coisas? — perguntou Imogen. — São lindas!

Foi só quando ela chegou bem perto que viu que eram mariposas com as asas dobradas. Algumas asas carregavam desenhos parecidos com olhos, e outras reluziam na luz fraca.

— Não toque nelas — disse Lofkinye.

— Elas estão vivas? — perguntou Marie.

— Sim. Estão hibernando.

Então, Yeedarsh estava certo, pensou Imogen. *Os skrets* são *amigos das mariposas.* Ela torcia para que ele também estivesse certo sobre a mariposa das sombras. Esperava que ela tivesse sido enviada por uma razão. Afinal, se o Král mandara a mariposa para buscá-las, com certeza poderia fazer com que ela as levasse para casa.

O túnel de gelo subia mais.

A mariposa das sombras

— Não falta muito agora — comentou Lofkinye.

Havia um brilho laranja à frente, e Imogen sentiu a barriga revirar de nervosismo. Era difícil obrigar as pernas a continuarem. Ela estava exausta devido aos dias de caminhada, mas não era só isso. Estava com medo.

Então lembrou-se das palavras da mãe: *Sempre seremos nós três, Imogen. Não importa o que aconteça.*

A menina estreitou os olhos e continuou andando em direção à luz.

CAPÍTULO 77

A luz laranja ficava mais forte a cada passo de Imogen.

Ela buscou sua espada, mas Lofkinye a impediu.

— Nada de armas. Não queremos que os skrets pensem que viemos para lutar.

O túnel se abriu em uma caverna gigantesca, com um pé direito alto que lembrava Imogen de uma catedral e uma chama enorme que não lembrava nem um pouco. O barulho do fogo era tão alto que as meninas precisaram gritar para serem ouvidas.

— Que fogueira enorme! — exclamou Marie.

— Essa não é a palavra correta — disse Imogen.

— O quê?

— Eu disse que não é a... ah, deixa pra lá.

— Essa é a chama que os skrets mantêm acesa durante todo o inverno — informou Lofkinye. — Sintam esse calor.

Ela tirou as luvas e estendeu as mãos.

Imogen fez o mesmo até que o frio abandonasse seu nariz e seus dedos. A menina pensou em uma piada sobre boas-vindas calorosas, mas decidiu não externalizá-la. Em vez disso, perguntou:

— Onde estão todos os skrets? A gente está no lugar certo?

Lofkinye pressionou um dedo sobre os lábios e apontou. Alguma coisa se movia do outro lado do fogo.

A mariposa das sombras

As três intrusas se esconderam depressa atrás de um pilar logo antes dos skrets aparecerem. Os monstros carregavam uma jarra e discutiam energicamente. Imogen não conseguia ouvir o que eles diziam, mas era engraçado vê-los tão absortos na conversa — na verdade, era incomum —, como assistir a um macaco dançando tango. *Suponho,* pensou Imogen, *que até mesmo monstros não possam passar todo o seu tempo matando pessoas.*

Quando os skrets passaram por uma porta na parede da caverna, o coração de Imogen deu um salto. Aquela porta... era igualzinha à porta na árvore. Tinha o mesmo formato. A mesma maçaneta. Tinha até o mesmo tamanho, como se houvesse sido feito para uma criança... ou um skret.

Imogen correu para a porta e pressionou a orelha contra a madeira. Ouviu certa comoção do outro lado, mas era difícil definir exatamente de que tipo. Ela olhou para Marie e Lofkinye. Quando elas assentiram, Imogen abriu a porta.

Do outro lado havia música, a luz do fogo e skrets. Muitos skrets. Estavam sentados em longas mesas, beliscando restos de carcaças de animais. Eles gritavam e batiam pratos e bebiam. Imogen nunca vira modos tão deploráveis à mesa, e o cheiro de carne cozida era avassalador.

Na cabeceira da mesa mais longa havia um skret com uma coroa na cabeça e uma criança humana ao lado. A criança tinha olhos muito separados, pele morena e uma juba de cabelos castanhos. Havia um corte profundo em sua bochecha, e ele não tocara na comida.

— Miro! — gritou Marie, e todas as cabeças se viraram.

Centenas de olhos redondos piscaram ao ver as recém-chegadas, como um cardume de peixes carnívoros. Imogen se aproximou de Lofkinye. Marie se aproximou de Imogen. Um silêncio terrível se instalou.

O skret de coroa foi o primeiro a falar:

O relógio de estrelas

— Então vocês devem ser *as amigas*. Temo não termos guardado nada do nosso banquete para vocês.

— Sua Alteza, por favor, perdoe a intrusão — disse Lofkinye, se curvando em uma reverência tão profunda que o capuz do casaco dela arrastou no chão.

— Shpitza avisou que vocês estavam a caminho.

O Maudree Král gesticulou para um skret com uma fileira de espinhos nas costas. Imogen identificou que era o mesmo que eles haviam encontrado na floresta.

— Viemos fazer uma proposta — falou Lofkinye.

O Král pegou um osso e roeu o que restava da carne.

— Vocês não têm nada de valor para trocar.

— Tenho, sim. Eu tenho uma coisa pela qual você daria suas garras traseiras.

Lofkinye parecia confiante. Imogen se perguntou o que ela estava planejando.

— Continue — disse o Král.

— É, desembucha logo — sibilou o skret chamado Shpitza.

— Eu posso conseguir a Sertze Hora para vocês — falou Lofkinye.

Um murmúrio correu pelas mesas. Todos os skrets se olharam, incrédulos. Miro colocou a cabeça nas mãos.

— Silêncio — disse o Maudree Král, mas o burburinho só aumentava, então o rei dos skrets subiu na mesa, bateu o pé e gritou: — SILÊNCIO!

O cômodo aquietou.

— Eu já sei que a Sertze Hora está trancada no alto do Castelo Yaroslav — rosnou o Král. — Então me diga como você colocaria as suas patas no coração da minha montanha?

Uma contração acima da sobrancelha de Lofkinye a entregou. Ela *estava* nervosa.

A mariposa das sombras

— Ah, não precisa se preocupar com isso — disse ela, passando a palma da mão na testa.

— Mas eu me preocupo — respondeu o Král, e começou a andar pela mesa na direção das visitas indesejadas. — Ela não é um diamante decorativo. — Ele chutou pratos para fora do caminho com as botas. Pés e costelas de porco voaram para longe. — A Sertze Hora é uma criatura viva: o coração pulsante da montanha. Ela coloca folhas em árvores e água limpa em rios. E, desde que vocês, humanos, decidiram arrancar o coração do corpo, nós estamos sangrando até a morte.

Ele esmagou um cálice com o punho.

— Há alguns dias, eu vi o skřítek da minha irmã, uma criança de apenas três anos. Sua pele está coberta de manchas pretas, e ele reclama de dor no peito. Não vai demorar muito até que esteja morto igual aos outros.

O rei dos skrets chegara ao fim da mesa. Ele baixou os olhos para Lofkinye.

— Então não diga para eu não me preocupar.

Todos os skrets e humanos esperaram pela resposta da caçadora.

— Eu sinto muito — disse ela. — Sinto muito que ela tenha sido roubada.

Lofkinye usou uma voz suave, como se tentasse acalmar um cavalo assustado.

— Talvez tenha sido você quem a roubou — escarneceu o Král. — Talvez você a tenha vendido para os městos.

— Foi Drakomor Krishnov quem a roubou — retrucou Lofkinye. — Você sabe que essa é a verdade.

Miro bufou baixinho.

— Vocês humanos são todos traidores. São todos iguais — declarou o Král.

O relógio de estrelas

Ele agachou, segurando na beira da mesa com as garras e esticando a cabeça por entre os joelhos. Imogen pensou que aquela era uma pose nada régia. Tentou proteger Marie com o corpo.

— Vamos supor que eu aceite a sua oferta — prosseguiu o Král —, o que você gostaria de receber em troca?

— Três desejos — respondeu Lofkinye.

— Eu pareço uma fada?

As meninas e Lofkinye fizeram que não com a cabeça.

— Desembucha — disse o Král, se balançando com impaciência.

— Um: quero que o menino seja solto. — Lofkinye contava seus desejos nos dedos. — Dois: revele sua porta mágica. Minhas amigas aqui precisam voltar para o mundo delas. Três: você deve permitir que os lesnis voltem para a floresta. Esse lugar é nosso lar também.

O Král rosnou, mostrando duas fileiras de dentes perfeitamente triangulares.

— E o coração? Quando eu vou recebê-lo?

— Depois que eu devolver o menino ao tio dele.

O rei dos skrets pulou da mesa e aterrissou de pé em frente a Lofkinye. Ela buscou o arco, mas ele segurou o pulso dela com as garras.

— Eu já entendi seus planos — disse ele. — Você pretende fazer uma troca com o rei dos humanos. O menino pelo coração. Não é verdade?

— Não! Não é nada disso!

O Král soltou Lofkinye e pisou forte até a mesa.

— Não é isso, não é nada disso... — imitou ele. Quando se virou, estava segurando algo entre as garras com pontas de ouro. — Se você pode usar o menino para fazer uma troca, eu também posso.

Ele segurava um ossinho bifurcado de galinha, o osso da sorte.

Uma lembrança surgiu na mente de Imogen. Depois do almoço de domingo, sua mãe sempre dava um osso da sorte para as duas filhas.

A mariposa das sombras

Ela e Marie tinham que puxá-lo até quebrar, e cada uma ganhava um desejo. Naquela época, ela tinha vários pedidos. Agora, só queria ir para casa.

— Você nunca conseguiria entrar no castelo — disse Lofkinye. — Nunca o deixariam chegar perto do rei. Deixe-me fazer a troca por você.

— Você está errada! — exclamou o Král, segurando o osso da sorte no alto. — Eu já recebi meu desejo! Você não foi convidada?

Imogen ficou subitamente ciente de uma mariposa cinza rastejando por uma das carcaças meio devoradas.

— Convidada para quê? — perguntou Lofkinye. Ela estava começando a parecer desesperada.

— Para o casamento real, é claro! — O Král quebrou o osso da sorte em dois. — Então, como pode ver, eu não preciso de você para nada.

Ele gesticulou para os skrets. Lofkinye pegou seu arco. Imogen disparou para a mariposa. Os skrets ficaram loucos e, de repente, o cômodo foi tomado por gritos agudos e garras. Imogen foi capturada em um aperto poderoso. Ela se debateu e estendeu a mão para Marie, mas não podia fazer nada. Os skrets eram muito fortes. Sua mala foi tomada, assim como sua espada. Antes que entendesse o que estava acontecendo, ela estava dentro de um saco.

CAPÍTULO 78

A tarefa de Andel era clara. Ele precisava criar uma arma para o casamento.

Se terminasse tarde demais, o rei tiraria o olho que lhe restara. Se não fosse poderosa o bastante para matar o Maudree Král, o rei tiraria seu olho. Se não fosse bela a ponto de impressionar as pessoas, o rei tiraria seu olho.

Ele recebeu o quarto no topo da segunda torre mais alta do castelo para usar como oficina — bem longe das pessoas que amava. Imagine a surpresa de Andel ao encontrar seu velho amigo o aguardando. O objeto tiquetaqueava normalmente, como se nem um dia houvesse se passado desde que eles se viram pela última vez. Cinco mãos desenhavam círculos ao redor de um mostrador da madeira familiar.

— Meu relógio — murmurou Andel, esfregando o olho. — Não achei que o veria de novo.

A portinha do relógio se abriu de repente, e um lagarto de madeira rastejou para fora a fim de cumprimentá-lo. Andel o reconheceu na mesma hora. Era um dragão. A fera em miniatura desdobrou as asas, abriu a boca e cuspiu fogo.

Andel abriu um sorriso radiante. O relógio era realmente sua melhor criação; sincronizado com o ritmo das estrelas. Ele desejou que sua filha tivesse permissão para subir e ver.

A mariposa das sombras

Uma fagulha caiu da boca do dragão e aterrissou em suas garras. Por um momento, ele brilhou em laranja, então as chamas o engoliram. Andel tentou apagá-la com sopros, mas isso só piorou a situação.

— Sakra! — exclamou ele.

O fogo devorou o dragão em questão de segundos.

A portinha se fechou com força, deixando Andel com uma pequena pilha de cinzas e uma ideia brilhante. Ele construiria um dragão mecânico para o rei, grande como um celeiro e com a barriga cheia de fogo.

Ele construiu o dragão por partes: começando pela cabeça e avançando pela espinha. Todas as peças tinham que ser pequenas o bastante para passar pela escada em espiral.

Andel foi cativado pelo processo contra sua vontade. Preocupava-se com os menores detalhes e insistia em usar materiais da melhor qualidade. Presas fossilizadas foram encomendadas para serem usadas como dentes, rubis como olhos. As escamas foram feitas a partir de azulejos de cerâmica à prova de fogo cortados em formato de diamante.

Ao ver o dragão tomar forma na praça abaixo, Andel sentiu o peito se encher de orgulho. Era bom trabalhar em um projeto tão ambicioso, mesmo que fosse para um homem que ele desprezava.

Na noite da véspera do casamento real, enquanto o sol se punha atrás da Montanha Klenot, Andel concluiu a última peça do seu monstro.

— Bem a tempo — disse ao entregar a ponta do rabo ao criado.

Ele caminhou até a janela mais próxima e olhou para baixo. O dragão estava na praça, suas escamas de cerâmica refletindo os últimos raios de sol. Andel iria inspecioná-lo pela manhã, antes que os convidados chegassem. Precisava se certificar de que tudo fora montado corretamente.

— Uma bela arma para uma bela vingança — murmurou ele. — O rei não perde por esperar...

CAPÍTULO 79

As costas de Imogen bateram em algo. Era o chão. Um skret, com presas enormes, espiou dentro do saco onde ela estava.

— O que temos aqui? — disse ele.

— Me larga! — exclamou Imogen, empurrando o saco para sair. Ela pulou de pé, erguendo os punhos.

— Não há motivo para isso — falou o skret. — Você já perdeu a batalha. Vocês são prisioneiras agora.

Imogen viu que estava em uma pequena caverna com duas camas, duas cadeiras, uma mesa e algumas velas. Havia barras na entrada. Ela baixou os punhos.

Alguma coisa se contorceu dentro de outro saco. O skret o desamarrou, puxou Marie para fora e a colocou de pé.

— Eu não sabia que faziam humanos em vermelho — disse ele, tocando o cabelo dela com a ponta das garras.

Marie se encolheu, encarando os dentes gigantes do monstro.

— Quem é você? — perguntou ela.

— E o que você fez com nossos amigos? — quis saber Imogen.

O skret coçou a cabeça careca.

— Meu nome é Zuby.

— Você não pode nos deixar aqui — disse Imogen. — Somos garotinhas. É contra nossos direitos humanos.

A mariposa das sombras

— Vocês são bem pequenas mesmo — concordou o skret, e então, como se elas não estivessem no cômodo, completou: — Pequenas para humanos, e feias também. Tão feias que são quase fofas.

— A gente? — perguntou Imogen, confusa.

— Você vai nos cortar em pedaços e beber nosso sangue? — falou Marie.

— Por que eu faria isso? — respondeu o skret.

— O Král disse que somos traidoras.

— Cortar e fatiar não é muito a minha área...

— Tá bom — disse Imogen —, então nos deixe ir.

— Mas aí isso faria de *mim* um traidor. — Zuby sorriu de modo que sua presa quase tocasse seu nariz amassado.

— Perfeito — falou Imogen, se jogando em uma cama.

O skret recolheu os sacos vazios e saiu da caverna, deixando as meninas trancadas lá dentro. Quando o ruído das suas garras contra o chão silenciou, Imogen e Marie se aproximaram da entrada da cela e pressionaram o rosto contra as barras. Elas conseguiam passar os braços e as pernas pela grade, mas os espaços entre as barras era muito estreito para suas cabeças.

— Fico me perguntando onde os outros estão — comentou Marie.

— Miro não parecia muito bem — respondeu Imogen.

— Miro está bem, obrigado — disse uma vozinha.

As meninas se olharam.

— Miro?

Imogen pegou uma vela. Quando a segurou na frente das barras, ela viu um rosto familiar na cela vizinha.

— Miro! — exclamou.

O príncipe sorriu e se encolheu, tocando o corte na bochecha. Havia pontinhos de sangue ao redor do machucado.

— Eu consigo alcançar você — disse Imogen.

O relógio de estrelas

Ela enfiou o braço entre as barras, até o ombro. Miro fez o mesmo, e a ponta dos seus dedos se tocaram. Uma pele grossa nascera sobre o corte em seu dedão, de quando eles tinham feito o pacto tantas noites atrás.

— É bom ver você — falou Imogen.

— É bom ver você também — respondeu o menino.

— O que aconteceu com o seu rosto?

— Um skret me cortou, mas está tudo bem. Zuby deu pontos.

— Parece uma maquiagem de Halloween.

— Hallo o quê?

— Deixa pra lá. — Imogen recolheu o braço. — Achamos que você estava logo atrás da gente. Na noite em que você sumiu. Achamos que estava pertinho.

— Fui emboscado — contou Miro.

— A gente não sabia...

Miro se afastou das barras e da luz das velas.

— Tudo bem — respondeu ele. — Vocês estão aqui agora.

— Ajudamos pra caramba — retrucou Imogen para a escuridão. — Nós deveríamos resgatar você.

— Vocês tentaram. É isso que conta.

— Não é, não! O objetivo de resgatar alguém é tirá-lo da prisão, não se juntar a ele.

— É o que conta para mim.

— De agora em diante, vamos ficar juntos — disse Imogen, como se isso esclarecesse tudo. Ela olhou para a irmã, que estava balançando a cabeça.

— *Desculpa* — articulou Marie sem emitir som.

— *Pelo quê?* — respondeu Imogen do mesmo jeito.

— Você não pediu desculpas — sussurrou Marie. — Para ele.

Imogen voltou a olhar para o espaço onde Miro estivera.

A mariposa das sombras

— De qualquer modo — continuou ela —, a gente não teve a intenção de ficar... tão na frente.

— Tudo bem — respondeu Miro. — De verdade.

Imogen fez uma expressão para Marie que dizia: *Viu só, está tudo bem!*

Marie fechou o rosto.

Imogen jogou as mãos para o alto e articulou silenciosamente várias palavras ao mesmo tempo, nenhuma muito gentil, então se voltou para a cela de Miro.

— Miro? — chamou ela.

— Ahn?

— Desculpa... Desculpa por ter deixado você para trás. Não é o que amigos fazem, e não voltará a acontecer. Eu prometo.

O rosto de Miro apareceu entre as barras.

— Não precisa pedir desculpas — disse ele. — Vocês são as melhores amigas que eu já tive.

Imogen sentiu alguma coisa meio que relaxar no peito, algo que ela nem sabia que estava apertado antes. A expressão de Miro ficou sombria.

— Mas, sabe, talvez a gente não consiga ficar junto por muito mais tempo.

— Como assim?

— O Maudree Král disse que vai me trocar pela Sertze Hora.

— Ele não pode estar falando sério — disse Imogen. — Pode?

— Não sei. Para começar, não sei como ele conseguiu um convite para o casamento real. O meu tio odeia os skrets. Em segundo lugar, a Sertze Hora não existe.

— Parece estranho mesmo — concordou Imogen.

As meninas pegaram as cobertas e os travesseiros de palha de suas camas e os levaram para o canto da cela mais próximo de Miro.

O relógio de estrelas

— Eu perguntei sobre a porta mágica de vocês — contou o príncipe. — O Král a chamou de "Porta Oculta".

— Ele disse como podemos chegar até ela? — perguntou Marie.

— Infelizmente não. Ele disse que elas não são feitas para humanos...

— Bem, funcionou com a gente — disse Imogen, se encolhendo e passando um braço ao redor da irmã.

— Isso tudo é um desastre — falou o príncipe.

— Mas tem uma coisa boa — argumentou Marie. — Se o Král estiver falando a verdade, se ele de fato fizer algum tipo de troca, você vai voltar logo para o seu tio. Vai voltar para casa.

— Eu só espero que aqueles homens com as espadas não estejam mais lá — disse Imogen.

— Que homens com espadas? — perguntou Miro.

— Aqueles dos quais fugimos nos velecours. Você não lembra?

— Ah, sim! — exclamou Miro. — Não se preocupe com eles. É como eu já disse, eu os conheço há anos. Vou conversar com o meu tio quando voltar... ver o que ele queria.

— Hummm — disse Imogen.

Eles não estavam seguros ali, cercados por monstros, mas ela não estava convencida de que Miro ficaria mais seguro no castelo.

CAPÍTULO 80

Imogen foi acordada por um barulho horrível. Ela segurou Marie, mas a comoção não vinha de sua cela. Era Miro. Alguma coisa estava acontecendo com Miro.

Imogen afastou as cobertas e pressionou o rosto contra as barras. Não conseguia ver o que estava acontecendo, mas ouvia gritos vindos de skrets e de seu amigo. Houve um estrondo e um farfalhar, seguido por uma batida. Então o barulho parou.

Imogen enfiou o braço por entre as barras e o estendeu na direção da outra cela.

— Miro! — gritou ela. — Miro, me dê a mão!

Mas Miro não respondeu. Ele sumira.

CAPÍTULO 81

Blazen Bilbetz jogou seis faisões e três cegonhas mortas sobre a mesa. A cozinheira-chefe pegou o faisão mais gordo com as mãos musculosas, erguendo-o pela ponta das asas de modo que elas se desdobrassem e a cabeça pendesse para trás.

— Vai servir — disse ela.

Blazen sorriu. Era a manhã do casamento real, e essa era sua última entrega.

— Bem a tempo — respondeu ele com uma risada.

— Na verdade, não — retrucou a cozinheira. — Eles precisam passar alguns dias pendurados antes de ficarem prontos para comer, mas você está com sorte. Essa leva é para mais tarde.

Quando ela saiu da cozinha, Blazen observou os arredores. O lugar estava tão organizado quanto um quartel antes de uma batalha. Vegetais aguardavam em potes de água salgada. Pedaços de carne marinavam em vários molhos.

A cozinheira voltou e entregou uma bolsa de ouro a Blazen. Aquele tilintar suave... ele amava o som do dinheiro.

— Obrigado — disse ele, se abaixando ao sair para não bater a cabeça.

Blazen andou por dois corredores até se esgueirar para dentro de uma câmara vazia. Sabia que não deveria contar as moedas na frente da cozinheira, mas queria ter certeza de que a quantia estava certa.

A mariposa das sombras

O cômodo no qual entrou era pequeno e simples, com uma cama arrumada, um armário antigo e um urso. Blazen olhou de novo.

Sim. Havia um urso no canto do cômodo, e não era empalhado.

As duas criaturas se encararam. Caçador e urso. Urso e caçador. Fazia anos desde a última vez que eles se encontraram, mas Blazen a reconheceu mesmo assim. Medveditze. Ele fora parar no antigo quarto de Yeedarsh.

A ursa tinha cortes profundos no rosto e no corpo.

— O que fizeram com você? — murmurou Blazen. Ele largou o ouro e se aproximou devagar, pisando em uma tigela de nabos velhos. — Imagino que você não queira comer *esse* lixo.

A cabeça peluda da ursa acompanhou o caçador. Quando estava perto o bastante, Blazen inspecionou a corrente ao redor do pescoço dela.

— Mas eu não entendo — disse ele. — O velho Yeedarsh nunca deixou você acorrentada.

Medveditze grunhiu, olhando para ele com olhos tristes.

— Por que não soltam você? Para que a rainha precisa de uma ursa?

Alguma coisa atraiu o olhar de Blazen. Alguma coisa vermelha em sua visão periférica. Ele se virou e viu um colete escarlate enorme pendurado na lateral do armário. O colete tinha costuras douradas e botões de bronze brilhantes. Uma calça azul-marinho estava pendurada atrás. Blazen virou a peça. Havia um buraco na traseira; apenas grande o bastante para um rabo passar. O caçador balançou a cabeça.

— Sinto muito — disse ele, voltando a olhar para Medveditze. — A cozinheira-chefe disse que haveria um urso dançante no casamento. Eu deveria ter imaginado que ela se referia a você. — Ele encarou o corte profundo no focinho da ursa. Parecia recente. — O treinamento não está dando certo, então?

Medveditze transferiu o peso do corpo de um lado para o outro, fazendo as correntes tilintarem.

O relógio de estrelas

— Sei o que está pensando — continuou o homem gigante. — Eu sou um caçador. Você é uma ursa. Não somos os amigos mais óbvios, mas vou te contar um segredinho... Nem tudo o que dizem sobre mim é verdade.

Blazen se sentou na beira da cama de Yeedarsh e baixou os olhos para a barriga. Os botões da jaqueta ameaçavam arrebentar. Ele estava decidindo qual informação não verdadeira compartilhar.

— Por exemplo — falou ele —, eu nunca matei um urso.

Medveditze bufou.

— Eu sei, eu sei... Dizem que matei centenas. Não é bem assim. Eu deixo as histórias se espalharem. Elas não fazem mal à minha reputação, mas a verdade é que nunca matei nada maior do que um cervo.

A ursa desviou os olhos dourados como se soubesse daquilo desde sempre.

— Tenho uma ideia — continuou o caçador, batendo nas coxas. — Vou propor um acordo. Um pacto, se preferir. Arrumarei um pouco de comida para você antes do casamento, comida de verdade, nada de nabos, desde que você guarde meu segredo. Não posso permitir que mais ninguém saiba. Vão achar que sou uma fraude. Essas pessoas são assim.

Medveditze soltou outro grunhido, e Blazen soube que o acordo estava fechado.

— Muito bem — concluiu ele, andando até a porta e pegando seu ouro. — Que tal um pouco de peixe?

CAPÍTULO 82

O skret chamado Zuby empurrou duas colheres e duas canecas por entre as barras da cela das meninas.

— Aqui, humanas. Comam.

Imogen pegou uma caneca. Estava cheia de um líquido marrom, com coisas boiando na superfície que poderiam ser bolinhos ou globos oculares.

— O que é esse troço? — perguntou ela.

— Zelí Shtyavy — respondeu o skret, parecendo estranhamente orgulhoso.

— Para onde Miro foi? — perguntou Marie.

— Quem é Miro? — disse o skret.

— O menino que estava na caverna vizinha.

Zuby olhou para a cela vazia.

— Ah, o príncipe! O príncipe foi para Yaroslav. Estão levando-o para casa.

Imogen largou a colher.

— Levando-o para casa? Sério?

— Sim, foi o que o Maudree Král disse. Comam seu Shtyavy.

— Não estou com fome.

— Não tem mais nada além disso — falou o skret, balançando uma das garras.

O relógio de estrelas

— Eles vão trocar Miro pela Sertze Hora? — perguntou Marie.

— Sim — confirmou Zuby. — O rei Drakomor recebe o menino dele. A montanha recebe seu coração. Deve dar para fazer uma música com essa história.

Imogen não sabia o que dizer. Miro amava muito o tio, mas ela não conseguia esquecer a cena dos guardas os perseguindo pelo castelo e a história de como Andel perdera o olho. O rei não machucaria o próprio sobrinho, certo? Ela desejava que Miro não tivesse sido levado sozinho.

— E a gente? — perguntou Marie. — A gente também vai poder ir para casa?

A expressão de Zuby murchou.

— Não sei. Sou apenas responsável pelos prisioneiros e pelas mariposas.

Marie colocou uma colherada de Shtyavy na boca e cuspiu em seguida.

— Eca! — exclamou ela, limpando a língua com o dorso da mão.

— Calma aí — disse Imogen. — Você é responsável pelos prisioneiros e pelo quê?

— Mariposas — afirmou Zuby.

— Que tipo de mariposas?

— Ah, todos os tipos. O Žal pegou as bichinhas de jeito. Às vezes eu lhes dou comida, me certifico de que tenham energia o suficiente para hibernar, proteger os ovos e coisas assim.

— Você tem alguma Mezi Můra? — perguntou Imogen.

Zuby chegou mais perto, segurando as barras com as garras.

— Eu tinha uma, sim... Elas são muito raras. Por que a pergunta, humaninha?

O coração de Imogen acelerou.

— Porque foi assim que viemos parar aqui. Seguindo uma mariposa por uma porta em uma árvore.

A mariposa das sombras

— Que estranho — comentou Zuby. — Não achei que a Mezi Můra deveria mostrar a Porta Oculta para humaninhos.

— Claro — retrucou Imogen. — Então você não acha estranho que uma mariposa tenha uma porta mágica, mas acha estranho que ela a tenha mostrado para a gente?

— Exatamente — confirmou o skret. — É impossível encontrar a Porta Oculta sem a mariposa prateada. E, mesmo que alguém encontrasse, não conseguiria abri-la. As Mezi Můras são chaves vivas.

Finalmente, estamos chegando a algum lugar!, pensou Imogen. Isso explicava por que elas não tinham conseguido voltar para o jardim. Elas precisavam da mariposa das sombras.

Ela decidiu experimentar o Shtyavy para demonstrar boa-vontade. Um bolinho pálido boiava na superfície. Ele encostou em seu nariz quando ela deu um gole. A sopa tinha cheiro de pum velho e gosto de legumes estragados, mas Imogen se forçou a engolir. Mas não conseguiu forçar um sorriso.

— Que... diferente — disse ela, tentando não fazer careta.

Marie parecia horrorizada.

— Que bom que gostou — falou o skret. — Foi feita com o meu melhor repolho fermentado.

Imogen tentou descobrir mais sobre a mariposa.

— As pessoas de Yaroslav dizem que as Mezi Můras são um mau agouro. Você também acha isso?

— Que bobagem — respondeu Zuby. — As Mezi Můras são leais aos skrets, mas isso não significa que sejam ruins para vocês, humanos. Elas são criaturas muito espertas. Sempre têm um plano... Eu só queria entender qual. Aquela mariposa deveria me ajudar a recuperar a Sertze Hora. Venho enviando uma espécie diferente de mariposa toda noite... Mas por que a Mezi Můra me trouxe dois filhotes de humanos?

O relógio de estrelas

— Talvez ela tenha achado que nós poderíamos ajudar — sugeriu Marie.

Zuby coçou a cabeça. Imogen odiava o barulho que suas garras faziam em seu couro cabeludo. *Coça-coça-coça.*

— De certo modo, vocês já ajudaram — comentou ele. — Vocês trouxeram o principezinho para nós, não foi? Ele subiu a montanha por causa de vocês?

— Sim, mas...

— Então, sem vocês, o Král não teria nada para trocar com o rei. — Zuby se afastou das barras. — As mariposas nos contaram que o rei Drakomor tinha a pedra, mas não sabíamos como pegá-la de volta. Não até vocês nos trazerem o principezinho.

— Miro é nosso amigo! — gritou Imogen, jogando a caneca no chão. A sopa se espalhou por todo a superfície da caverna. — Nós não o trouxemos aqui para ser usado pelos skrets!

— Talvez não tenham percebido na hora — retrucou Zuby, ainda se afastando —, mas foi o que fizeram.

Imogen puxou as barras.

— Nos deixe sair!

— Sinto muito — disse Zuby. — Sinto muito mesmo. Mas não posso.

CAPÍTULO 83

Em uma caverna diferente, Zuby entregou uma caneca de Zelí Shtyavy para outra prisioneira. Lofkinye bebeu educadamente — com grumos e tudo.

— Obrigada. Como estão as crianças?

— Os humaninhos estão bem — respondeu o skret, baixando os olhos para os pés cheios de garras. — Apesar de as meninas estarem meio irritadas e não quererem comer o Shtyavy.

— Aposto que o menino também não vai querer — comentou Lofkinye, abrindo um sorriso compreensivo para Zuby.

— O menino foi embora.

— O quê?

— O rei Drakomor recebe o menino dele. A montanha recebe seu coração.

Zuby não precisava dizer mais nada. Lofkinye entendia. Ela também entendia que aquela era a chance dela. Podia vê-la reluzindo na escuridão... a possibilidade de escapar.

Zuby virou de costas para sair.

— Espera — disse Lofkinye. — Tem uma coisa que você não sabe.

— Tem muitas coisas que eu não sei — afirmou o skret, e começou a se afastar. Ele emitiu um estalo que ela supôs que fosse uma risada.

O relógio de estrelas

— Não, tem uma coisa que você não sabe sobre o principezinho. O rei não vai aceitá-lo como troca. Vocês não vão conseguir a Sertze Hora.

Zuby olhou por cima do ombro. Seus olhos bulbosos emitiram um brilho esverdeado na luz fraca.

— Do que você está falando?

— É uma historinha bem curta — disse ela.

— História? — perguntou o skret. — Que tipo de história?

Ela gesticulou para que ele se aproximasse.

— Uma história verdadeira.

Então Lofkinye contou a Zuby sobre sua fuga do castelo, com as crianças a tiracolo. Ela lhe contou como eles foram perseguidos por Guardas Reais — os próprios homens do rei — e como só escaparam com vida graças aos velecours.

Zuby arquejou.

— O príncipe foi perseguido pelos homens do próprio tio? E eles queriam machucá-lo?

— Sim — afirmou Lofkinye.

— Porque ele estava com você?

— Não. Não foi por minha causa. Eles disseram que o rei queria ver o príncipe. Estavam atrás do menino, mas percebi que queriam lhe fazer mal. Percebi que estavam mal-intencionados.

— Mas por quê?

Lofkinye confessou que não sabia.

— Foi tudo muito estranho — disse ela. — Eu suspeito que o principezinho não seja tão adorado quanto vocês possam imaginar.

Zuby balançou a cabeça careca.

— Você acha que o rei não o quer de volta?

— Estou convicta de que o rei o quer morto.

— Então ele não vai trocar o príncipe pela Sertze Hora?

— Não.

A mariposa das sombras

— E o príncipe não será nenhuma garantia de segurança para o Maudree Král.

Lofkinye deu de ombros.

— Se quer minha opinião, o convite do Král para o casamento tem todo jeito de uma armadilha real.

Zuby bateu na testa.

— Nós fomos uns tolos! — exclamou ele. — Convites que são ameaças de morte. Desejo de fazer mal às próprias crianças. Vocês, humanos, são ainda mais estranhos do que imaginei. O Král pode estar correndo um perigo terrível! O príncipe também!

Lofkinye o observou pelo canto do olho.

— O que você vai fazer? — perguntou ela.

— Não sei! — O carcereiro andava de um lado para o outro na frente da cela. — Eu não sei o que fazer!

— Eu sei — disse Lofkinye. — Eu sei *exatamente* o que fazer.

PARTE 4

CAPÍTULO 84

Imogen, Marie e Lofkinye estavam sobre um lago congelado no cume da Montanha Klenot. O lago era cercado por rochas irregulares. Elas estavam acima dos pássaros. Se houvesse nuvens, também estariam acima delas. Yaroslav não passava de uma mancha escura no fundo do vale.

— A cidade não parece grande coisa olhando daqui — disse Lofkinye, protegendo os olhos.

— Parece a sombra do sol — comentou Imogen.

— Parece o ralo de uma grande banheira — completou Marie, baixando o nível.

Zuby apareceu no espaço entre duas rochas. Ele puxava uma corda com toda a sua força. Lofkinye e as meninas foram ajudar. Juntos, eles arrastaram um barco para cima do gelo.

— É assim que o Král viaja para Yaroslav — disse Zuby quando recuperou o fôlego. — Normalmente não é permitido, mas já estou encrencado por soltar vocês e não há tempo para nenhuma outra solução.

A única diferença que Imogen notava entre aquele barco e um barco a remo normal era que o dos skrets tinha lâminas longas e afiadas no casco.

— Nada supera um vodní-bruslash para descer uma encosta em alta velocidade — comentou Zuby. — Nem mesmo seus cavalos městos. Isso aqui voa no gelo *e* na água.

O relógio de estrelas

— Mas como é que o Král sobe a montanha de volta? — perguntou Marie.

— Fácil. Nós o carregamos no vodní-bruslash.

— Isso não me parece nada fácil — comentou Lofkinye, inspecionando o barco. — Parece ser bem pesado.

— Bem, é fácil para o Král — respondeu Zuby.

Zuby tinha guardado os casacos de pele das humanas dentro do barco. As meninas os vestiram, abotoando-os até o queixo. Ele também levara uma capa com capuz para si, a fim de proteger a pele do sol.

— Então — disse o skret, olhando para Lofkinye —, conte-me seu plano.

— É fácil — falou ela, abrindo um sorriso. — Nós resgatamos o príncipe. Você resgata o Král. Nós recuperamos a Sertze Hora, e todo mundo vive feliz para sempre.

— Feliz para sempre — repetiu o skret. — Parece bom.

Eles posicionaram o barco deslizante perto da beirada do lago. No meio de duas rochas gigantes, o gelo se transformara em um riacho congelado que descia a montanha como uma pista de corrida. Ao longo de aproximadamente cem metros, a superfície era inclinada em um ângulo de revirar o estômago: reto e veloz. Depois disso, ela se desviava para a direita e desaparecia atrás de um monte liso de neve perfeita.

Imogen encarou o riacho congelado. Nunca fora boa com altura ou velocidade. Ela mexeu os dedos dos pés para se impedir de ficar tonta, um truque que aprendera com a mãe.

Lofkinye pulou para dentro da parte dianteira do barco, e Zuby ajudou as meninas a se acomodar atrás dela.

— Há remos amarrados aos seus pés — explicou ele. — Vocês vão precisar deles no rio. E tem a rédea.

Ele apontou para uma tira de couro presa no barco ao lado de Lofkinye.

— Isso serve para guiar o barco? — perguntou ela.

340

A mariposa das sombras

Zuby soltou sua risadinha estalada.

— Guiar? É impossível guiar um vodní-bruslash. Não, é para se segurar!

A expressão de Lofkinye mal se alterou, mas Imogen notou que ela estava com medo. A caçadora passou a ponta da rédea para trás de modo que Imogen e Marie também pudessem se segurar.

— Agora — disse Zuby —, todos prontos?

Lofkinye assentiu de leve. Imogen não conseguiu se forçar a falar.

— Estamos prontas! — exclamou Marie, sorrindo com uma confiança que Imogen nunca vira nela antes.

— Muito bem! — respondeu o skret, dando um empurrão do barco antes de pular na traseira.

Eles eram pesados. O empurrão não os levou muito longe. A frente do barco pairou sobre a borda do lago. Por um momento, eles ficaram perfeitamente equilibrados, e Imogen não conseguiu olhar. Eles realmente fariam aquilo. Realmente despencariam dali.

Quando ela pegou a mão de Marie, o barco se inclinou para a frente. Todo mundo gritou. O barco mergulhou, batendo com força no rio congelado.

Conforme as lâminas cortavam o gelo, os tripulantes começaram a ganhar velocidade. Viraram na primeira curva. Imogen segurou a rédea com toda sua força. Montes lisos de neve reluzente se erguiam de ambos os lados, mantendo o barco na rota, forçando-o pela pista estreita abaixo.

Na curva seguinte, todos os passageiros deslizaram para a esquerda. O barco acelerou ainda mais, e os arredores se tornaram um borrão. Marie deu um gritinho, mas sorria. Encontrara sua coragem, ou perdera seu medo. Imogen desejava poder fazer o mesmo. Ela sentia como se sua cabeça estivesse sendo puxada para longe do corpo, e não gostava nem um pouco da sensação.

341

A mariposa das sombras

Imogen afundou no assento até quase ficar deitada e tentou fazer a irmã imitá-la, mas Marie a afastou. Queria ficar sentada. Queria ver aonde estavam indo.

O barco continuou avançando loucamente, quicando sobre o que deve ter sido um rio de águas agitadas antes de virar um bloco de gelo. Os dentes de Imogen batiam. Ela fechou os olhos. Aquilo não era real. Era um brinquedo de parque de diversões, como aquele no qual ela fora com a mãe no verão passado. Sua mãe tinha prometido que nada de ruim iria acontecer... Ninguém estava prometendo isso agora.

Imogen espiou por cima da borda do barco deslizante bem a tempo de ver a mancha de neve branca se tornar marrom. O barco colidiu contra um amontoado rochoso, fazendo a cabeça da menina bater na lateral.

Ali estava a floresta. Estava chegando mais perto. Zunindo na direção deles mais rápido do que qualquer coisa zuniria. De repente, Imogen sentiu o bumbum se erguer do assento. Ela caía em câmera lenta, com o barco logo abaixo. Ele aterrissou no rio com um barulho alto de água.

De volta à velocidade acelerada. Água espirrou dentro do barco. Imogen quase foi atirada para fora, mas Marie ainda segurava sua mão, e ela se arrastou de volta para o assento.

— Obrigada — arquejou ela, secando o rosto.

Imogen olhou ao redor. Eles não estavam mais deslizando pelo rio congelado. Em vez disso, boiavam por um rio nada congelado. Ele os carregava pelo meio da floresta em um ritmo que seria bem assustador, mas, em comparação à pista de gelo, era um alívio.

Eles mal precisavam dos remos — a água fazia todo o trabalho pesado —, e Zuby só os usava para corrigir a rota quando chegavam muito perto das margens.

— Estão todos bem? — perguntou o skret em sua voz rouca.

— Sim! — respondeu Marie. — Todas prontas para os resgates.

— É assim que eu gosto.

CAPÍTULO 85

Miro não viu como viajou pela Montanha Klenot abaixo, mas sentiu tudo muito bem. Ele foi enfiado em um saco e carregado até que a luz do dia começasse a se infiltrar pelo tecido.

Os skrets o jogaram dentro de alguma coisa com uma superfície úmida, alguma coisa que pegou velocidade depressa e em uma direção que ele só poderia descrever como *montanha abaixo*.

O começo da viagem foi violento. Miro foi atirado para todos os lados como se fosse um monte de uvas sendo transformadas em vinho. Quando tudo terminou, até seus hematomas tinham hematomas. Gritar não ajudou. Contorcer-se só desperdiçava energia, então ele adotou uma posição fetal e rezou para acabar logo.

Os skrets gritavam em suas vozes de sibilos crepitantes, mas Miro não conseguia distinguir as palavras.

Houve um grande barulho de água, e ele aterrissou com um baque. Depois disso, ele parou de ser jogado para todos os lados. Os movimentos bruscos foram substituídos por um balanço.

Miro se sentou. O menino notou um pequeno rasgo na trama do saco e o cutucou até conseguir espiar através dele.

Estava em algum tipo de barco. Isso era óbvio. Árvores oscilavam para cima e para baixo. Ele flutuava no rio através da Floresta Kolsaney, e sabia aonde aquele rio levava: sua casa!

A mariposa das sombras

Naquele momento, Miro não se importava com o fato de ser um prisioneiro. Não se importava com o fato de que seria trocado por uma pedra que nem existia. Sequer se importava com o fato de que seu tio se casaria. Espera só até ele contar a Drakomor o que os skrets haviam feito, como o trancaram feito um ladrãozinho barato. Seu tio não deixaria aquilo passar. Seu tio chutaria todos eles para longe.

Miro ensaiou o reencontro na cabeça. Ele correria para o tio e a mãe postiça, e ambos se abaixariam para abraçá-lo. Estiveram mortos de preocupação. Estiveram procurando por ele e o amavam muito. O coração de Miro disparou.

Ele pediria desculpas por trancar um guarda nos Fossos Hladomorna e por fugir. Explicaria que Imogen não teve a intenção de roubar as alianças e tinha certeza de que seu tio entenderia, assim que a conhecesse um pouco melhor...

Ele diria ao tio que Imogen e Marie eram suas amigas, suas amigas de verdade, não apenas porque ele era o príncipe. Contaria que elas estavam presas no topo da Montanha Klenot, e seu tio mandaria os Guardas Reais resgatá-las e, no dia seguinte, eles acenderiam uma grande fogueira e dançariam ao seu redor e comeriam todas as sobras do banquete do casamento.

Miro olhou pelo buraco no saco. As árvores haviam se transformado em campos. A sombra dos muros da cidade recaiu sobre ele, e os sinos da catedral começaram a tocar. Não era o som de uma única nota repetida, como as badaladas do amanhecer e entardecer. Os sinos da catedral emitiam uma melodia alegre, como se para dizer *o príncipe está voltando para casa, o príncipe está voltando para casa!*

As casas à margem do rio ficaram maiores e mais elegantes. Miro reconhecia todas elas. Conhecia suas fachadas pintadas e os nomes das famílias de seus moradores tão bem quanto as próprias botas. Ele se perguntou quantas dessas famílias compareceriam ao casamento.

A mariposa das sombras

As casas pararam de se mover, e Miro foi erguido do barco. Ele foi sacudido para fora do saco com a mesma falta de cerimônia com que fora enfiado lá dentro. Ergueu o olhar para seus captores, ajoelhado.

Eles não se pareciam em nada com skrets. Vestiam capas com capuzes que cobriam suas carecas. Usavam máscaras também. Não havia dúvida de que eram feitas para ajudá-los a se misturar, mas não funcionava. As máscaras eram paródias de rostos humanos, com sorrisos finos que escondiam dentes afiados e fendas alongadas que protegiam os olhos bulbosos.

— O que vocês estão fazendo? — perguntou Miro. — Por que estão vestidos assim?

Os monstros mascarados se olharam, verificando a aparência um do outro.

— É proteção — sibilou um skret.

— Estão com medo de assustarem as pessoas se elas virem vocês do jeito que são? — disse Miro.

— O sol queima a nossa pele. Não é natural estar ao ar livre a essa hora.

Um dos skrets jogou uma máscara e uma capa para Miro. Ele as pegou e se levantou.

— Eu não preciso disso.

— Só veste logo — sibilou o Maudree Král.

Era difícil ver pelas fendas que formavam os olhos da máscara, e a madeira irritava a pele de Miro, mas não importava. Em breve tudo aquilo estaria terminado.

Os skrets andaram em fila única, com Miro no meio. Estavam se aproximando do Castelo Yaroslav. Atrás de sua máscara, Miro era um poço de empolgação e nervosismo.

A cidade estava agitada, e as pessoas pareciam repletas de um espírito de celebração. Havia bandeiras penduradas em janelas e sobre ruas estreitas. O povo de Yaroslav não fazia aquilo desde a coroação de Drakomor.

Uma criança pequena brincava com um gatinho, tagarelando em uma linguagem que só ela entendia. Um grupo de mulheres vestidas com suas melhores roupas andava de mãos dadas, rindo. Todas silenciaram quando as criaturas mascaradas passaram por perto. Algumas pessoas faziam o sinal da cruz sobre o peito. Outras corriam para dentro de casa. O gatinho ficou com os pelos eriçados e rosnou.

Os skrets não reagiram a essa recepção pouco calorosa. Estavam focados apenas em uma coisa: chegar ao castelo.

Miro sentia os olhares das pessoas e se perguntava se elas notavam que seus pés, aparecendo por debaixo da capa, estavam cobertos por botas e não garras. Queria tirar a máscara, mas não ousava desobedecer a seus captores. Ainda não. Não até que ele visse seu tio.

Quando chegaram à praça principal da cidade, Miro pensou que se dissolveria de tanto nervosismo. O Castelo Yaroslav assomava, mais orgulhoso do que nunca. Ao lado do castelo, as portas da catedral estavam abertas e os convidados do casamento estavam chegando.

No meio da praça, olhando a cidade de cima com olhos vermelhos como rubis, havia um enorme dragão. Miro encarou, maravilhado. Nunca vira nada do tipo. E ali, em cima do dragão como se montassem a fera, estavam o tio e a mãe postiça de Miro.

CAPÍTULO 86

Anneshka estava nas costas do dragão mecânico, com Drakomor ao seu lado. Ela acenava graciosamente para os convidados deslumbrados, deleitando-se com suas reações. Um velho aristocrata ficou tão assustado que sua peruca quase caiu. A própria mãe de Anneshka arfou e se segurou ao marido como se estivesse frente a frente com um dragão de verdade. Anneshka se perguntou se a mãe desaprovava aquilo, mas decidiu que não se importava muito com a opinião dela.

Ochi, a bruxa que lera as estrelas para Anneshka, chegou sozinha. Ela foi convidada para que não jogasse uma maldição no casamento. Fez uma reverência antes de seguir os outros convidados para dentro da catedral.

— Só queria que Miro pudesse estar aqui — disse Drakomor. — Ele adoraria receber todas essas pessoas.

— Tenho certeza de que ele acharia muito chato — respondeu Anneshka. — Crianças odeiam celebrações de adultos.

Ela enlaçou os braços com o do rei, torcendo para que a aparência dos dois estivesse à altura da ocasião. Drakomor usava uma túnica creme salpicada de diamantes. Anneshka trajava um vestido branco de seda, com um véu delicado sobre o rosto.

Blazen Bilbetz foi um dos últimos a chegar. Parecia bêbado, como sempre, e estava acompanhado animado de seu bando de caçadores.

O relógio de estrelas

— Como eu odeio aquele homem — murmurou Anneshka, sorrindo para ele de cima.

Os últimos retardatários passaram apressados pelo dragão, seus pedidos de desculpas abafados pelos sinos da catedral.

— Todos os nossos convidados humanos já chegaram — disse a noiva, dando um apertozinho empolgado no braço do rei.

— Espero que isso funcione — respondeu Drakomor, gesticulando para a alavanca no topo da coluna do dragão. Eles só precisariam puxá-la para ativar a arma.

— Vai funcionar perfeitamente — assegurou Anneshka. — Assim como o lesni caolho disse.

Um grupo de figuras encapuzadas entrou na praça. Anneshka acreditava que eram uns vinte, não muito maiores do que crianças, com os rostos escondidos atrás de máscaras. Os sinos da catedral silenciaram.

— Então eles vieram mesmo. — murmurou o rei.

Conforme os skret se aproximavam, Anneshka percebeu que um deles caminhava em um ritmo diferente dos outros. Eles pararam bem na frente do dragão. *A posição perfeita*, ela pensou.

O grupo de figuras encapuzadas se curvou em um reverência. Estava na hora da cerimônia começar.

— Aquele skret no meio não está se curvando — comentou Anneshka.

— É mesmo — disse o rei. — Que estranho.

— É uma honra termos sido convidados para seu casamento — falou um skret perto da frente do grupo.

Fazia anos que Anneshka não ouvia uma voz daquelas. O som fez seus dedos dos pés se contraírem.

— É uma honra que tenham aceitado nosso convite — respondeu o rei.

350

A mariposa das sombras

Seria sua imaginação ou aquele skret, o que não se curvara, estava resistindo aos outros? A cena a deixou inquieta. Não fazia parte do plano.

— Posso? — sussurrou ela, impaciente.

Suas anáguas farfalharam enquanto ela se aproximava da alavanca que traria o dragão à vida.

O skret que não se curvou gritou alguma coisa. Ele deu uma cotovelada no peito do skret vizinho e se libertou do grupo.

— O que está acontecendo lá embaixo? — perguntou Drakomor.

Alguns dos skrets pareciam prontos para atacar, mas o rebelde foi mais rápido. Ele tirou a máscara e o capuz, revelando um rosto humano sujo.

— No três — disse Anneshka.

— É Miroslav! — exclamou o rei ao mesmo tempo que os skrets avançavam sobre o menino.

— Não pode ser! — Anneshka ergueu o véu para olhar melhor.

— É, sim! — exclamou Drakomor. — O que ele está fazendo aqui? Achei que tivesse sido levado para além das montanhas!

Anneshka colocou uma das mãos na alavanca, e uma rajada de vento inflou seu vestido.

— É a nossa chance — disse ela.

Drakomor a encarou, horrorizado.

— Você não pode fazer isso! Miroslav está lá embaixo!

Anneshka o encarou de volta, feroz.

— Não me diga o que eu posso ou não posso fazer.

Ela forçou a alavanca para baixo. Drakomor segurou o braço dela, mas era tarde demais. A alavanca puxou uma polia, que balançou um peso, que girou uma engrenagem, que fez mais engrenagens girarem ao longo da coluna do dragão.

— O que você fez? — exclamou o rei. Alguma coisa roncou no centro da barriga do dragão. — O que foi que você fez?!

CAPÍTULO 87

— Shiu — disse Anneshka enquanto o dragão rangia abaixo. — Eu transformei você em um herói.

— Mas o menino!

— Controle-se, Drakomor. Não é como se ele fosse seu filho.

O estrondo na barriga do dragão avançou pelo seu pescoço, então — em um esplendor laranja —, uma bola de fogo gigante explodiu da boca da fera e voou pela praça.

Os skrets dispersaram. Alguns foram atingidos, mas o príncipe continuou de pé. Anneshka soltou um gritinho de alegria. Outro ronco começou a soar abaixo de seus pés.

Drakomor tentava empurrar a alavanca de volta para cima a fim de fazer o dragão parar, mas ela não cedia.

Para um rei, ele é realmente patético, pensou Anneshka.

Outra bola de fogo foi expelida pelas mandíbulas do dragão, e a estrutura toda deu um giro, fazendo Anneshka perder o equilíbrio. A cauda do monstro estraçalhou casas pelo caminho. As pessoas correram para fora da catedral, gritando feito animais assustados.

Agora a fera encarava o castelo.

— Isso deveria acontecer? — perguntou Anneshka, levantando-se com esforço.

— Claro que não — disse Drakomor. — Ele vai queimar o meu castelo!

A mariposa das sombras

— Aquele relojoeiro desprezível construiu esse negócio errado!

— Precisamos fazer isso parar! — gritou o rei.

Novamente, ele tentou soltar a alavanca, mas ela não se movia, e as mandíbulas da fera expeliam fogo como se fosse um vulcão soltando lava. No chão, as pessoas gritavam.

— Vou matá-lo! Vou matar aquele trapaceiro caolho!

Anneshka arrancou o véu do cabelo. Ela o mataria com as próprias mãos, se precisasse. Lançou um olhar semicerrado para as figuras que corriam pela praça, mas não foi possível encontrar Andel.

— Vou descer — afirmou Drakomor. — Preciso encontrar meu sobrinho.

— Mas esse deveria ser nosso momento! — esgoelou Anneshka. — O momento em que todo mundo nos vê salvar Yaroslav dos skrets!

Drakomor começou a descer a escada pendurada na lateral do dragão.

— Anneshka! — exclamou ele. — Me siga! Não é seguro aí em cima!

Anneshka berrava e xingava em uma linguagem nada digna de uma dama.

— Minha querida, venha logo! — chamou o rei.

— Esse não é o meu destino! — gritou Anneshka, rasgando o vestido de noiva. — Não é assim que a história termina!

Subitamente, ela sentiu o calor do dragão pela sola dos pés. Isso a despertou do acesso de raiva. A fera estava derretendo de dentro para fora. Ela correu para a escada e se apressou a descer. Seu vestido esvoaçava. Anneshka estava quase no fim da escada quando o metal entre as escamas do dragão assumiu um tom rosado fluorescente. O calor queimou suas mãos, e ela largou o degrau, aterrissando com força no chão.

Quando ergueu os olhos, viu os skrets avançando para o castelo. O fogo do dragão dominara a Ala Oeste. Para piorar, Drakomor disparava atrás dos monstros.

— Parem esses skrets! — berrou ele. — Eles estão com Miroslav! Eles estão com o meu menino!

CAPÍTULO 88

Miro sabia que não adiantava tentar lutar contra os skrets. Aprendera por experiência. Então, deixou que o arrastassem em direção ao castelo. Alguns deles estavam gravemente queimados, mas seguiam mancando, sem reclamar.

Os convidados do casamento gritavam por seus amados. Os skrets passaram por todos eles e entraram pela porta principal. Estava escancarada. Qualquer que tenha sido o Guarda Real que fora posicionado ali para o casamento já correra para longe.

— Aonde vocês estão me levando? — exigiu Miro.

— Para a torre mais alta — sibilou o Maudree Král, jogando a máscara longe. — Para o coração da montanha.

— Pela última vez... — começou Miro, mas o Král cobriu sua boca.

Os skrets ficaram em silêncio, tiraram as máscaras e olharam para o teto.

— Você consegue sentir isso? — quis saber o Král.

Miro não sentiu nada, mas os skrets colocaram as mãos cheias de garras no peito.

— É a Sertze Hora. Está aqui. Bem como as mariposas falaram.

— O que a gente faz com o filhote de humano? — perguntou o skret com espinhos nas costas, aquele que chamavam de Shpitza. — Se não vamos trocá-lo, é melhor o cortarmos e fatiarmos logo.

A mariposa das sombras

— Não — respondeu o Maudree Král. — Vamos ficar com ele. Pelo menos até estarmos com o coração. Podemos precisar de um refém.

Dois habitantes da cidade passaram apressados pelos skrets, mal parando para encará-los. Tinham os braços repletos de tesouros da coleção do rei. Miro queria detê-los, fazer com que devolvessem tudo, mas não estava em posição para tal. Os skrets o agarraram pela gola e adentraram o castelo.

Quanto mais perto eles chegavam da Ala Oeste, mais fracos os sons do fogo se tornavam. Os skrets pegaram tochas nas paredes para iluminar o caminho.

Quando passavam pelo salão do banquete, eles ouviram um barulho que fez com que corressem. Era um som que pertencia às florestas e montanhas: o rugido de um urso.

CAPÍTULO 89

Quando Imogen, Marie, Lofkinye e Zuby finalmente chegaram à praça, nuvens de fumaça abafavam o sol e a Ala Oeste do Castelo Yaroslav queimava como se feita de galhos secos. Os recém-chegados ficaram parados, boquiabertos, protegendo os olhos do fulgor.

A catedral também pegava fogo. Imogen viu o brilho quente através dos vitrais, tingindo o rosto dos santos de um vermelho demoníaco.

— Que droga aconteceu aqui? — perguntou Lofkinye.

— Você estava certa — disse Zuby. — Era *mesmo* uma armadilha.

Ele apontou com a cabeça para um esqueleto de metal desmoronado. Parecia pertencer a um dinossauro. Seu interior estava derretido, e havia centenas de escamas de cerâmica espalhadas pela praça como se uma cobra gigantesca houvesse trocado de pele.

— Mas para quem era a armadilha? — falou Lofkinye. — Certamente o rei não pretendia que isso tudo acontecesse...

Uma mulher vestida de noiva estava ajoelhada no meio da praça.

— Aquela deve ser Anneshka — sussurrou Marie —, a futura esposa do tio de Miro.

— Vou lá falar com ela — disse Imogen. — Esperem aqui.

Quando se aproximou, Imogen notou que a maquiagem da mulher estava muito borrada. Suas mãos e parte do rosto estavam queimados,

A mariposa das sombras

mas ela não parecia se importar. Ficava murmurando "Vou matá-lo, vou matá-lo", com os olhos violeta vidrados no fogo.

— Com licença — falou Imogen —, mas você pode me dizer o que aconteceu aqui?

A mulher se levantou e começou a caminhar para o castelo. Imogen segurou o vestido dela.

— Estou procurando o Príncipe Miroslav. Você o viu?

A mulher se virou e rosnou igual a um gato na cara de Imogen. A menina ficou tão chocada que paralisou. A mulher saiu andando, com o vestido de seda arrastando no chão.

— O que ela disse? — perguntou Marie, correndo até a irmã.

Imogen limpou o cuspe do rosto.

— Odeio dizer isso, mas Miro tinha razão. Não acho que a mãe postiça dele seja uma pessoa muito legal.

Ela observou a noiva marchar em direção ao castelo. As outras pessoas corriam para o lado oposto.

Uma senhora passou cambaleando com três tiaras na cabeça. Dois meninos arrastavam pelos dentes um gato selvagem empalhado.

— Olha! — exclamou Marie. — As pessoas estão roubando a coleção do rei! Ele vai ficar uma fera quando descobrir!

— Deixa o rei pra lá — disse Imogen. — Cadê o Miro?

As meninas olharam para o castelo. Houve um estrondo terrível quando o teto da Ala Oeste despencou.

— Tenho um pressentimento horrível de que ele está em algum lugar ali dentro — falou Marie.

Imogen engoliu em seco.

— Ei, aquele não é...?

Um homem gigante passava com um emaranhado de correntes de ouro ao redor do pescoço e diamantes do tamanho de pêssegos nas

O relógio de estrelas

mãos. Suor escorria pelo seu rosto e entrava em sua barba.

— Blazen! — gritou Imogen. O caçador olhou por cima do ombro.

— Blazen Bilbetz! Aqui!

Ele pareceu envergonhado. Fora pego no flagra e sabia disso.

— Eu não devo satisfação a vocês... — começou o caçador.

— Você viu Miro? — perguntou Marie.

— Agora que você falou, vi, sim. Eu o vi há uns cinco minutos, correndo para dentro do castelo com um monte de crianças encapuzadas.

— Quer dizer skrets?

— Poderiam ser skrets. Poderiam ser crianças.

— Blazen, um deles era o Maudree Král — explicou Imogen. — Miro parecia bem?

— Ele parecia preferir não estar entrando no castelo, se é que você me entende — responde o gigante com uma risadinha. — Mas acho que estava bem.

Alguma coisa nas profundezas do castelo explodiu, e as chamas foram lançadas mais para o alto. Imogen se encolheu. Blazen derrubou um diamante.

— Você precisa nos ajudar — falou Marie. — Precisamos resgatar Miro.

O gigante pareceu perplexo.

— Não tem nada que a gente possa fazer. É perigoso demais.

Quando ele se abaixou para pegar o diamante, alguém lhe deu um chute no traseiro.

— Ei! — exclamou ele, se virando para acertar o culpado. — Ah. É você.

Ele abaixo a mão.

— Sim, sou eu — confirmou Lofkinye. — Nós vamos entrar. — Ela apontou com a cabeça para o castelo. — Nós vamos resgatar o príncipe e a Sertze Hora... se conseguirmos.

358

A mariposa das sombras

— A Sertze Hora está *lá dentro*? — perguntou o homem.

— Sim. Você vem?

Blazen olhou para os diamantes.

— Com certeza, *Blazen, o Bravo* não perderia uma oportunidade dessas, né? — perguntou Lofkinye.

Blazen se contorceu como se tentasse sair da própria pele.

— Eu não sou mais tão jovem...

— Você nunca foi jovem. Não desde que eu conheço você. Ainda assim, nós precisamos de toda ajuda que pudermos... Não me obrigue a contar o que *realmente* aconteceu quando você estava perseguindo o Veado Real.

Blazen largou os diamantes.

— Tá bom — disse ele. — Estou dentro.

CAPÍTULO 90

Blazen e Lofkinye entraram no castelo pela cozinha.

— Eu mandei as meninas procurarem na Ala Sul — disse Lofkinye. — Deve estar mais seguro lá. Teremos que procurar no resto do castelo ou no que sobrou dele, antes que o fogo tome conta.

O dragão atingira mais a Ala Oeste, mas essa não era a única parte do castelo em chamas. Quando Blazen e Lofkinye se deparavam com fogo, buscavam outra rota. Quando a fumaça ficava excessiva, eles engatinhavam.

Em um dos cômodos menos esfumaçados, Blazen segurou o ombro de Lofkinye.

— Só um minuto — pediu ele. — Deixa eu recuperar o fôlego.

— Você não está sem fôlego.

— Você não contaria de verdade... — falou depressa o gigante.

Um estalo veio do cômodo do qual eles tinham acabado de sair. O fogo estava chegando perto.

— Não contaria o quê?

Os olhos de Lofkinye lacrimejavam por causa da fumaça. Ela secou as bochechas com o pulso.

— Que eu não matei o Veado Real. Que a história não passa de uma mentira. Que na verdade eu sou, você sabe...

— O quê, uma fraude? — concluiu Lofkinye.

A mariposa das sombras

Ouviu-se outro rugido, mas dessa vez não veio do fogo.

— Eu esqueci! — exclamou Blazen, parecendo genuinamente surpreso. — Eu me esqueci dela!

— De quem?

— Da ursa!

Blazen Bilbetz entrou no salão de banquete, seguido por Lofkinye. Estava um forno lá dentro. O fundo do cômodo estava tomado pelas chamas.

A mesa estava montada para o banquete do casamento, e Lofkinye nunca vira tanta comida. O ponto alto era a escultura de açúcar em tamanho real do casal feliz, mas ela não fora feita para suportar uma temperatura daquelas. O rosto da noiva escorria pelo pescoço, e o noivo tombara para o lado, se desgrudando da amada como se estivesse incerto sobre ela.

Lofkinye seguiu Blazen para além da escultura de açúcar, e ali, vestida em calças azul-marinho e um colete vermelho, havia uma ursa enorme.

O animal lutava para se soltar, mas a corrente ao redor do seu pescoço estava presa com um cadeado a uma argola no chão. Quanto mais ela puxava, mais a corrente apertava. Havia um corte profundo no seu focinho, e outros visíveis por baixo daquele colete ridículo.

A ursa rugia para o fogo, mostrando os dentes e o branco dos olhos. O fogo rugia de volta.

Blazen pegou um candelabro da mesa e começou a golpeá-lo contra o anel no chão. Mas o metal estava macio e cedia a cada pancada, até que em pouco tempo se tornou uma massa disforme na mão do gigante.

— Não temos muito tempo! — gritou Lofkinye.

O fogo estava a um braço de distância de Blazen, e o calor era intenso.

— Então me ajuda! — berrou ele de volta.

O caçador jogou o candelabro desfigurado para longe e pegou um atiçador de metal.

— Não adianta! — disse Lofkinye. — Se a ursa não conseguiu quebrar a corrente, você também não vai conseguir.

— Quer apostar?

Blazen marretava a tranca com o atiçador, os dentes cerrados e o rosto coberto de suor. Uma veia em sua testa parecia prestes a explodir.

— Isso é maluquice — murmurou Lofkinye, escrutinando o cômodo.

Imaginou que devia ter um machado ou alguma coisa afiada por perto, mas não teve sorte. Ela voltou a olhar para a ursa. O animal grunhia e batia as patas no chão.

— Ela está com medo — disse Blazen. — O fogo está muito perto.

Alguma coisa brilhou no pescoço da ursa, pendurada logo acima do colete. Se ao menos Lofkinye conseguisse chegar perto o bastante para ver direito. Ela se aproximou cautelosamente, sem fazer contato visual. Havia uma chave em meio a todo aquele pelo.

O animal fungou quando Lofkinye se inclinou para perto. Ela falou com o bicho na voz mais calma que conseguiu, então pegou a chave, arrebentando a tira de couro à qual estava presa.

— Blazen, rápido! Tenta isso!

O caçador enfiou a chave no cadeado. Quando ele se abriu, Lofkinye afastou a corrente pesada do pescoço do animal.

A ursa vestida de humana se libertou. Então atropelou a escultura de açúcar, arrancou a porta das dobradiças e foi embora a galope, sem nem mesmo olhar para trás.

CAPÍTULO 91

Imogen e Marie procuraram pelo príncipe na Ala Sul do castelo. O corredor das estátuas tinha virado um forno. Os cômodos dos criados também.

Elas foram até a escada onde haviam encontrado Miro da última vez que ele sumiu. Marie parou na porta do quarto dos pais do amigo, mas Imogen saiu entrando. Estava silencioso — pacífico, até —, como se o fato de o resto do castelo estar pegando fogo não afetasse esse cômodo.

— A gente não pode entrar aqui — sibilou Marie. — E olha, você deixou pegadas na poeira.

— É bem difícil que isso importe agora — respondeu Imogen.

Ela pegou o bichinho de pelúcia de Miro do chão.

— Eu ainda acho esse gato estranho.

— Não é um gato — corrigiu Marie. — É um leão, lembra?

Imogen se perguntou por que a irmã estava tão mal-humorada. Não era o quarto dos pais *dela* ou o bichinho de pelúcia *dela*.

— Para mim, parece um gato — disse ela, largando-o de volta na poeira. — Aonde será que a gente vai agora? Estou sem ideias.

Marie deu alguns passos hesitantes para dentro do quarto e pegou o brinquedo.

— Tem um lugar que a gente não olhou ainda — respondeu ela. —

Não fica na Ala Sul, mas aposto que Lofkinye ainda não foi lá. Apesar de que, na verdade, é bem óbvio...

Era a vez de Imogen ficar mal-humorada.

— É sempre óbvio quando você sabe.

Marie limpou a poeira do leãozinho de pelúcia e o guardou no bolso.

— Sem pressa — disse Imogen. — O castelo só está pegando fogo.

— A gente ainda não olhou na segunda torre mais alta.

O cômodo no topo da segunda torre mais alta não se parecia em nada com o das lembranças de Imogen.

As cortinas pesadas estavam fechadas, e um desenho detalhado de um lagarto fora deixado perto da lareira. Cada pedaço da superfície estava coberto de peças mecânicas, ferramentas estranhas e azulejos de cerâmica. O antigo relógio de Miro havia sumido. O cômodo parecia estranhamente vazio sem seu constante tique-taque.

Imogen abriu as cortinas. Uma fumaça espessa obscurecia a vista da praça. Ela tentou outra janela. A fumaça espiralava como dedos, chamando-a para fora. Ela correu para uma terceira janela e puxou as persianas. Dali, conseguiu ver a torre mais alta do castelo.

A princípio, ela só conseguiu distinguir a silhueta da torre, mas quando uma rajada de vento abriu uma clareira na fumaça, Imogen viu um rosto — um rosto de skret —, olhando por uma janela próxima ao topo da torre.

— Marie! — gritou ela, fazendo a irmã se aproximar correndo. — Tem um skret no topo da torre mais alta.

— Mas ninguém sobe lá...

— Eu juro que vi um skret!

— Tudo bem, eu acredito — respondeu Marie.

O castelo gemeu feito uma baleia atingida por um arpão, e Imogen pensou ter sentido o chão tremer.

A mariposa das sombras

— Precisamos ir — disse ela.

— Um minuto — falou Marie. — Estou pensando.

— Você pode pensar enquanto corre.

— Não. Estou pensando agora.

Imogen estava prestes a retrucar, mas se segurou. O rosto de Marie se iluminou.

— É claro! — exclamou a menina. — Eu sei como podemos resgatar Miro.

— Como?

— Do mesmo jeito que todos os cavaleiros fazem seus resgates: a cavalo, é claro!

CAPÍTULO 92

Anneshka encontrou Andel perto dos jardins do castelo. Ele apareceu correndo em uma curva, usando uma longa capa e agarrado a uma fronha que guardava alguma coisa que não era um travesseiro.

— Sua Alteza — arquejou ele, parando de repente.

— Aonde você pensa que está indo? — escarneceu a mulher.

O olhar do homem buscava uma rota de fuga.

— Você fez de propósito, não fez? Aquele dragão nunca foi feito para matar o Král.

— Você está queimada — balbuciou ele. — Me desculpe. Eu nunca tive a intenção de machucá-la. Eu só...

— Você só *o quê*? — rosnou Anneshka. — Você só queria destruir o dia mais importante da minha vida? — Ela se aproximou um passo. — Eu deveria ter imaginado que não se pode confiar em um lesni.

A expressão de Andel endureceu.

— Sim — confirmou ele. — Deveria.

Aquilo pegou Anneshka de surpresa.

— Então foi isso? Uma conspiração lesni?

— O dragão não tem nada a ver com mais ninguém... É *minha* conspiração, *minha* vingança.

Andel ergueu o queixo. Era imaginação dela ou aquele caolho idioto estava orgulhoso?

A mariposa das sombras

— Vingança pelo quê?

— O rei Drakomor roubou a Sertze Hora. Ele me forçou a deixar minha casa e me arrancou um olho quando eu me recusei a ser seu servo.

Andel embalava a fronha como se fosse um bebê. *Então*, pensou Anneshka, *ele está roubando o coração da montanha.*

Ela sorriu, sentindo a parte queimada de seus lábios racharem.

— Você está louco. Foram os skrets que expulsaram os lesnis.

— Os skrets se voltaram contra nós por causa do roubo do rei! — exclamou Andel.

Anneshka tirou uma tocha de um suporte na parede.

— Então a sua vingança é destruir o castelo do rei?

— Não. Minha vingança é destruir a casa do rei.

Anneshka avançou, agarrou o braço de Andel e encostou a tocha em sua capa. Ele se libertou e a empurrou, mas foi lento demais. Sua capa pegara fogo.

Ele largou a fronha e tentou afastar o tecido do pescoço. Anneshka pôde ver o pânico no rosto do lesni quando as chamas se alastraram em volta de suas pernas.

Ela pegou a fronha e correu o mais rápido que suas anáguas permitiram. Às suas costas, Andel gritava por ajuda, mas ela não desacelerou. Não olhou para trás. Ela disparou pelos jardins do castelo, ziguezagueando entre velecours escandalosos. Um quase colidiu com ela, mas desviou no último momento.

Os Guardas Reais deviam ter fugido, porque os portões do jardim estavam desprotegidos. Anneshka saiu despercebida. Ainda assim, não desacelerou. Não olhou para trás.

Ela se abaixou sob ossos de skrets pendurados feito bandeirolas. Apressou-se por ruelas e atravessou pontes adornadas por ossos. Passou correndo por ferrarias e cervejarias e casarões chiques. Correu até não conseguir mais.

O relógio de estrelas

Então olhou para trás. A vingança de Andel estava completa. Metade do castelo fora consumido pelas chamas, e era apenas uma questão de tempo até que elas se alastrassem para o resto da construção. As casas mais próximas também foram incendiadas. Se o rei Drakomor ainda estivesse no castelo, era improvável que saísse vivo.

Anneshka abraçou a fronha contra o peito e atravessou o menor portão de Yaroslav. Do outro lado do muro havia um pônei branco amarrado a um poste. Era quase como se tivesse sido posto ali para ela.

A mulher olhou por cima do ombro. Não havia ninguém por perto. Todos estavam ocupados demais encarando o fogo, boquiabertos.

Suas mãos queimadas latejaram enquanto ela desamarrava o pônei e segurava as rédeas. A criatura bufou, mas não resistiu, então Anneshka puxou o vestido para cima e subiu na sela.

O pônei a carregou para longe de Yaroslav e através de campos, até a margem da Floresta Kolsaney. Na primeira fileira de árvores, ela fez o animal parar.

Anneshka espiou dentro da fronha, esperando ver o brilho quente da Sertze Hora. Em vez disso, viu madeira. O mostrador de um relógio a encarou de baixo com cinco mãos imóveis e uma coleção de estrelas de pedras preciosas.

— Mas o que...? — Ela quase deixou a bolsa cair.

Mas, pensou, se Andel escolhera aquele único objeto entre todos os tesouros da coleção do rei... talvez valesse a pena ficar com ele.

Anneshka lançou um último olhar para Yaroslav. Fumaça preta se erguia do seu centro. Ela mal conseguia distinguir as torres mais altas do castelo aparecendo e desaparecendo em meio à neblina.

— Adeus, láska — sussurrou ela.

E, com isso, a mulher destinada a ser rainha cavalgou floresta adentro.

CAPÍTULO 93

Os skrets meio arrastaram, meio carregaram Miro pelos degraus que levavam à torre mais alta do castelo. Eles pararam na frente da porta do cômodo mais alto e o pressionaram contra a parede.

Miro vira o tio descendo do dragão. A fera parecia prestes a desabar. Ele torceu para que o tio tivesse conseguido. Fechou os olhos e sussurrou uma breve prece.

Quando abriu os olhos, o skret com espinhos nas costas estava ajoelhado na frente na porta, xingando. Ele tinha uma das garras dentro da fechadura, mas Miro sabia que ela não abriria. Seu tio insistira em que todas as fechaduras do castelo fossem à prova de skret.

— O que houve, Shpitza? — perguntou o Král.

— Não quer abrir.

— Sai da frente — disse outro skret.

Ele tentou a sorte. Houve uma pausa, um chiado. O skret golpeou a porta, frustrado.

— Eu falei — retrucou Shpitza.

— Vocês estão desperdiçando seu tempo — falou Miro. — A Sertze Hora não está aqui em cima.

— Não sairemos daqui enquanto essa porta não abrir — declarou o Král.

— Mas o fogo... — argumentou Miro. — Se ele pegar na base da torre, isso tudo vai queimar que nem um palito de fósforo.

Shpitza olhou pela janela.

— O humano tem razão — disse ele, olhando para o Král com preocupação.

— Não me importo se o fogo está se alastrando — cuspiu o Král. — Não me importo se todos nós queimarmos até a morte. Ninguém sai daqui até conseguirmos abrir essa porta.

Todos os monstros tentaram a sorte. Eles esmurraram, arranharam e atacaram a fechadura com suas garras. O Král ficava mais irado a cada fracasso.

Uma gota de suor escorreu pelo pescoço de Miro. Estava quente demais ali em cima, e ele sentia uma vibração estranha no peito. O fogo devia estar próximo. O skret que o segurava contra a parede também suava. Miro se perguntou o que os mataria primeiro: a fumaça, as chamas ou o desabamento da torre.

O último skret se ajoelhou em frente à porta. Ele arranhou a fechadura com as garras, mas elas eram grandes demais para caber no buraco da chave. Quando o skret se virou para o Král, parecia assustado. Miro não sabia que skrets eram capazes de sentir medo.

— Eu disse que ninguém sai — sibilou o Král.

— Eu abro — disse Miro.

O Král olhou para o menino.

— Vai invadir sua própria torre?

— Me solta que eu abro — prometeu Miro. — Eu vou arrombar a fechadura.

O skrets deram gritos de empolgação e escárnio.

— E onde você aprendeu a arrombar fechaduras? — perguntou o Král.

— Ir a lugares onde não se deve ir é um dos melhores jogos para se jogar sozinho... Vou precisar de dois alfinetes de roupa.

A mariposa das sombras

Miro foi solto e recebeu os alfinetes. Ele os entortou no formato correto e começou a trabalhar. Alguns minutos depois, a porta se abriu com um estalo. Um bafo ainda mais quente foi soprado para fora. Os skrets passaram empurrando, seguidos por Miro.

O cômodo no topo da torre mais alta era circular, assim como o quarto do príncipe. O único móvel ali era um pedestal coberto por um tecido. Uma fumaça espessa se acumulava contra as janelas, mas de onde vinha aquele calor? Não havia fogo ali dentro...

Miro sentiu uma levíssima vibração subir da ponta dos seus dedos até os braços e descer para o peito. Ela pulsava, reverberando ao redor da sua caixa torácica como um pássaro engaiolado.

Os skrets se reuniram perto do pedestal, emitindo estalos empolgados. O Král estendeu as garras com pontas de ouro e, como se em câmera lenta, puxou o tecido.

Miro soube na mesma hora o que estava olhando. A Sertze Hora se anunciou com um vermelho intenso e uma vibração que atingia em cheio o coração. Fios invisíveis pareciam puxá-lo, atraindo-o para mais perto daquela coisa que não existia, que não podia existir, para a qual ele olhava diretamente.

Cores espiralavam feito o vidro dentro de uma bola de gude sofisticada. Mas, ao contrário de uma bola de gude, essas cores se moviam. Era como se a pedra fosse repleta de explosões minúsculas — mundos em miniatura se construindo e reconstruindo. Era lindo.

Miro ergueu a mão para tocar a pedra, mas um skret avançou para cima dele.

— Ela não lhe pertence — disse Shpitza, apertando-o com as garras.

— Não lhe pertence também, skret — respondeu uma voz masculina.

O rei Drakomor estava na porta, com um escudo em uma das mãos e uma espada na outra. Ele parecia o herói de uma lenda antiga.

— Tio! — arquejou Miro, se contorcendo para se soltar.

O relógio de estrelas

— Não tente nos impedir — avisou o Maudree Král.

— Me dê o menino. Ele não pertence a vocês — ordenou o rei.

— Não pertence a você também — murmurou o Král. — Ele pertence ao homem que você condenou à morte.

O rei Drakomor desviou o olhar, e Miro viu que o lado esquerdo do rosto dele estava em carne viva. A queimadura se estendia pelo pescoço abaixo.

— Agora não — disse Drakomor. — Este não é o momento...

O Král estalou a língua e balançou a cabeça, se virando para Miro.

— Por que seu tio tem tanto medo da verdade? Talvez não queira que você saiba que foram as ações *dele* que causaram a morte dos seus pais. O roubo *dele*. A ganância *dele*.

As palavras do Král pareceram apunhalar o tio de Miro como facas. Ele se acovardou perto da porta.

— Meus pais morreram em um acidente de caça — afirmou Miro com a voz trêmula.

— Não — respondeu o Král. — Seus pais morreram porque seu tio nos traiu. Ele foi chamado às nossas cavernas como um convidado. Foi tratado com o mais completo respeito. E usou essa confiança para roubar nosso bem mais precioso. Ele causou a ruína da montanha!

— Miroslav! — exclamou o rei, mas os olhos de Miro estavam fixos no Král.

— Matar seus pais não foi minha escolha — continuou o Král. — Eu realmente preferiria... mas o coração de uma montanha pelo sangue de um irmão. — Ele encarou Drakomor. — Sua família precisou pagar.

— Saiam do meu castelo.

Miro mal reconheceu a voz do tio.

— Você só pode ter um — disse o Král. — O menino ou a pedra. Qual será?

A mariposa das sombras

Uma explosão em algum lugar abaixo expeliu faíscas, que passaram voando pelas janelas. O rei soltou a espada e estendeu a mão.

— Me dê o menino.

Outra explosão estremeceu a torre.

Alguma coisa atingiu a cabeça de Miro por trás. Uma dor lancinante. O mundo escureceu.

Quando Miro voltou a si, o pedestal estava vazio. Os skrets tinham sumido, e havia algo caído perto da porta: seu tio. Miro rastejou até Drakomor e tentou virá-lo para cima. Ele era muito pesado. Um peso morto.

— Acorda! — exclamou Miro, sacudindo o ombro do tio. Drakomor não se mexeu. — Eu prometo me comportar bem, nunca mais fugir, tratar bem a minha mãe postiça... Só acorda... por favor.

Miro jogou os braços do tio sobre um dos ombros e tentou erguê-lo.

— Precisamos sair daqui — soluçou ele, desabando no chão. — Precisamos sair!

A torre oscilou, e Miro uivou de medo.

Ele pegou o braço do tio de novo, mas dessa vez se enroscou sob seu peso. O cômodo começou a se encher de fumaça.

CAPÍTULO 94

Miro semicerrou os olhos. Imaginou escutar vozes familiares. Imaginou escutar Marie — bem ao longe —, como se ela estivesse falando com ele através de uma parede.

— Me desculpa — murmurou ele. — Me desculpa por não ter conseguido ajudar vocês a voltarem para casa.

A Marie de faz de conta gritou:

— A janela!

Miro abriu os olhos. Aquilo era algo estranho para uma voz imaginária dizer.

— Aqui! Corre!

O rosto de Marie estava na janela — rosado e emoldurado por uma juba flamejante de cabelo. Por um segundo de confusão, Miro pensou que a fumaça vinha dos seus cachos.

Como ela conseguia ficar ali, pairando no topo da torre mais alta? Será que estava morta? Será que Marie se transformara em anjo?

A menina gritou alguma coisa. Miro se levantou apressadamente e abriu as janelas.

Então entendeu. Ela estava voando em um velecour, puxando uma fita amarrada a seu bico. O pássaro batia violentamente as asas, mas Marie o guiava com a fita, mantendo-o perto da janela.

A mariposa das sombras

— É você mesmo! — arquejou Miro, sentindo a fumaça entrar em seus olhos e garganta.

— É claro — respondeu Marie. — Quem mais seria? Escuta, Miro, essa torre está prestes a desabar. Você precisa montar atrás de mim. Lofkinye disse que um velecour aguenta o nosso peso.

Miro olhou para o pássaro. Então olhou por cima do ombro.

— Não posso ir embora sem o meu tio.

Marie perdeu a animação.

— Ele está aí dentro?

— Sim, mas não está se mexendo.

— Está respirando?

— Não sei.

Marie contraiu os lábios.

— Tudo bem. Nós podemos resgatá-lo também, mas não vai ser fácil.

Ela puxou as rédeas de fita na outra direção, e o velecour se afastou da torre. Os dois viraram uma silhueta na fumaça, depois uma mancha, então desapareceram totalmente.

Miro sentiu como se tivesse esperado por horas. Mariposas voavam para cima e para baixo na fumaça, buscando maneiras de entrar na torre. Quando Marie voltou, estava ladeada por outras três silhuetas. Imogen, Lofkinye e Blazen estavam montados em um velecour cada um. O de Blazen era gigantesco — o maior que Miro já vira —, mas ainda parecia ter dificuldade para carregar o peso daquele grande homem.

— Eu trouxe reforço — exclamou Marie com um sorriso radiante.

Blazen guiou seu pássaro na direção da torre. O animal resistiu com toda a vontade, mas, com uma ajudinha de Lofkinye e mais um puxão nas rédeas, o caçador conseguiu alinhar o dorso do velecour com a janela aberta. Blazen entregou as rédeas de fitas para Lofkinye.

A mariposa das sombras

— Afaste-se — vociferou ele.

Miro obedeceu. Blazen rolou para dentro do cômodo no topo da torre mais alta e pegou Miro pela gola da camisa como se ele não pesasse mais do que um cachorrinho.

— Meu tio — exclamou Miro. — Não podemos ir sem o meu tio!

Blazen segurou o príncipe para fora da janela, com as pernas balançando no ar, então o soltou. Miro gritou, mas caiu apenas por mais ou menos um metro. Ele aterrissou nas costas do pássaro de Marie.

— Segura firme — falou ela. — Vamos sair daqui.

O velecour disparou para cima e para longe da torre. Miro olhou para trás. Blazen estava na janela com o corpo inerte do tio sobre os ombros. Mais fumaça se ergueu, obscurecendo a visão de Miro. A silhueta enevoada da torre oscilou para a direta, como um navio zarpando, então desabou totalmente. Miro mexeu a boca, mas nenhuma palavra saiu. Houve um barulho como o de um terremoto. A torre atingira o chão.

Marie deslizou as rédeas de fita para fora do bico do velecour, e de repente eles passaram a voar feito uma flecha: reto e rápido para longe do castelo.

CAPÍTULO 95

Uma lesni estava sentada na base de uma fonte. Vestia verde e usava o cabelo amarrado caprichosamente em dois coques. A fonte estava seca, e um grupo de crianças tinha se encarapitado por toda a estrutura, balançando as pernas com empolgação.

Também havia adultos. Eles mantinham distância, mas também escutavam. Um homem fumava um cachimbo, debruçado para fora de uma janela. Uma senhora esfregava a entrada da casa mesmo que já estivesse limpa. Dois jovens se demoravam por perto — não eram nem homens nem meninos, não sabiam ao certo se estavam convidados a se juntar ao grupo.

— Tenho uma história para vocês — disse a mulher na fonte, alisando as pregas da saia.

— É uma história verdadeira? — perguntou uma criança magrela.

— Uma história verdadeira? Ora, por que vocês iriam querer algo assim?

— Conta a verdade! Conta a verdade!

— Bem, isso não é um problema — disse a mulher. — Tem um pouco de verdade em todas as histórias.

E assim ela deu início à fábula. Começava com duas irmãs. Elas estavam muito longe de casa e eram pobres quando conheceram um príncipe e uma caçadora.

A mariposa das sombras

A plateia escutou de boca aberta enquanto as crianças escaparam em velecours. Comemoraram quando a caçadora usou a lábia para fugir da prisão dos skrets e quando o gigante libertou a ursa. Desprezaram a rainha má com seu dragão que soltava fogo e arfaram de surpresa ao descobrirem a traição do rei.

— O rei Drakomor roubou mesmo o coração da montanha? — perguntou uma menininha.

— Quem disse qualquer coisa sobre o rei Drakomor? — respondeu a mulher.

— Ele não é o rei da história?

— O que você acha?

— Acho que sim — disse a menina. — Acho que ele pegou a pedra, e foi por isso que os skrets ficaram com raiva. Foi por isso que eles nos expulsaram da floresta.

— E é por isso que ele não é mais rei! — gritou um dos jovens.

As crianças fizeram que sim com a cabeça, olhando para a narradora a fim de ver se ela concordava.

A mulher tirou uma moeda do bolso, jogou-a para o alto e a capturou no dorso da mão, cobrindo-a com a palma da outra.

— O rei Drakomor se foi — disse ela. — Seu castelo está em ruínas. Seu corpo também. Talvez ele tenha finalmente recebido o que merecia.

Ela descobriu a moeda, e as crianças se amontoaram para ver de que lado caíra.

— Coroa — exclamou a menina com a voz esganiçada. — É a coroa do rei!

— Cortem-lhe a cabeça! — gritou o jovem.

— Mas e se não tiver sido ele quem roubou? — perguntou um menino com um dente faltando.

— Então essa seria uma história realmente muito triste — respondeu a mulher. — Mas vou te contar um segredo... Na noite em que a

O relógio de estrelas

pedra sumiu, eu vi Drakomor fugindo da Montanha Klenot. Ele roubou a Sertze Hora. Disso você pode ter certeza.

A mulher deu a moeda ao menino. Ele a pegou e correu, desaparecendo por um beco incrivelmente estreito. As outras crianças começaram a dispersar também.

A mulher envolveu o xale ao redor dos ombros com mais força. Mesmo na cidade, o inverno estava começando a apertar.

Na beira da praça havia uma silhueta que não se afastara. Ele usava uma jaqueta de veludo e um gorro forrado por pelos. A parte inferior das suas pernas estava envolta em curativos, e, quando a mulher se aproximou, notou que ele só tinha um olho.

— Foi uma história e tanto — disse o homem. — Você deveria tomar cuidado. Fábulas incríveis como essa podem levar reinos à ruína.

A mulher hesitou.

— Nós nos conhecemos?

— Agora, sim. — Ele estendeu a mão. — Meu nome é Andel. E o seu?

— Lofkinye Lolo — respondeu ela.

CAPÍTULO 96

As notícias sobre a morte do rei Drakomor se espalharam depressa. Ele havia perecido, junto à sua preciosa coleção. Blazen Bilbetz tentava salvá-lo quando a torre cedeu com ambos ainda em seu interior.

Algumas pessoas ficaram satisfeitas com a morte de Drakomor, e outras ficaram tristes. Houve fogueiras, banquetes e leituras de preces. Jan, o chefe da Guarda Real, disse que, se o rei não tivesse morrido, ele o mataria de qualquer forma. Não se pode roubar o coração da montanha e esperar viver feliz para sempre. Simplesmente não é possível.

Todos concordaram que Blazen morrera como herói. Ah, as músicas que seriam cantadas! Ah, as histórias que seriam contadas! Até mesmo se falava sobre construir uma nova estátua do gigante.

A cozinheira-chefe disse que avistou a quase esposa do rei, aquela tal de Anneshka, cavalgando em direção ao pôr do sol como acontecem em lendas antigas. A cozinheira duvidava que a mulher tivesse sobrevivido à travessia das montanhas. Não nessa época do ano. Não naquele vestido.

Corriam boatos de que Anneshka matara Yeedarsh e Petr. Até mesmo havia relatos de que ela tentara assassinar o príncipe. Mas ela vinha de uma boa família e era tão bonita... Com certeza histórias desse tipo não podiam ser verdade, podiam?

O desaparecimento dos skrets foi menos controverso. Ninguém sentiu falta de seus ataques noturnos. Naquela primeira noite, quando par-

O relógio de estrelas

tes do castelo ainda queimavam e outras estavam em brasas vermelhas, os sinos de Yaroslav soaram ao anoitecer. As pessoas fecharam suas janelas e trancaram suas portas. Esperaram em silêncio, mas nenhum skret apareceu. Nem unzinho. E assim tem sido todas as noites desde então.

Os ossos de skret que decoravam todas as construções da cidade começaram a desaparecer. Eles foram retirados de padarias, igrejas e lojas. Foram retirados das esquinas das ruas. As pessoas não tinham mais interesse em repelir monstros.

Em pouco tempo, tudo o que sobrou para lembrar as boas pessoas de Yaroslav dos maus tempos que tinham vivido eram as ruínas do castelo. Torres viraram destroços. Tesouros viraram pó.

Uma das coisas mais estranhas encontradas entre as ruínas foram os corpos carbonizados de centenas de mariposas. Elas estavam por todo lado — atraídas pelas chamas ou pelo coração da montanha. De qualquer modo, os mêstos não ficaram tristes com um bando de insetos mortos.

Acreditava-se que as ruínas do castelo eram assombradas à noite. Alguns diziam que tinham visto o fantasma de Blazen, o Bravo. Outros alegaram ter avistado o espírito do rei. Ele se arrastava pela praça, batendo em portas e espiando por entre persianas. Ninguém sabia ao certo o que ele buscava. Será que procurava a amada ou o jovem príncipe? Será que procurava a Sertze Hora, mesmo depois de morrer?

— Mas nós sabemos — disse a cozinheira-chefe ao colocar os filhos para dormir — que fantasmas não existem, exceto os fantasmas da mente.

Os meninos puxaram as cobertas até os olhos.

— Como alguém fica com fantasmas na mente? — perguntou o mais novo.

— Licor de pera — respondeu a mãe, apagando a última vela. — É assim.

CAPÍTULO 97

Enquanto a vida em Yaroslav voltava ao normal, havia um menino para quem as coisas nunca mais seriam as mesmas.

Miro estava sozinho na casa na árvore de Lofkinye. Ela dissera que ele podia ficar pelo tempo que quisesse, e sua casa se estendia por quatro árvores, então havia espaço de sobra.

Já passava do meio-dia, mas o príncipe continuava enroscado na cama. Sentia-se exausto desde o incêndio. Era como se o choque da morte do tio e a verdade sobre a Sertze Hora lhe tivessem causado um baque físico. Suas pernas pareciam pesadas. Seus braços, fracos. Ele ainda estava aprendendo a lidar com a verdade.

Assim que Miro acordava, sua mente parecia vazia. Ele ficava deitado com os olhos fechados até lembrar que a Sertze Hora era verdadeira. Então lembrava que o tio a roubara. Seu tio mentira. Seu tio era o verdadeiro motivo pelo qual seus pais estavam mortos. Era a mesma coisa todos os dias. Ele não estava apenas de luto por Drakomor. Estava novamente de luto por seus pais.

O menino abraçava os joelhos com força e deixava que a tristeza o consumisse.

Mas então se lembrava de outras coisas. Lembrava que seu tio fora resgatá-lo. Seu tio o amara. Seu tio o amara mais do que a pedra mais preciosa do reino. Era aí que a cura de verdade começava.

O relógio de estrelas

Miro se sentou, batendo a cabeça em um galho acima da cama.

— Ai! — exclamou ele, esfregando a pele dolorida.

Havia galhos por toda a casa de Lofkinye. Alguns eram usados como cabideiros. Outros eram vigas que sustentavam o teto. Outros, como aquele sobre a cama, eram apenas acidentes esperando para acontecer.

Ele girou as pernas para fora do colchão e foi recebido pelo frio, que se enroscou em suas canelas expostas. Não havia nenhum criado para acender lareiras ali.

O príncipe olhou o quarto ao seu redor. A maioria dos objetos não lhe eram familiares, apenas fragmentos da vida de Lofkinye, mas havia um objeto que ele conhecia bem. Um leão de brinquedo com olhos de botões estava sentado em uma cadeira de balanço no canto do quarto. Miro era muito velho para brinquedos, mas mesmo assim o leão parecia sorrir para ele. O menino deu um sorrisinho de volta.

Algumas semanas trás, se alguém tivesse dito a Miro que ele ficaria sem casa, ele riria. Agora não apenas ele estava sem casa como dependia das mesmas pessoas que costumava desprezar. Os lesnis mentirosos. Era como ele os chamava antigamente. A lembrança fez seu rosto arder de vergonha.

Havia vozes na floresta abaixo. O príncipe foi para a varanda e baixou uma escada para o chão.

Marie foi a primeira a subir. Ela colocou a língua para fora, que estava manchada de rosa. Imogen subiu em seguida.

— Olha o que encontramos — disse ela, ajoelhando-se na varanda.

Ela desamarrou um tecido quadrado para revelar uma pilha de rosas mosquetas. Elas reluziam como joias rosa e laranja.

— É como Lofkinye nos disse — explicou Imogen. — Se você der uma espremida nela, a parte gostosa sai.

Ela demonstrou, espremendo uma rosa mosqueta dentro da boca.

— Posso tentar? — perguntou Miro.

O relógio de estrelas

Imogen o deixou pegar uma mãozada de plantinhas, e os três amigos se sentaram no chão para devorá-las. Quando não havia mais nenhuma, eles olharam para a floresta. Muitas das árvores tinham perdido as folhas, e as montanhas estavam ficando brancas.

— Ainda não acredito que a gente foi lá em cima — comentou Marie, apontando para a Montanha Klenot. — Eu nunca teria pensado que a gente conseguiria.

— É melhor não contarmos para a mamãe — disse Imogen. — Ela vai nos fazer sair para caminhar o tempo todo.

As irmãs riram, mas Miro notou que não eram risadas sinceras. Lofkinye também estava deixando as meninas ficarem com ela, mas, quando Imogen desviou o olhar, o príncipe se perguntou se a amiga estava pensando em seu verdadeiro lar.

— Sinto muito por não termos encontrado a porta na árvore — disse ele. Depois de uma pausa, reuniu coragem para perguntar: — O que vocês vão fazer agora?

— Não sei — respondeu Imogen, franzindo a testa.

— Nós nem sabemos há quanto tempo estamos fora de casa — falou Marie.

— Vocês sempre podem ficar — sugeriu ele, sem ousar olhar diretamente para nenhuma das irmãs.

— Não podemos ficar para sempre — disse Imogen na mesma hora. — Precisamos voltar para nossa mãe.

Um bando de pássaros passou voando pela varanda e para o meio das árvores, cantando pelo caminho.

— Vocês acham que os pássaros estão aqui porque a Sertze Hora foi devolvida ao seu lugar? — perguntou Marie.

— Não sei — disse Imogen. — Não sei quanto tempo falta para o Žal acabar. Só espero que esses pássaros não estejam procurando por rosas mosquetas...

CAPÍTULO 98

Mais tarde naquele dia, Lofkinye saiu pelo portão oeste de Yaroslav com passos ligeiros. Ela atravessou um campo coberto de gordas couves-flores e seguiu para a Floresta Kolsaney. Um bando de bodes a encarou enquanto ela caminhava tranquilamente por seu pasto. Ela balançou a cabeça, achando graça. Por que bodes sempre pareciam estar com más intenções?

Em pouco tempo, Lofkinye chegara entre as árvores. As folhas secas, se quebrando sobre seus pés, pareciam anunciar sua chegada. Os galhos expostos, balançando ao vento, lhe davam as boas-vindas.

Ela sentiu uma onda de empolgação ao lembrar: de agora em diante, todo dia seria assim. Ela morava nas florestas. Não haveria mais brigas com skrets. Nenhuma lei dos městos. Ela caçaria tantos coelhos quanto o famoso Blazen Bilbetz...

Lofkinye desacelerou. Coitado do velho Blazen. Ela ainda conseguia visualizar a expressão dele quando a torre tremeu, quando ele percebeu que era tarde demais... De muitas formas aquele homem fora um covarde, mas acabou fazendo jus às suas histórias no fim das contas.

Ela parou perto das árvores que mantinham sua casa no alto. Ouviu as crianças rindo e se perguntou se estavam com fome. Naquela noite, ela cozinharia algo que não fazia havia muito tempo. Naquela noite, eles se fartariam de guisado de coelho.

CAPÍTULO 99

As crianças fizeram bolinhos salgados para acompanhar o guisado de Lofkinye. Miro fez a massa, Marie a enrolou como uma linguiça, e Imogen a cozinhou e cortou. Ela não conseguiu deixar de pensar que ficou com o trabalho mais difícil.

— Eu não sabia que lesnis comiam bolinhos — disse Miro, se inclinando sobre a panela e ficando com o rosto no caminho do vapor.

— O que você achou que a gente comia? — perguntou Lofkinye, arqueando uma sobrancelha. — Folhas velhas?

— Eu não sei o que pensei, na verdade...

Miro relanceou para as meninas. Parecia constrangido. Imogen tentou fingir que não estava ouvindo.

— Lofkinye, me desculpe — disse ele. — Me desculpe pelas coisas que falei sobre os lesnis. Eu estava errado. Vocês não são nada mentirosos.

— Bem, alguns são — respondeu Lofkinye —, mas, até aí, alguns městos também.

Imogen pensou no rei Drakomor e nas mentiras terríveis que ele contara. Talvez Miro estivesse pensando no mesmo, porque seu rosto assumiu um tom escarlate.

— Sim — concordou o príncipe. — Alguns městos mentem... Você acha que pode me perdoar?

A mariposa das sombras

Lofkinye parou de mexer a panela e se curvou de modo a nivelar seu rosto com o do menino.

— Você disse coisas ruins, principezinho. Não questionou o que ouviu sobre pessoas que são diferentes de você. Nem mesmo nos via como pessoas... E por isso eu aceito suas desculpas. Mas nunca se esqueça de que também fez coisas boas.

— Fiz?

— É claro! Você arriscou muito para ajudar seus amigos, e sabe-se lá o que teria acontecido se não tivesse arrombado aquela porta para o Král. A Sertze Hora teria sido destruída, então todos nós estaríamos em apuros: lesnis, městos e skrets. Você foi um herói... do seu próprio jeitinho estranho.

— Mas não acreditei em você — disse Miro. — Nem mesmo achei que a Sertze Hora fosse real.

— Até os heróis erram de vez em quando.

— Você acha mesmo?

Lofkinye franziu a testa.

— Eu não vou repetir.

Imogen, Marie e a caçadora se sentaram para comer enquanto Miro subia a escada correndo para buscar um par extra de meias. As noites estavam esfriando.

— Ainda não consigo acreditar que Drakomor mentiu por tanto tempo — disse Marie, relanceando para a escada para checar se Miro não estava voltando.

— Não sei se consigo perdoá-lo — completou Imogen —, mesmo que ele esteja morto.

Ela comeu uma colherada do guisado. Era parecido com o ensopado de frango da mãe, mas não tão gostoso.

— Eu também não sei se consigo perdoar o rei — concordou Lofkinye, espetando um bolinho. — Mas não adianta se prender ao passado. Não há como voltar.

O relógio de estrelas

Imogen paralisou com a colher a meio caminho da boca. E se Lofkinye estivesse certa? E se ela não tivesse como voltar?

Não adianta se prender ao passado... Imogen repetiu a frase na cabeça.

Quando chegara a Yaroslav, estava tão irritada porque sua mãe tinha um novo namorado.

Não adianta se prender...

Agora ela aguentaria cem Marks para poder ver sua mãe. Queria lhe dizer que estava tudo bem, que seu ensopado era o melhor e que ela não se importava se mamãe tivesse um namorado, desde que Imogen pudesse ficar com *ela*.

— Não adianta — murmurou Imogen, baixando a colher. O pensamento tirara seu apetite.

— O que você disse? — perguntou Marie.

Suas bochechas estavam estufadas como a de um hamster.

— Nós não temos como encontrar a porta sem a minha mariposa — disse Imogen. — Foi o que Zuby falou... Então o que vai acontecer se a gente nunca voltar?

Marie franziu a testa.

— A mariposa nos trouxe aqui para ajudar os skrets — respondeu ela. — Então com certeza, agora que os skrets têm o coração, a mariposa vai nos levar para casa.

As meninas olharam para Lofkinye.

— Eu não sei — declarou a caçadora, balançando a cabeça. — Vocês teriam que perguntar à sua mariposa.

CAPÍTULO 100

Algumas noites depois, Imogen foi acordada por uma coceirinha no braço. Era só uma mariposa. Ela a afastou e rolou para o outro lado.

Espere um minuto. Não era qualquer mariposa velha... era a mariposa dela! A mariposa dela, com seu corpo peludinho e antenas extravagantes. A mariposa dela, com suas adoráveis asas cinza. Imogen se sentou na cama.

A mariposa das sombras pousou na bochecha de Marie e remexeu as antenas como se dissesse *olá*.

— Oi — sussurrou Imogen. — Me desculpa. É que... faz tempo.

A mariposa voou para a janela do quarto, que estava ligeiramente entreaberta, e Imogen soube o que fazer. Ela pegou um cotoco de vela acesa ao lado da cama e afastou as cobertas.

Suas botas estavam ao lado da porta. Ao andar nas pontas dos pés até lá, as tábuas do piso rangeram. Marie não acordou. Imogen hesitou. Antigamente, ela partiria sem nem olhar para trás. Hoje em dia as coisas eram diferentes.

A mariposa voejava do outro lado da janela.

— Sim, já vou — disse Imogen. — Só me dê um minuto.

Ela fechou a janela. Lofkinye não gostava quando ela deixava o ar quente escapar. Então voltou para a cama e sacudiu o ombro de Marie.

O relógio de estrelas

— O que foi? — murmurou Marie com os olhos ainda fechados.

— Vamos lá fora — respondeu Imogen.

— Pra quê? Está no meio da noite.

— Para uma aventura.

Os olhos de Marie se abriram na mesma hora. Imogen apontou para a mariposa do outro lado da janela.

— E Miro? — sussurrou Marie.

— Vá acordá-lo.

As três crianças vestiram seus casacos de pele e amarraram seus cadarços. Eles baixaram a escada e desceram da casa na árvore. Quando Imogen chegou ao chão, tirou três velas novas do bolso, acendeu-as e entregou uma para Marie e outra para Miro.

Eles partiram noite adentro, seguindo a mariposa pela floresta.

— Como sabe que é a mesma mariposa que você viu antes? — perguntou Miro.

— Eu só sei — disse Imogen. — Nós somos amigas.

— Aonde ela vai nos levar? — perguntou Marie.

— Não sei. É por isso que é uma aventura.

Depois de alguns minutos de caminhada, a menina avistou outra mariposa voando entre as árvores. Essa era cinza-claro, quase branca. Ela cumprimentou a mariposa de Imogen com uma dança circular, e então as duas continuaram a voar juntas. As crianças seguiram. As últimas folhas caíam das árvores, silenciosas como penas.

A próxima mariposa a ser vista era um clarão dourado. Ela reluzia como um segredo na noite aveludada.

— Essa é a minha favorita — disse Marie. — Essa é a *minha* mariposa.

Imogen notou que o solo sob seus pés estava ligeiramente inclinado. Eles subiam uma ladeira. Mais duas mariposas se juntaram ao grupo. De um ângulo, suas asas se camuflavam com a noite. De outro, fica-

A mariposa das sombras

vam azuis. Conforme voavam, elas pareciam acender e apagar, acender e apagar.

Em pouco tempo, a mariposa de Imogen estava liderando uma fileira de seguidores. Suas asas formavam um toldo esvoaçante sobre a cabeça das crianças. Marie ergueu a mão, mas não conseguia alcançá-las. Miro caminhava boquiaberto.

— Eu nunca vi tantas juntas — disse ele. — Me pergunto o que isso significa.

Quando as árvores se tornaram mais próximas, as crianças pararam de andar. Elas estavam cercadas por centenas de mariposas. Os insetos pousavam em galhos como se fossem folhas. Voavam em rodopios ao redor da cabeça das crianças. Não estavam nem um pouco interessados na luz das velas.

Imogen viu sua mariposa pousar no tronco de uma árvore e arquejou de surpresa.

— Marie! Olha para aquilo!

As irmãs se aproximaram da árvore gigante. Miro esperou um pouco atrás. A mariposa das sombras se arrastou pelo tronco áspero enquanto as meninas observavam. Em pouco tempo, ela não estava mais se arrastando pelo tronco, mas por uma superfície lisa e polida de madeira. Imogen passou os dedos pela nova textura. Ela sabia o que era. Afirmou:

— Tem uma porta nessa árvore.

— É a mesma? — perguntou Miro.

— Acho que só tem uma maneira de descobrir — respondeu Imogen.

A mariposa cinza desceu até o buraco da fechadura, dobrou as asas e se espremeu para dentro. Imogen tentou abrir a porta. Ela se abriu com um estalo.

— Fácil assim — falou com uma risada.

Do outro lado da porta havia um jardim. Parecia precisar de uma poda, mas não era nem de longe tão selvagem quanto a floresta.

O relógio de estrelas

— Eu conheço esse lugar — disse Marie. — É o jardim da sra. Haberdash.

Imogen olhou para Miro. Uma casquinha crescera sobre o corte na sua bochecha. Seu rosto estava pálido e sério. Imogen ficou sem jeito.

— Então — falou Miro —, acho chegou a hora da despedida.

— Mas e Lofkinye? — perguntou Marie. — A gente não deveria se despedir dela também?

— Não podemos — respondeu Imogen. — Nós nunca vamos encontrar o caminho de volta até a porta.

— Imogen tem razão — disse Miro. — Esta é a chance de vocês irem para casa. Vocês deveriam aproveitá-la. Eu conto para Lofkinye o que aconteceu.

Imogen começou a roer as unhas. Ela odiava despedidas. Queria acabar logo com aquilo.

— Certo — começou ela. — Obrigada por nos receber.

Ela apagou a vela e estendeu a mão. Marie revirou os olhos.

— Isso não é uma despedida decente.

Ela largou a vela e se jogou em cima de Miro, quase o derrubando com um abraço.

Imogen pisou na chama da vela para apagá-la.

— A gente não quer deixar você — continuou Marie, ainda abraçando Miro. — Você é um bom amigo... o melhor de todos. Por que não vem com a gente? Tenho certeza de que a mamãe vai adorar você.

— Sim — concordou Imogen. — Ótima ideia.

Era a vez de Miro ficar sem jeito.

— Ob-obrigado — gaguejou ele. — Não sei o que dizer.

— Diz que sim — falou Marie, jogando os braços para o ar e fazendo as mariposas de uma árvore próxima voarem.

— Mas eu não posso — afirmou Miro.

— Por que não?

A mariposa das sombras

— Tenho responsabilidades.

— Como assim? — perguntou Imogen.

— Agora que meu tio... se foi, tecnicamente, eu sou o rei.

— Ah, sim... — Imogen se interrompeu.

— Neste momento tudo está um pouco confuso em Yaroslav, mas mais cedo ou mais tarde eu vou ter que voltar para a cidade.

As meninas processaram essa informação em silêncio.

— Espero que sua mãe não esteja muito brava com vocês — falou Miro —, digo, por terem fugido.

Imogen queria dizer que elas não tinham fugido, mas decidiu não fazê-lo.

— Obrigada — respondeu ela. — Também espero.

— Ah! Quase esqueci — disse Marie. Ela desabotoou o casaco e enfiou a mão em um bolso interno. — Tem uma coisa que quero dar ao Miro.

No centro da sua palma havia uma pedrinha. Ela tinha um belo brilho prateado.

Imogen a reconheceu como se pertencesse a um sonho.

— Isso é... — Ela buscou a lembrança certa — Isso é da minha coleção de pedras?

— Sim — disse Marie timidamente.

— Você a guardou por todo esse tempo?

— Achei que seria um bom presente — respondeu Marie, visivelmente se encolhendo.

Mas Imogen não brigou com ela. Nem mesmo ficou irritada. Ela sorriu para a irmã.

— Acho uma ideia incrível.

Marie colocou o ouro dos tolos na mão de Miro e fechou seus dedos ao redor da pedra.

— Obrigado — disse ele com uma expressão solene. — Agora eu vou lembrar para sempre.

395

O relógio de estrelas

Imogen deu uma última olhada na floresta e nas árvores cobertas por mariposas. Deu uma última olhada no menino que era rei. Seus dedos, que seguravam a vela, continuavam repletos de anéis. Suas orelhas ainda eram de abano. Seus olhos ainda eram separados. Imogen sentiria muita saudade dele.

Ela acenou. O menino acenou de volta. Então ela abriu a porta e passou.

As meninas se encontraram nos Jardins Haberdash. Era verão e tinha chovido.

— Você lembra do caminho para a casa de chá? — perguntou Imogen.

— Acho que sim — disse Marie. — Vem comigo.

PARTE 5

CAPÍTULO 101

A ursa logo se livrou de suas roupas humanas. Primeiro, elas viraram trapos, então deixaram de existir.

Era bom estar de volta entre as árvores. Era bom poder andar por aí. Colocar as patas em musgo em vez de paralelepípedos. Esconder-se em cavernas.

Era bom encontrar um cheiro interessante e rastreá-lo por horas. Era bom ser totalmente animal. Havia muitas coisas das quais ela se lembrava.

Mas, acima de tudo, era bom estar em casa.

CAPÍTULO 102

As meninas logo se livraram de seus casacos de pele. Imogen sacudiu os braços para fora das mangas enquanto atravessava os Jardins Haberdash. O casaco caiu no chão.

Ao seu redor, água pingava de folhas e vinhas. Estava claro, mas Imogen não fazia ideia de que horas eram e, mais uma vez, sua mariposa desaparecera.

A árvore caída continuava atravessada por cima do rio. Marie a escalou e ajudou Imogen em seguida. Juntas, elas caminharam com cuidado ao longo do tronco e pularam para a margem do outro lado.

Ali cheirava a verão. Flores desabrochavam, e abelhões zumbiam suas canções sem palavras. Os pássaros eram mais barulhentos e mais numerosos do que Imogen jamais imaginou que fosse possível.

Então havia o portão. Estava envolto em uma fita de plástico na qual se lia **POLÍCIA, NÃO ULTRAPASSE**. O cadeado enferrujado continuava no chão, onde Imogen o deixara. Ela abriu o portão e engatinhou por baixo da fita de polícia.

O estacionamento estava vazio. As meninas correram para a casa de chá, e Imogen abriu a porta.

— Sra. Haberdash! — exclamou ela. Não houve resposta. — Sra. Haberdash, nós voltamos!

A mariposa das sombras

Ela espiou ao redor. Não havia bolos no balcão, e o lugar cheirava um pouco a mofo.

— Quanto tempo a gente ficou fora? — sussurrou Marie. — Você acha que... Será que ela pode... Será que a sra. Haberdash está...

— Morta? — concluiu Imogen.

Um latidinho alegre fez ambas as meninas se sobressaltarem. Do corredor atrás do balcão vieram sons de passos apressados e uma série de latidos agudos. Os cachorros da sra. Haberdash se aproximaram correndo. Eles correram e lamberam as mãos das meninas.

Atrás dos cachorros veio o ruído de uma cadeira motorizada.

— Crianças! — exclamou a senhora como se fosse a palavra mais bela do mundo. — Tem crianças na minha casa de chá!

A sra. Haberdash usava uma grande camisola de algodão, e seus cachos grisalhos caíam livremente ao redor do rosto. Ela parecia diferente sem os trajes elegantes.

— Tem crianças...

Seu lábio inferior tremeu. Imogen avançou e a abraçou pelos ombros. A mulher parecia pequena e frágil, seus ossos leves como os de um passarinho.

— Achamos que vocês tinham desaparecido para sempre — soluçou a sra. Haberdash. — Achamos que nunca mais voltariam.

Ao fim dos abraços, a sra. Haberdash disparou para seu telefone. Era do tipo antiquado, com fio. Ela discou um número de cabeça.

— Cathy — disse ela, com a voz aguda e trêmula. — Cathy, eu estou com as crianças.

Imogen e Marie esperaram pela mãe à janela. Um cachorro subiu na cadeira ao lado de Imogen, e ela acariciou sua cabeça com nervosismo, se perguntando o que a mãe diria. Será que estaria brava? Será que ela e Marie estariam encrencadas? A sra. Haberdash as rodeou com preocu-

O relógio de estrelas

pação, perguntando onde tinham estado e se estavam bem e se queriam uma xícara de chá.

Um carro encostou na frente da loja, esmagando o cascalho com os pneus.

— De quem é esse carro? — perguntou Marie.

Ele tinha um daqueles tetos que abriam, e havia um homem no banco do motorista. Os cachorros correram para fora, latindo.

O homem saiu do carro. Era Mark. Uma mulher saiu do banco do passageiro. Era a mãe delas.

— Seus pais estão aqui — disse a sra. Haberdash.

No momento seguinte, mamãe tinha entrado na casa de chá. Ela se abaixou e abriu os braços. Imogen e Marie correram para ela.

— Minhas meninas! — exclamou ela. — Vocês estão vivas! Vocês estão em casa!

Imogen afundou o rosto nos ombros da mãe. Estava chorando, mas não sabia por quê. Não estava triste. As lágrimas escorriam por seu rosto e eram absorvidas pela camiseta da mãe. A menina não conseguia ver o rosto dela, mas sabia que ela também chorava. Chorava com grandes soluços que faziam seu corpo tremer. Imogen a abraçou com força.

— Vocês estão vivas! Vocês estão em casa! — repetiu mamãe entre os soluços.

Mark ficou na porta. Não totalmente dentro. Nem totalmente fora. Sem saber bem o que fazer com as mãos.

— *Sempre nós três* — articulou Imogen sem emitir som.

Em certo momento, a respiração da mãe começou a normalizar. Ela afrouxou o abraço em Imogen e Marie.

— O que aconteceu? — perguntou ela, olhando para as meninas. — Alguém machucou vocês?

— Ninguém nos machucou — respondeu Marie. — Estávamos vivendo uma aventura!

A mariposa das sombras

— Co-como assim? — perguntou mamãe.

Ela parecia mal. Parecia que não dormia havia séculos.

— Imogen encontrou uma porta em uma árvore, e a gente entrou nela e fomos parar em outro mundo e...

— Quem mandou você dizer isso? — perguntou mamãe com rispidez.

— Ninguém. — Marie pareceu tristonha.

— Deixa pra lá — disse mamãe, suavizando a voz. — A polícia vai descobrir tudo. Só o que importa é que vocês estão de volta. Vocês estão em casa!

— Ela está dizendo a verdade — confirmou Imogen. — A gente realmente passou por uma porta em uma árvore.

Mamãe acariciou a bochecha da filha mais velha.

— Minha pobrezinhas. O que enfiaram na cabeça de vocês?

— Talvez elas estejam em choque — sugeriu Mark.

— Sim — disse mamãe. — Deve ser isso.

Ela olhou para a túnica bordada de estrelas de Imogen.

— *O que* você está vestindo?

— O príncipe deu para a gente — respondeu Marie.

Mamãe relanceou para Mark por cima do ombro. Quando voltou a olhar para as meninas, estava com a testa franzida.

— Ora, que gentil da parte dele, não é? Eu gostaria de ouvir mais sobre esse príncipe. Talvez amanhã, depois de uma boa noite de sono, vocês possam contar a mim e ao inspetor tudo sobre ele.

CAPÍTULO 103

A polícia esquadrinhou os Jardins Haberdash. Não encontraram nada fora do comum, além de dois casacos de pele imundos. Não encontraram nenhuma porta em árvore. E não encontraram nenhum rastro do sequestrador que os jornais estavam chamando de "o príncipe".

Enquanto isso, Imogen e Marie reestabeleceram sua rotina em casa. Estava no começo das férias de verão quando a avó as levou à casa de chá. Agora as férias estavam quase no fim. Faltava menos de uma semana para as aulas recomeçarem.

Imogen deitou na cama, feliz. Tinha se enchido de sorvete. Mamãe as levara ao cinema e as deixara comer o que quisessem. A avó também fora, e agora conversava com mamãe na cozinha. Imogen se enroscou sob as cobertas. Era bom saber que a casa estava cheia de pessoas que ela amava.

No dia seguinte ela organizaria uma nova peça. Seria sobre uma cavaleira e uma lesma do mar que estavam sempre tentando matar uma a outra. Imogen seria a cavaleira, e Marie, a lesma, mas o final dessa história não seria igual ao das outras.

A lesma do mar estaria quase vencendo — estaria prestes a matar a heroína — quando subitamente revelaria que não gostava muito de comer cavaleiras. Sua armadura era crocante demais, e a lesma do mar

A mariposa das sombras

gostava mais de doce. Então, a cavaleira revelaria que era ótima confeiteira e prometeria fazer um bolo para o monstro. Elas viveriam felizes para sempre. Imogen não via a hora de ver a expressão surpresa no rosto da avó.

A noite estava tão quente que mamãe deixara a janela ao lado da cama de Imogen aberta. Uma rajada de vento soprava as cortinas em direções opostas. Imogen se sentou e espiou o lado de fora. O jardim estava escuro. Ela olhou para o céu. Não havia lua, mas as estrelas brilhavam com força.

— Boa noite, Miro — sussurrou ela.

Uma das estrelas mais jovens piscou de volta.

CAPÍTULO 104

Zuby estava sozinho na encosta da montanha. Sobre um ombro ele carregava um longo bastão com um saco amarrado na ponta. Dentro do saco encontravam-se todos os seus pertences.

Ele ouviu um leve farfalhar na escuridão e ergueu o olhar.

— Olá — disse em sua voz de sibilo estalado.

Uma mariposa cinza perolada pousou em sua mão e fez uma série de movimentos com as asas que queriam dizer: *onde você está indo?*

Zuby não ficou surpreso. Afinal, a Mezi Mǔra lhe mantivera atualizado sobre o paradeiro e bem-estar dos humaninhos. Nada mais justo que Zuby contasse seus planos à mariposa.

— Vou para o outro lado das montanhas — respondeu o skret.

O inseto correu por seu braço em zigue-zague.

— Não... custo...?

A mariposa refez os passos.

— Ah... não é justo! É aí que você se engana. A punição para soltar prisioneiros sem permissão é morrer cortado e fatiado. O Král foi muito gentil em me mandar para longe.

Zuby sugou o ar frio por entre seus dentões que mais pareciam presas e baixou os olhos para as florestas. Então, voltou a olhar sua companheira alada.

A mariposa das sombras

— Tenho uma pergunta para você — disse ele. — Gostaria de saber por que você mostrou a Porta Oculta para aqueles filhotes de humano. Elas nos trouxeram o príncipe, essa parte eu entendo. Sem ele, ainda estaríamos vivendo o Žal. Mas qual era o seu plano inicial? Como sabia o que aconteceria?

A mariposa voou para uma pedra, um dos poucos lugares que não estavam cobertos de neve, e começou sua dança. O skret observou com atenção.

— Você não sabia que cobras riam. Você não consegue ver as magrelas. — Zuby coçou a cabeça. — Bem, isso não responde minhas perguntas.

A mariposa repetiu sua dança, se movendo pela pedra em padrões elaborados.

— Você não sabia o que aconteceria. Você não consegue ler as estrelas.

Zuby largou o bastão, exasperado.

— Se não sabia o que aconteceria, por que deixou aquelas humanas passarem pela porta?

A mariposa bateu as asas no rosto de Zuby como se também estivesse exasperada.

— Tudo bem — falou o skret em sua voz rouca. — Mas por que elas? Eu gostei muito delas, mas eram coisinhas pequenas, pouco crescidas. Deveriam estar em casa com seus pais, não perambulando pela neve.

A mariposa dançou em círculos sobre a pedra, acenando as antenas e batendo os pés minúsculos. Zuby se inclinou para perto.

— Você estava procurando por alguém para nos salvar... e a menina tinha cara de heroína.

A mariposa fez um giro no sentido horário, indicando que *sim*.

O skret coçou a cabeça.

O relógio de estrelas

— Tudo bem se você diz. Concordo que elas eram corajosas... Concordo que ajudaram a devolver as coisas aos seus lugares... Mas todos nós fizemos nossa parte, não é mesmo? Até o velho Zuby.

Ele pegou o bastão e o apoiou no ombro, virando as costas para a montanha que chamava de lar.

— Me pergunto se um dia verei aquelas humaninhas de novo.

As estrelas não responderam.

EPÍLOGO

Anneshka deveria estar sentada em um trono no Castelo Yaroslav, não no lombo de um pônei na Floresta Kolsaney. No entanto, lá estava ela, cavalgando para as profundezas da mata. Ela afundou os calcanhares na barriga do pônei, apressando-o.

Na meia-luz do crepúsculo, a floresta era composta por formas abstratas. Não importava para onde Anneshka olhava, havia um padrão interminável de linhas verticais. As árvores se repetiam.

Se eu fosse rainha, pensou ela, *mandaria cortar todas.*

Mesmo ali, a quilômetros de Yaroslav, o ar cheirava ligeiramente a fumaça. Anneshka se perguntou se o castelo ainda estava pegando fogo. Perguntou-se quem as pessoas culpariam pelo acidente com o dragão.

Não era segredo que Andel construíra a fera. Não era segredo que ela e Drakomor o tinham obrigado a construi-la. Mas ela achava provável que o rei estivesse morto, e em breve as coisas que ela fizera viriam à tona... Era melhor estar bem além das montanhas quando isso acontecesse.

Quanto mais se afastava da cidade, mais as árvores pareciam se inclinar para dentro, fechando seus dedos de gravetos sobre sua cabeça. Galhos se prendiam no seu vestido de noiva. Xingando, ela o rasgava para se libertar. Apesar do frio, suas mãos ainda pareciam queimar. A pele estava com bolhas.

O relógio de estrelas

Quando estava escuro demais para continuar, Anneshka deslizou para fora do pônei e o amarrou em um galho, prendendo a fronha à sela. Ela desabou sob uma árvore. Suas anáguas haviam perdido o formato, e sua saia de seda estava em frangalhos. A mulher parecia um lírio murcho com enormes pétalas molengas.

Quando a escuridão se tornou completa, a mente de Anneshka começou a vagar. O tronco contra suas costas era sua única âncora. Sem ele, ela poderia estar em qualquer lugar. Poderia estar flutuando em um céu sem estrelas ou afundada no fundo de um poço. Poderia ser uma partícula de poeira ou um grão de areia. Ela nunca se sentira tão pequena. Anneshka não gostava de se sentir pequena.

Alguma coisa piscou na escuridão.

— Não existem mais lobos nas florestas — sussurrou ela, tentando se tranquilizar.

Olhos a observaram de cima. Quando ela ergueu o olhar, eles desapareceram. Então Anneshka viu. Bem à frente. Brilhando na escuridão. Um olho do tamanho de uma maçã.

Ela se levantou com dificuldade.

— Seja lá quem for, eu não tenho nada de valor.

Outro olho apareceu acima do primeiro. A pupila era estreita como a de uma cobra.

— Pode ficar com o pônei — gaguejou ela —, e com o relógio.

Vários outros olhos surgiram, piscando. Havia dois à sua esquerda e três à direita. Alguns estavam bem acima da sua cabeça. Outros estavam abaixo, entre os arbustos.

— Por favor! — exclamou Anneshka, com a voz presa na garganta. — Seja lá o que ouviu sobre mim, não é verdade!

Uma figura encapuzada, carregando um lampião, emergiu das sombras. À luz amarela, Anneshka viu que os olhos flutuantes não eram nada flutuantes. Eles estavam embutidos nas árvores.

A mariposa das sombras

— Fora de casa tão tarde, criança? — disse a estranha.

Quando ela tirou o capuz, Anneshka a reconheceu na mesma hora. O cabelo preto trançado caindo pelas costas. Os olhos escuros como jacarandá. A pele tão pálida quanto a bétula prateada. Era Ochi, a bruxa da floresta.

— Você! — arquejou Anneshka. — Você disse que eu seria rainha. Disse que estava escrito nas estrelas.

— E estava mesmo — respondeu a bruxa.

Ela desamarrou o pônei, que a tocou com o focinho como se fossem velhos amigos.

— Bem, e o que aconteceu? — perguntou Anneshka, sem se preocupar em disfarçar a amargura. — As estrelas mudaram de ideia?

— As estrelas não mudam muito — disse Ochi. — Mas a sua história não acabou. Por que não vem se aquecer na minha lareira?

A bruxa começou a se afastar, balançando o lampião para a frente e para trás.

— Além disso — continuou ela, sua voz desaparecendo no meio da floresta —, as estrelas disseram que você reinaria. Elas não especificaram *onde*.

O pônei seguiu a bruxa. Depois de um momento de hesitação, Anneshka fez o mesmo.

As árvores a observaram partir.

Obrigada a...

Meus pais por uma infância cheia de histórias. Obrigada pelas performances de aniversário, pelos "clássicos" em fita cassete, por ficar na fila da ASDA à meia-noite. Obrigada por me dar a confiança para escrever.

Joe por me levantar quando eu estou para baixo, pelas caminhadas e surpresas. Por bons cafés, piadas péssimas e ideias brilhantes. Sem você, este livro não passaria de um rabisco na areia. *Miluji tě.*

Bonnie e Mini, minhas primeiras e últimas leitoras. Obrigada por seu apoio, pela arte e pelas peças e pelas brincadeiras intermináveis. Obrigada pelos morangos. Espero que não estejam traumatizadas demais.

Josef e Edita pelo retiro de escrita. Tenho tantas lembranças felizes de quando os visitei e trabalhei neste livro.

Nick Lake, meu editor, por aquela primeira mensagem encorajadora e por ser meu padrinho desde então. Obrigada por tornar este livro melhor.

Claire Wilson, minha agente, por sua sabedoria e bondade. Você é um enroladinho de todas as melhores partes de um adulto.

Chris Riddell pelas ilustrações de outro mundo.

Samantha Stewart, Lowri Ribbons, David McDougall, Elorine Grant, Deborah Wilton, Nicole Linhardt-Rich, Alex Cowan, Jo-Anna

O relógio de estrelas

Parkinson, Sally Wilks, Jane Tait e Mary O'Riordan da HarperCollins Children's Book. Miriam Tobin da Rogers, Coleridge & White.

Inclusive Minds por me colocar em contato com sua rede da Inclusion Ambassador, em especial Lois Brooke-Jones.

Sebastian Umrigar, Lucy Holloway, Emily Kerr, Aisha Bushby, Damian Le Bas e Georgie Strachan pelo feedback atencioso e inspirador.

Os autores da WOW, que me ensinaram tanto. Sr. Craig, por outro tipo de ensinamento.

Os amigos que me incentivaram pelo caminho, inclusive Stuart Whyte, Charles Leveroni, Anna Rawcliffe, Joe Nicholson, Alyssa Hulme, Helen Bowen Ashwin, Kirsty Egan e Suze Goldsmith.

Danis Pavlov e Eva Maillebiau, pelas primeiras avaliações.

Este livro foi impresso pela Lis Gráfica,
em 2021, para a HarperCollins Brasil.
O papel do miolo é pólen soft 70g/m², e
o da capa é cartão 250g/m².